＊

박상률 완역 삼국지 6

＊

6
완역

三國志

삼국지

서촉 하늘 아래로

나관중 지음
박상률 옮김
백남원 그림

북플레저

제갈근
자는 자유. 낭야 출신으로, 제갈량의 형이다. 전란을 피해 강동으로 옮겨간 뒤노숙의 추천으로 손권을 만나 외교와내정 전반에 관여하며 오나라의 중심인물로 자리 잡는다.

법정
자는 효직. 우부풍 미현 사람으로, 처음에는 유장을 섬기다 장송·맹달과 함께 유비를 맞아들이는데 큰 역할을 한다. 이후 유비의 책사로 중용되어군사 전략을 함께 이끈다.

위연
자는 문장. 강표 의양 사람으로,유표 휘하였다가 유비에게 귀속된 뒤 장수가 된다. 익주 평정 후한중을 지키고, 북벌에 나서며 제갈량의 선봉으로 활약한다.

장합 자는 준예. 하간막현 사람으로, 원소를섬기다 조조에게 귀순한다. 기동과 지형 활용에 능해 수많은 전투에서 위나라의 주력 장수로 이름을 남겼다.

방덕
자는 영명. 남안 원도 사람으로, 마초를 따라 한중에서 싸웠고, 조조에게 투항한 뒤 위나라 장수가 된다. 충의와 무예가 뛰어나 조조의 신임을 받았으며, 관우와의 전투에서도 물러서지 않았다.

엄안
촉나라 장수로, 본래 유장 휘하에 있었다. 유비가 촉으로 진입하던 길에 장비에게 사로잡혔으나 진심 어린 대우에 항복하고, 이후 황충과 함께 여러 전투에서 공을 세운다.

장료
자는 문원. 안문 마읍 사람으로, 여포 휘하였다가 조조에게 귀순한다. 용맹하고 지략이 뛰어나 여러 전장에서 큰 공을 세웠으며, 적벽 싸움에서는 손권군을 무찌르며 이름을 떨쳤다.

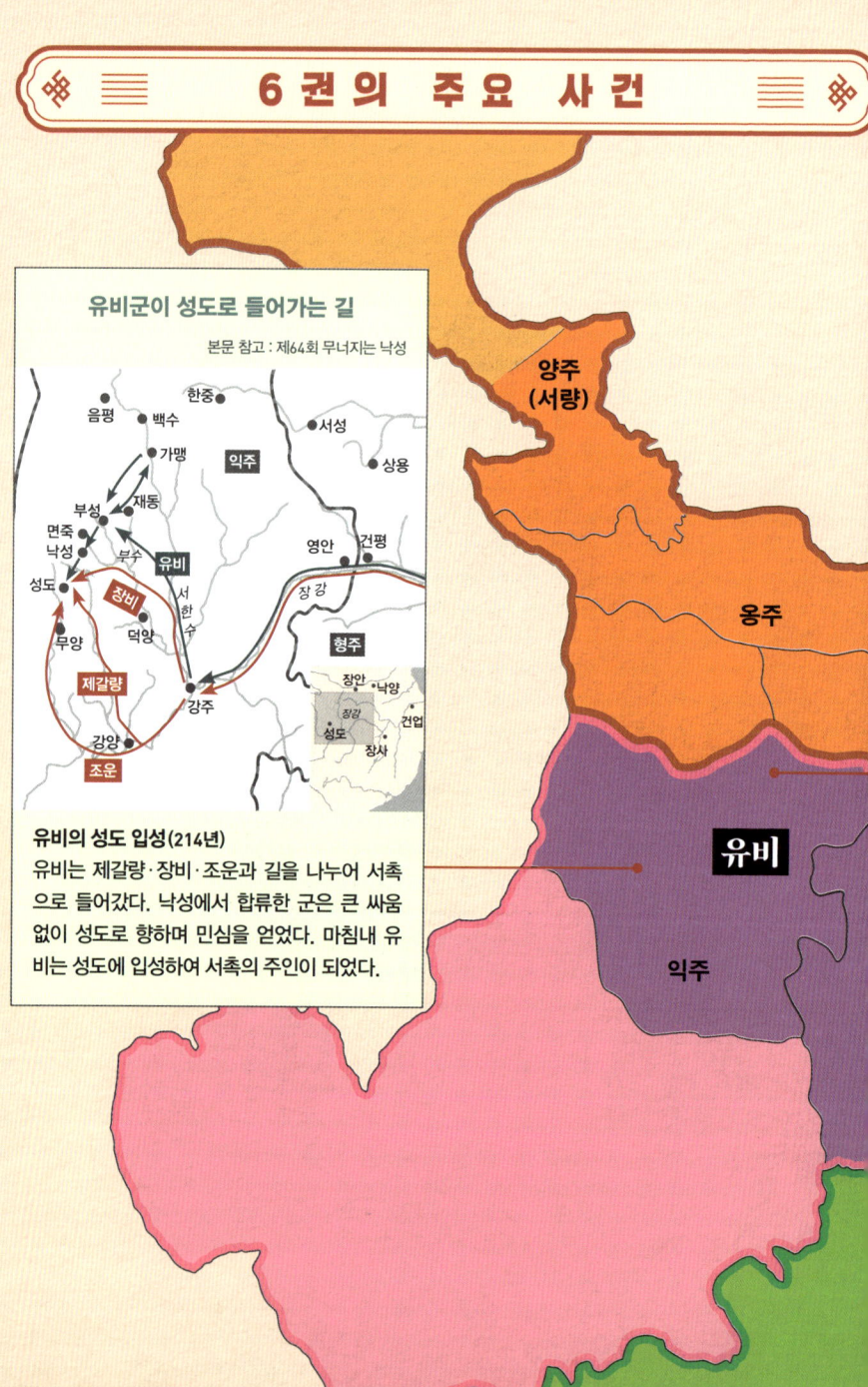

유비군이 성도로 들어가는 길

본문 참고 : 제64회 무너지는 낙성

음평 · 백수 · 한중 · 서성 · 상용
가맹
익주
부성 · 재동
면죽
낙성 · 부수
성도 · 유비
무양 · 덕양 · 영안 · 건평
장비 · 서 · 한 · 수
제갈량 · 형주
강주
강양 · 장안 · 낙양
조운 · 장강 · 건업
성도 · 장사

유비의 성도 입성(214년)
유비는 제갈량 · 장비 · 조운과 길을 나누어 서촉
으로 들어갔다. 낙성에서 합류한 군은 큰 싸움
없이 성도로 향하며 민심을 얻었다. 마침내 유
비는 성도에 입성하여 서촉의 주인이 되었다.

양주
(서량)

옹주

유비

익주

정군산 싸움

본문 참고 : 제71회 하후연을 벤 황충과 황충을 구한 조운

정군산 싸움(219년)

유비군을 이끄는 황충이 한중의 수장 하후연을 정군산에서 토벌했다. 조운은 한수에서 황충을 구해내 촉군의 대승을 이끌었다. 이 승리로 유비는 한중을 차지하고 스스로 한중왕에 오를 발판을 마련했다.

* 이 지도는 이해를 돕기 위해 정사 삼국지를 바탕으로 한 것으로, 소설 속 삼국지와 일부 차이가 있을 수 있습니다.

차례

일러두기

1. 옮길 때 바탕으로 삼은 책은 중국의 강소고적출판사江蘇古籍出版社에서
   1999년에 펴낸 《수상삼국연의繡像三國演義》이다.

2. 각 권 및 각 회의 제목은 원문에 없어 옮긴이가 달았다.

3. 본문에 나오는 열두 달의 월은 원문 그대로 따랐다.

4. 황제·왕·임금 따위의 부르거나 가리키는 말은 될 수 있으면 객관적으로 썼다.
   특별히 유비를 선주, 유선을 후주 하는 식으로 따로 대우하지 않았다.

5. 짐朕/고孤·신臣·경卿 등은 나·저·그대 등 우리 시대에 맞는 말투로 바꾸었다.
   굳이 봉건시대에 쓰던 그대로 할 까닭이 없어서였다.

6. 사람 이름은 대화문에서는 자, 호, 벼슬 이름, 고향 이름 등 부르는 사람의
   처지에서 쓰는 대로 했으나, 지문에서는 본디 이름으로 통일하여 썼다.

7. 숫자는 대화문 속에서는 우리말로 소리 나는 그대로 적고, 지문에서는
   아라비아숫자로 적는 것을 기준으로 했다.

서촉 하늘 아래로

박상률 완역 삼국지 6

三國志

제61회

동오로 돌아간 손부인

조운은 배를 못 가게 해 아두를 빼앗고
손권은 편지를 보내 조조를 물리치다

방통과 법정 두 사람은 잔치 자리에서 유장을 해치우면 힘들이지 않고 서천을 얻을 수 있다고 유비에게 계속 권했다. 그러나 유비는 기어이 마다했다.

"나는 이제 막 촉 땅에 들어와 은혜도 베풀지 못하고 믿음도 주지 못했소. 그러니 결코 그렇게 할 수는 없소."

두 사람이 거듭 권하였으나 유비는 끝내 받아들이지 않았다.

다음 날 유비는 다시 유장과 함께 성 안에서 술자리를 가졌다. 서로 가슴을 열고 속내를 털어놓으며 정을 나누었다.

제법 술자리가 무르익을 무렵, 방통과 법정은 다시 머리를 맞대었다.

"일이 이미 이렇게 되었으니 주공의 말씀이 떨어지기만을 마냥 기다리고 있을 수는 없소."

그래서 위연을 자리로 불러내 칼춤을 추게 하고 틈을 엿보아 유장을 베어버리도록 했다. 위연이 칼을 들고 나서며 말했다.

"그다지 즐길 거리가 없으니 제가 칼춤을 추어 눈요기라도 해드리겠습니다."

그 사이 방통은 무사들을 바깥 뜰아래 불러놓고 위연이 손을 놀리기만을 기다렸다. 유장의 부하 장수들이 보니 술자리 앞에서는 위연이 칼춤을 추고, 뜰아래에는 무사들이 칼자루를 쥔 채 돌아가는 꼴을 지켜보고 있었다. 이에 종사 장임이 칼을 빼어 들며 춤을 추기 위해 나섰다.

"칼춤은 반드시 서로 짝을 이루어 추어야 하니 내가 위장군과 함께 추도록 하겠습니다."

두 사람은 술자리 앞에서 어울려 춤을 추었다. 위연이 유봉에게 눈짓을 보내자 유봉이 칼을 빼어 들고 나와 춤을 도왔다. 그러자 유괴·영포·등현 등이 잇달아 칼을 꼬나들고 나섰다.

"우리들이 함께 춤을 추어 즐거운 자리를 만들어드리겠

습니다."

유비가 깜짝 놀라 곁에 있는 이의 칼을 빼어 들며 벌떡 일어났다.

"우리 형제가 서로 만나 마음을 터놓고 마시는데 거리낄 게 뭐가 있느냐. 여기가 홍문회 자리도 아닌데 도대체 칼춤이 웬 말이냐? 칼을 버리지 않는 이는 이 자리에서 바로 목을 베겠다!"

유장 역시 자기 장수들을 꾸짖었다.

"형제가 서로 모였는데 어찌하여 칼을 들고 설치느냐?"

그러면서 곁에서 모시는 이들더러 모조리 칼을 빼앗아 거두도록 했다. 이에 장수들이 물러 내려갔다.

유비는 뭇 장수들을 다시 불러 술을 따라주며 말했다.

"우리는 한 집안 형제로 같은 조상의 뼈와 피를 물려받았소. 함께 큰일을 의논하고자 할 뿐 다른 생각은 하나도 없으니 쓸데없이 의심들 하지 마시오."

장수들이 모두 절을 하며 고마워했다. 유장은 유비의 손을 잡고 눈물을 흘렸다.

"형님의 은혜는 절대로 잊지 않겠습니다."

두 사람은 밤이 이슥하도록 즐겁게 마신 뒤 헤어졌다.

유비는 영채로 돌아가자마자 방통을 나무랐다.

"공들은 어찌하여 나를 옳지 않은 일에 밀어넣으려 애쓰오? 앞으로는 이런 일이 다시는 일어나지 않도록 하시오.”

방통은 긴 한숨을 내쉬며 물러갔다.

유장이 영채로 돌아오자 유괴 등이 걱정스런 얼굴로 말했다.

“주공께서도 오늘 술자리 모습을 보셨으니 알 만하지 않으십니까? 뒤탈이 생기기 전에 빨리 돌아가시지요.”

유장이 고개를 저었다.

“우리 현덕 형님은 다른 사람들 같은 분이 아니시네.”

뭇 장수들이 입을 모았다.

“현덕은 비록 그런 마음을 갖고 있지 않다 하더라도 아랫사람들은 서천을 빼앗아 복을 넉넉히 누리며 높아지고 싶어 합니다.”

“그대들은 우리 형제 사이의 정을 갈라놓으려 애쓰지 말게나.”

유장은 끝내 말리는 소리를 듣지 않고 날마다 유비와 어울려 즐겁게 지냈다.

그러던 어느 날 장로가 군사를 일으켜 가맹관으로 쳐들어온다는 다급한 보고가 들어왔다. 유장은 유비에게 이를 막아달라고 부탁했다. 유비는 기꺼이 그러마고 한 뒤 본부 군사를 이끌고 가맹관으로 떠났다.

유장의 장수들은 유장에게 유비가 군사를 엉뚱한 데다

쓸지 모르니 곳곳의 길목마다 대장들을 보내 굳게 지키도록 하자고 했다. 유장은 처음엔 그 말을 듣지 않았다. 그러나 하도 여러 사람이 권하자 듣지 않을 수 없었다. 그래서 백수도독 양회와 고패 두 사람에게 부수관을 지키도록 한 뒤 자신은 성도로 돌아갔다.

유비는 가맹관에 이르자 군사들을 단단히 다잡은 뒤 널리 은혜를 베풀어 백성들의 마음을 샀다.

이러한 소식은 염탐꾼을 통해 재빨리 동오에 알려졌다. 이에 손권은 문무 벼슬아치들을 모아놓고 의논했다.

고옹이 나서서 의견을 냈다.

"유비가 군사를 나누어 멀리 험한 데로 갔으니 빨리 돌아올 수 없습니다. 얼른 서천 어귀로 군사 한 떼를 보내 돌아오는 길을 끊은 다음 동오의 군사를 모두 일으키면 북소리 한 번에 형주·양양을 차지할 수 있습니다. 이런 좋은 기회를 놓치시면 안 됩니다."

손권이 고개를 끄덕였다.

"그 생각, 참으로 기가 막히오!"

계속 의논을 하고 있는데 갑자기 병풍 뒤에서 한 사람이 큰소리를 내지르며 나왔다.

"그런 생각을 낸 사람의 목을 베어야겠다! 겁도 없이 누가 내 딸의 목숨을 끊으려 하느냐!"

모두들 놀라 쳐다보니 오국태였다.

오국태는 머리끝까지 화가 치밀어올라 있었다.

"나는 평생에 딸 하나를 두어 유비한테 시집보냈다. 그런데 지금 너희들이 군사를 일으키면 내 딸의 목숨은 어쩌란 말이냐!"

이어 오국태는 손권을 노려보았다.

"너는 아버지와 형의 터를 이어받아 여든한 고을을 앉아서 다스리고 있다. 그런데 뭐가 부족해 자꾸만 작은 이익을 얻자고 하나뿐인 누이 생각을 하지 않는단 말이냐!"

손권은 그저 "예, 예" 하는 소리만 내다가 겨우 한마디 할 뿐이었다.

"어머님의 뜻을 어찌 함부로 거스를 수 있겠습니까!"

손권은 벼슬아치들을 물러가도록 했다. 오국태는 혀를 끌끌 차며 한스러워하다가 안으로 들어갔다.

손권은 처마 아래에 서서 밖을 내다보며 홀로 생각했다.

'이번 기회를 놓치고 나면 형조와 양양을 언제 되찾는단 말이냐?'

그런 생각에 잠겨 있는데 장소가 들어왔다.

"주공께서는 무슨 걱정거리라도 있으십니까?"

"조금 전 일 때문에 그렇소."

"그리 어려운 일이 아닙니다. 믿을 만한 장수에게 군사 오백 명을 내주어 형주로 몰래 들어가게 하십시오. 그 장수에게 국태께서 병이 깊으셔서 따님을 보고 싶어 하신다는 내용으로 꾸민 비밀 편지를 가지고 가서 전하게 한 뒤 밤을 도와 동오로 모셔오게 하면 됩니다. 아울러 현덕의 외아들인 아두도 같이 데려오게 하십시오. 그러면 현덕은 틀림없이 형주와 아두를 바꾸자고 할 겁니다. 만약 그렇게 하지 않으면 군사를 움직여 쳐들어간들 뭐가 거치적거리겠습니까?"

손권이 고개를 끄덕였다.

"음, 그것 참 좋은 생각이오! 마침 마땅한 사람이 있소. 주선이라는 사람인데, 배짱도 아주 두둑하오. 어려서부터 집안을 터놓고 들락거리는 사이로 형님을 많이 따라다녔소. 이번에 보내면 딱 알맞겠소."

"이 일은 절대로 새나가면 안 됩니다. 바로 떠나도록 하시지요."

이리하여 주선은 군사 5백 명을 장사꾼으로 꾸며 배 5척에 나눠 태운 뒤 몰래 떠났다. 혹시 붙들려 조사를 받을 일이 생길지 몰라 가짜 나라 문서도 한 통 준비했다. 무기들은 배 한쪽에 몰래 감추었다.

주선은 명령을 받자마자 물길을 따라 형주로 갔다. 형주 강가에 배를 댄 주선은 직접 성 안으로 들어가 문지기에게 손부인을 찾아왔다고 일렀다. 손부인이 주선을 들라고 하자 주선은 비밀 편지를 갖다 바쳤다. 오국태의 병이 깊다는 내용을 읽은 손부인이 눈물을 흘리며 묻자 주선이 절을 한 뒤 말했다.

"국태께서 병이 매우 깊으셔서 아침저녁으로 오로지 부인만 찾으십니다. 머뭇거리시다가는 살아서 못 뵈올 수도 있습니다. 기왕이면 아두도 같이 데리고 와서 한번 보여달라 하셨습니다."

손부인이 딱한 표정을 지었다.

"지금 황숙께서는 군사를 이끌고 멀리 나가 계시오. 내가 돌아가려면 공명에게라도 알려야 하오."

주선이 얼른 대꾸했다.

"그런데 만약에 공명이 황숙께 알린 뒤 허락을 받고 배를 타라고 하면 어찌하시렵니까?"

"아무 말 없이 가면 도리어 못 가게 붙들릴지 모르오."

"너른 강에 이미 배가 와서 기다리고 있습니다. 부인께서는 지금 바로 수레에 오르셔서 성을 빠져나가시기만 하면 됩니다."

사실 손부인은 어머니의 병이 깊다는 소식을 듣는 순간 마음이 다급해졌다. 곧바로 7살 먹은 아두를 데리고 수레에 올랐다. 30명 남짓이 뒤따랐는데, 저마다 칼을 차고 말에 올랐다. 이윽고 형주성을 빠져나간 뒤 배를 타기 위해 강가로 갔다. 부중 사람들이 이 사실을 알고 위에 알리려고 했을 땐 이미 손부인이 강가의 모래밭 끄트머리인 사두진에 이르러 배를 탄 뒤였다. 주선이 막 배를 출발시키려 할 때 언덕 위에서 누군가가 큰소리를 내질렀다.

"배를 멈추어라. 부인께 인사드려야겠다!"

조운이었다. 조운은 강가를 살펴보다가 이 소식을 듣고 깜짝 놀랐다. 그래서 말 탄 군사 네댓 명만 데리고 바람처럼 부리나케 강가로 달려왔다.

주선이 긴 창을 쥐고서 소리쳤다.

"네가 뭔데 주제넘게 부인께서 가시는 길을 막겠다는 거냐?"

주선은 군사들더러 배를 떠나게 한 뒤 무기들을 꺼내 배 위에 펼쳐놓으라 했다. 바람은 배가 가는 쪽으로 불고 물살은 빨라 모든 배들이 나는 듯이 미끄러져갔다.

조운은 강가를 따라가며 계속 외쳤다.

"부인께서는 가시려면 가십시오. 저는 드릴 말씀이 있을 뿐입니다."

그러나 주선은 들은 척도 하지 않고 배를 더욱 빨리 몰도록 했다.

조운은 강가를 따라 10리도 넘게 쫓아갔다. 강여울에 고

기잡이 배 한 척이 비스듬히 묶여 있는 게 보였다. 조운은 말에서 뛰어내린 뒤 창을 들고 배 위로 뛰어올랐다. 마침 배 안에 두 사람이 있어 그들에게 배를 젓게 해서 손부인이 타고 있는 큰 배의 뒤를 쫓았다.

주선이 군사들에게 활을 쏘도록 했다. 조운이 창으로 화살을 막아내자 강물 위로 화살이 어지러이 떨어져내렸다. 큰 배와 한 길 가까운 거리로 좁혀지자 동오 군사들이 창을 마구 내지르기 시작했다. 조운은 창을 내던진 뒤 청강검을 빼어 들었다. 이어 칼로 창들을 쳐내며 몸을 솟구쳐 큰 배에 훌쩍 뛰어올랐다. 이에 동오 군사들은 모두 놀라 뒤로 넘어졌다. 조운이 안쪽으로 들어가자 손부인이 아두를 꼭 껴안고 있다가 호통을 쳤다.

"왜 이렇게 버릇없이 구시오!"

조운이 칼을 꽂으며 말했다.

"부인께서는 어디로 가십니까? 또 어째서 공명께 알리지 않으셨습니까?"

손부인이 대답했다.

"갑작스레 우리 어머님의 병이 깊으시다는 연락을 받아 미처 알릴 틈이 없었소."

"그럼 부인께서 병문안 가시는 길에 어린 주인은 왜 데리고 가십니까?"

"아두는 내 아들이오. 형주에 두고 가면 아들을 돌봐줄 이가 없소."

"부인께서는 잘못 생각하셨습니다. 우리 주공께서는 평생 동안 자식이라곤 딱 하나밖에 두지 못하셨습니다. 더더구나 저는 당양 장판파에서 백만 대군 속을 뚫고 이 어린 주인을 구해내기도 했습니다. 그런데 부인께서 이렇게 데리고 가시다니, 이건 도리가 아니지 않습니까?"

손부인이 더 참지 못하고 화를 벌컥 냈다.

"너는 기껏해야 아랫자리에나 서는 싸울아비에 지나지 않는 사람이다. 어째서 주제넘게 내 집안일에 끼어드느냐?"

그러나 조운은 고집을 꺾지 않았다.

"부인께서는 가고 싶으면 가십시오. 그러나 어린 주인은 안 됩니다."

손부인이 소리를 버럭 질렀다.

"네가 이렇게 배에 뛰어든 걸 보니 틀림없이 배반할 뜻이 있다고 여겨지는구나!"

조운은 계속 아랑곳하지 않고 버텼다.

"만약에 어린 주인을 두고 가지 않으시면 저는 만 번 죽더라도 부인을 못 가시게 하겠습니다."

손부인은 곁에 모시는 여자들에게 조운을 붙잡으라고 소리쳤다. 조운은 그들을 밀쳐버린 뒤 손부인의 품에서 아두를 빼앗아 안은 뒤 뱃머리로 나왔다. 그러나 배를 강기슭에 대려 해도 도와줄 이가 없고, 배 안의 동오 군사들을 쳐죽이고 싶어도 손부인 앞에서 할 짓이 아닌 듯싶어 이러지도 저러지도 못하며 머뭇거렸다. 손부인은 아두를 빼앗아오라며 모시는 여자들을 마구 닦달했다. 하지만 조운이 한 팔로는 아두를 꽉 껴안고 있으면서 다른 손에는 칼을 들고 있으니 아무도 가까이 다가갈 수가 없었다.

주선은 배꼬리에서 키를 잡고 배를 부리나케 몰아 강을 내려갔다. 바람은 배 가는 쪽으로 불고 물살 또한 재빨라 배는 금세 강 중간쯤을 지나가게 되었다.

한 손바닥으로는 소리를 낼 수 없는 법. 조운은 혼자서 어찌해볼 수가 없었다. 그저 아두만 보호하고 있을 뿐, 배를 강가로 댈 방법이 없었다.

이토록 다급하기 짝이 없는데 갑자기 강 아래쪽 나루터에서 배 여남은 척이 한 줄로 늘어선 채 미끄러져 나왔다. 깃발이 바람에 펄럭이고 북소리 또한 드높았다.

조운은 눈앞이 캄캄했다.

'이번엔 동오의 꾀에 빠지고 말았구나!'

바로 그때였다. 뱃머리에 서 있는 대장이 손에 장팔사모를 쥐고 소리를 내질렀다. 장비였다.

"형수님, 조카는 놔두고 가시오!"

조운이 손부인으로부터 아두를 빼앗다.

장비는 순찰을 돌고 있다가 소식을 듣자 부리나케 유강의 좁다란 어귀로 달려왔는데, 마침 동오의 배들과 딱 마주치자 앞을 막고 나섰다. 장비는 칼을 들고 동오의 배로 뛰어올랐다. 장비가 배에 오르자 주선이 칼을 들고 달려들었다. 장비의 손이 한 번 번쩍 올라가는가 싶더니 주선이 고꾸라졌다. 장비는 주선의 목을 손부인 앞에 내던졌다.

　손부인이 소스라치게 놀라며 소리 질렀다.

　"이런 예의 없는 짓이 어디 있소?"

　장비가 대답했다.

　"형수님은 우리 형님을 귀하게 여기지 않으시고 마음대로 돌아가고 있소. 이보다 더 예의 없는 일이 어디 있겠소!"

　"우리 어머님 병이 깊으셔서 급히 가는 길이오. 형님의 허락이 올 때까지 기다리다가는 자칫 일이 틀어지게 생겨서 어쩔 수 없었소. 만약에 나를 못 가게 잡고 놓아주지 않으면 강물에 뛰어들어 죽어버리겠소!"

　장비는 조운과 머리를 맞대고 의논했다.

　"만약에 부인을 몰아붙여 목숨이라도 끊게 만들면 그건 신하의 도리가 아니오. 아두나 데리고 돌아갑시다."

　이어 장비는 손부인에게 말했다.

　"우리 형님은 대 한나라의 황숙이시라 형수님께 부족함이 없소이다. 오늘 가시더라도 형님의 은혜와 의리를 생각하시어 빨리 돌아오시기 바랍니다."

장비는 그 말을 끝으로 아두를 안고 조운과 함께 배로 돌아간 뒤 손부인과 동오의 배 5척을 놓아주었다.

나중에 어떤 이가 시를 지어 조운을 기렸다.

예전에는 당양에서 주인을 구하더니

오늘은 큰 강으로 몸을 날려 왔네

배 위의 동오군들 속이 다 터져버렸지

자룡 같은 씩씩함, 세상에 둘도 없네

장비를 기린 시도 있다.

그 옛날 장판교에서 씩씩거리며

범처럼 울부짖는 한소리에 조조군 물러갔네

오늘 강 위에서 위험에 빠진 어린 주인 구하니

역사에 새겨진 그 이름 길이길이 남으리

두 사람은 기뻐하며 배를 돌렸다. 몇 리 가지 않았을 때 많은 배로 이루어진 부대를 이끌고 나오는 제갈량을 만났다. 제갈량은 아두를 빼앗아 돌아오는 걸 보고 무척 좋아했다. 마침내 세 사람은 말 머리를 나란히 하고 돌아갔다. 제갈량은 곧바로 가맹관에 있는 유비에게 편지를 써서 보냈다.

　한편 동오로 돌아간 손부인은 장비와 조운이 주선을 죽이고 강을 막으며 아두를 빼앗아간 일을 자세히 털어놓았다.
　이에 손권이 화를 벌컥 냈다.
　"이제 내 누이가 돌아왔으니 나는 저쪽하고는 아무런 사이도 아니다. 주선을 죽인 원수를 내 어찌 갚지 않을 수 있으랴!"
　곧바로 문무 벼슬아치들을 불러모은 뒤 군사를 일으켜 형주 칠 일을 의논했다. 군사 일으킬 일을 한창 의논하고 있는데 갑작스런 보고가 들어왔다. 조조가 40만 대군을 일으켜 적벽 싸움의 원수를 갚으러 온다는 보고였다. 손권은 소스라치게 놀랐다. 일단 형주 일은 뒤로 미루고 조조 막을 일을 의논하기 시작했다.
　그때 보고가 또 들어왔다. 병이 들어 벼슬을 물러나 고향으로 가 있던 장사 장굉이 세상을 뜨면서 남긴 유서를 가져왔다. 손권이 유서를 보니 도읍을 말릉으로 옮기라는 대목이 눈에 들어왔다. 말릉의 산과 내에는 제왕의 기운이 서려 있으니 빨리 그리 옮겨 영원히 이어질 터를 닦으라고 했다.
　유서를 다 읽고 난 손권이 목을 놓아 울며 뭇 벼슬아치들을 돌아보았다.

"장자강이 나더러 말릉으로 도읍을 옮기라 했소. 내 어찌 따르지 않을 수 있겠소!"

손권은 곧바로 명령을 내려 말릉으로 도읍을 옮기고 석두성을 쌓으라 했다.

여몽이 나섰다.

"조조군이 쳐들어온다 하니 유수 강어귀에 성채를 쌓아 놓고 막지요."

뭇 장수들이 반대했다.

"강언덕으로 올라가 적을 치고 나면 바로 맨발로 배를 타고 돌아올 수 있는데 굳이 성채를 쌓을 필요가 있겠소?"

여몽이 대답했다.

"싸움을 하다 보면 쉽게 풀릴 때도 있고 그렇지 않을 때도 있소. 싸울 때마다 다 이긴다고 할 수는 없는 일이오. 만약에 갑자기 적을 만나 일반 군사고 말 탄 군사고 모두 한꺼번에 몰리다 보면 미처 물가로 갈 새가 없을지도 모르는데 어떻게 배를 탄단 말이오?"

손권이 고개를 끄덕였다.

"사람이 멀리 생각을 하지 않으면 반드시 걱정거리가 눈앞에 바로 닥친다고 했소. 자명의 생각이 매우 깊소."

손권은 곧바로 군사 수만 명을 유수로 보내 성채를 쌓도록 했다. 군사들은 밤낮없이 일을 해 정해진 날짜 안에 성채를 다 쌓았다.

　한편 허도의 조조는 날이 갈수록 힘이 세어지고 누리는 복이 많아졌다. 그런 조조에게 장사 동소는 입에 침이 마를 정도로 혀를 놀려 조조를 더욱 추켜세우는 말들을 늘어놓았다.

　"예로부터 신하 된 사람으로서 승상만큼 공을 세운 이는 없었습니다. 주공이나 여망도 이에 미치지 못했습니다. 승상께서는 지난 삼십 년 동안 바람으로 머리를 빗으시고, 비로 몸을 씻으시며, 온 누리를 떠도시면서 갖은 고생을 다하셨습니다. 그동안 백성들을 괴롭히는 도적 떼들을 쓸어내시고 한나라를 붙들어세우셨습니다. 어찌 다른 신하들과 같은 줄에 서 계실 수 있겠습니까? 마땅히 모든 제후들의 윗자리이고 황제의 바로 아랫자리인 위공의 자리를 누리셔야 하며, 여기에 구석을 더해 공과 덕스러움이 더 드러나게 하셔야 합니다."

　구석이란 신하가 황제에 버금가는 대우를 받아 누리는 걸 이른다.

　첫째, 수레와 말이 달라진다. 황금 수레인 대로와 싸움용 수레인 융로가 각각 한 대씩 주어진다. 여기에 검은 수말 4마리가 끄는 수레 둘과 누런 말 8마리가 주어진다.

둘째, 옷이 달라진다. 곤룡포를 입고 면류관을 쓰는데, 이는 임금의 차림과 같다. 여기에 붉은 신발을 신어도 된다.

셋째, 임금의 음악인 악현을 즐길 수 있다.

넷째, 사는 집의 창과 대문을 붉게 칠할 수 있다.

다섯째, 궁전으로 들어갈 때 임금만이 오르내릴 수 있는 계단인 납폐를 이용할 수 있다.

여섯째, 호분을 누릴 수 있다. 즉, 3백 명의 군사로 집을 지킬 수 있다.

일곱째, 부와 월이 하나씩 주어진다. 즉, 군사를 다스릴 수 있는 힘을 뜻하는 도끼가 주어진다.

여덟째, 활과 화살이 달라진다. 붉은 활 한 벌에 붉은 화살 1백 대, 검은 칠을 한 활 10벌에 검은 화살 1천 대를 쓸 수 있다.

아홉째, 검은 기장과 향기로운 풀을 써서 빚은 술을 쓸 수 있다. 이런 좋은 술은 신에게 제사 지낼 때나 땅에 부어준다. 아울러 황실 제사 때 쓰는 옥으로 만든 제사 그릇 등을 쓸 수 있다.

이때 시중 순욱이 나서서 말렸다.

"그러시면 안 됩니다. 승상께서는 본디 한나라 황실을 붙들어세우시기 위해 의로운 군사를 일으키셨습니다. 그러니 충성스럽고 곧은 뜻을 잃지 마시고 겸손히 물러나시는 굣

꿋한 마음을 보여주시는 게 마땅하신 일입니다. 군자는 덕으로써 사람을 사랑한다 했습니다. 그러니 그러시면 안 됩니다."

조조의 낯빛이 바뀌었다.

동소가 다시 나섰다.

"어찌 한 사람이 여러 사람이 바라는 일을 막을 수 있겠습니까?"

그러고 나서 곧바로 황제에게 조조를 위공으로 높이고 구석의 대우를 해달라는 글을 올렸다.

순욱은 긴 한숨을 내쉬었다.

"내 오늘 같은 일을 보리라고는 미처 생각하지 못했다!"

조조는 이 말을 전해듣자 순욱이 자기를 도와주지 않는다고 여겨져 순욱을 미워하는 마음이 깊어졌다.

건안 17년 겨울 10월, 조조는 군사를 일으켜 강남으로 내려가면서 순욱에게 함께 가기를 명령했다. 순욱은 조조가 자기를 죽이려 한다고 눈치챘다. 그래서 수춘에 이르렀을 때 병을 핑계 대고 주저앉았다. 그때 조조가 음식을 보내왔다. 음식 그릇에는 조조가 직접 글을 쓴 종이가 붙어 있었다. 순욱은 음식 그릇의 뚜껑을 열어보았다. 하지만 안에는 아무런 음식도 담겨 있지 않았다. 순욱은 음식이 없는 그 뜻을 알아차리고 곧장 독약을 먹고 스스로 죽어버렸다. 그때 나이 50살이었다.

나중에 어떤 이가 시를 지어 안타까워했다.

순욱의 재주는 세상 사람이 다 아는데
안타깝게도 거센 힘의 울타리에 잘못 발을 디디었다
나중에 사람들은 그를 보고 멋대로 장자방이라 하지만
죽음에 이르러 한나라 임금들 뵐 낯이 없었다네

순욱의 아들 순운이 조조에게 아버지의 죽음을 알렸다. 조조는 그제야 뉘우치는 마음이 들어 장사를 잘 지내라 이르고 시호를 경후라 하였다.

조조는 대군을 이끌고 유수에 이르렀다. 일단 조홍이 단단히 무장한 말 탄 군사 3만 명을 이끌고 나가 강변을 살펴보았다.

조홍이 돌아와 보고했다.

"멀리 바라보니 강가에 깃발들은 수도 없이 나부끼는데 군사들은 어디에 모여 있는지 알 수가 없습니다."

조조는 마음이 놓이지 않았다. 그래서 직접 군사를 이끌고 나와 유수 어귀에 진을 친 다음 1백 명 남짓을 데리고 산 언덕으로 올라갔다. 멀리 바라보니 군사용 배들이 제가끔 줄을 지어 차례로 늘어서 있었다. 다섯 색깔 깃발들이 휘날리고 무기들이 번쩍거렸다. 가운데에 있는 큰 배를 보니 손권이 푸른 비단 가리개 아래에 앉아 있고, 문무 벼슬아치들은 양쪽으로 늘어서 있었다.

조조가 채찍으로 가리키며 말했다.

"아들을 낳으려면 마땅히 손중모 같은 이를 낳아야 하리! 유경승의 아들 같은 것들은 돼지나 개 정도밖에 안 돼!"

바로 그때 갑자기 쾅 소리가 울리더니 남쪽의 배들이 한꺼번에 나는 듯이 몰려왔다. 유수의 성채 안에서도 군사들이 쏟아져나와 조조군을 마구 무찔렀다. 조조의 군사들은 뒤로 물러나 달아나기에 바빴다. 멈추라고 호통을 쳤으나 쓸데없었다. 이어 말을 탄 날랜 군사 1천 명 남짓이 갑자기 산기슭으로 들이쳤다. 말 위에 높이 앉아 있는 우두머리 장수를 보니 파란 눈에 붉은 수염의 손권이었다. 손권이 직접 군사를 몰고 조조를 치러 왔다. 조조는 깜짝 놀라 급히 말 머리를 돌렸다. 그러자 동오의 대장인 한당과 주태가 말을 달려 위로 쫓아왔다. 조조 뒤에 있던 허저가 말을 달려 칼을 휘두르며 나가 두 장수를 맞아 싸우는 동안 조조는 겨우 빠져나와 영채로 돌아왔다.

허저는 두 장수와 어우러져 30합을 싸운 뒤에 돌아왔다. 영채로 돌아온 조조는 허저에게 후한 상을 내리고 다른 장수들을 매섭게 꾸짖었다.

"적이 나타나자마자 달아나서 우리 쪽 사기를 다 꺾어버렸다. 다음에 이런 일이 또 일어나면 모두 목을 베겠다!"

밤이 이슥해질 무렵이었다. 갑자기 영채 밖에서 외침 소리가 크게 일었다. 조조는 급히 말에 올라 둘러보았다. 사방에서 불길이 치솟는 가운데 동오의 군사들이 마구 짓이기며 영채 안으로 몰려들고 있었다. 싸움은 날이 밝을 때까지 이어졌다. 조조군은 50리 넘게 뒤로 물러가 영채를 세웠다.

조조는 마음이 답답했다. 마음을 달래려고 군사 다루는 책을 펼쳐놓고 있는데 정욱이 들어왔다.

"승상께서는 군사 다루는 법을 잘 아시면서 어찌하여 군사를 쓰는 일은 재빠르게 해야 한다는 걸 잊으셨습니까? 이번에 군사를 일으키면서 자꾸만 날짜를 미룬 탓에 손권이 미리 준비를 할 수 있었습니다. 유수 어귀에 성채를 쌓아놓는 바람에 우리가 치기 어렵습니다. 일단 군사를 거두어 허도로 돌아간 뒤 따로 좋은 방법을 찾아야 할 듯합니다."

조조는 아무런 대꾸를 하지 않은 채 가만히 있었다.

정욱이 나간 뒤 조조는 책상에 엎드려 깜빡 잠이 들었다. 갑자기 파도 소리가 엄청 크게 이는데 마치 1만 마리 말이 다투어 달리는 듯했다. 조조가 잽싸게 쳐다보니 큰 강 한가운데로 붉고 둥근 해가 솟아오르는데 그 빛이 눈을 부시게 했다. 다시 하늘을 쳐다보았더니 둥근 해 둘이 마주 보듯 떠서 서로 빛을 뿜고 있었다. 갑자기 강 속에서 솟구쳐오른 붉은 해가 날아오르더니 영채 앞 산속으로 떨어지며 벼락 치는 듯한 소리를 냈다.

소스라치게 놀라 깨보니 꿈이었다. 막사 앞에 있는 군사가 한낮임을 알렸다. 조조는 곧바로 말을 준비하라 이른 뒤 말 탄 군사 50명 남짓을 이끌고 영채에서 나가 꿈에서 해가 떨어졌던 산으로 가보았다. 한참 돌아보고 있는데 군사 한 무리가 달려왔다. 앞장선 이를 보니 황금 투구에 황금 갑옷 차림이었다. 조조가 그를 쳐다보았다. 손권이었다. 손권은 조조를 보고도 놀라지 않고 산 위에 말을 멈춘 뒤 채찍으로 조조를 가리켰다.

"승상은 중원을 차지하여 이미 온갖 복을 잔뜩 누리고 있으면서 무엇이 부족하여 또다시 우리 강남을 쳐들어왔소?"

조조가 대답했다.

"네가 신하 된 사람으로 황실을 받들지 않고 있어, 천자의 조서를 받들어 내 특별히 너를 치러 왔노라!"

손권이 허허 웃었다.

"그런 말을 하자면 부끄럽지도 않소? 그대가 천자를 옆에 끼고 제후들한테 큰소리치는 걸 세상 사람들이 다 아는 줄 왜 모르시오? 내가 한나라를 받들지 않고 있는 게 아니오. 바로 그대를 쳐서 나라를 바로잡으려 할 뿐이오."

조조는 화가 잔뜩 나서 장수들에게 산으로 쫓아가 손권을 잡아오라고 소리 질렀다. 그때 갑자기 북소리가 한 번 크게 울리더니 산 뒤 양쪽에서 군사가 쏟아져나왔다. 오른쪽은 한당과 주태가, 왼쪽은 진무와 반장이 맡고 있었다. 네 장수가 거느린 궁노수 3천 명이 활을 어지러이 쏘아대자 화살이 빗발치듯 했다.

조조는 군사들을 이끌고 되돌아서서 오던 길로 부리나케 달아났다. 뒤쪽에서는 네 장수가 나는 듯이 쫓아왔다. 반쯤 왔을 때 허저가 호랑이 부대를 이끌고 나와 적을 맞아 싸우며 조조를 겨우 구해냈다. 동오군은 승리의 노래를 부르며 유수로 돌아갔다.

영채로 돌아온 조조는 홀로 생각했다.

'손권은 보통 사람이 아니야. 꿈에 본 해로 미루어볼 때 머지않아 반드시 제왕이 될지도 모르겠다.'

조조는 군사를 거두어 돌아가고 싶은 마음에 애가 탔다. 그러나 동오의 비웃음이 두려워 이러지도 저러지도 못했다. 양쪽 군사들은 한 달 넘게 서로 치고받았으나 싸움을 매듭짓지는 못했다.

해가 바뀌어 정월이 되었다. 봄비가 계속 내리다 보니 개울물이 넘쳐 군사들은 흙탕물 속에서 지내느라 고생이 아주 많았다.

조조는 답답하기 짝이 없어 영채 안에 여러 모사들을 모아놓고 의논을 했으나 저마다 의견이 달랐다. 어떤 이는 군사를 거두어 돌아가자 하고, 어떤 이는 봄이라 날이 풀려서 싸울 만하니 군사를 거두어 돌아가면 안 된다고 했다. 조조가 망설이며 결정을 내리지 못하고 있는데 갑자기 동오에서 사람을 시켜 편지를 보내왔다. 조조는 얼른 펼쳐보았다.

나와 승상은 둘 다 한나라의 신하요. 그런데 승상은 나라의 은혜를 갚고 백성들을 편안하게 할 생각은 않고 정신 나간 듯이 군사나 일으켜 목숨들을 함부로 해치니 어찌 어진 사람이라 할 수 있겠소? 머지않아 봄물이 넘쳐날 테니 공은 빨리 돌아가는 게 마땅하오. 만일 그렇게 하지 않다가는 적벽에서와 같은 화를 또 입게 되오. 공은 잘 생각하시오.

편지 뒷면에는 따로 두 줄이 더 적혀 있었다.

그대가 죽지 않으면
나는 편할 수가 없소.

조조가 다 보고 나서 껄껄 웃었다.
"손중모가 나를 깔보지는 못하는구나."

조조는 편지를 가져온 이에게 상을 내린 뒤 군사를 거두라는 명령을 내렸다. 이어 여강 태수 주광더러 환성을 지키도록 한 뒤 자신은 대군을 거느리고 허도로 돌아갔다.

손권도 군사를 거두어 말릉으로 돌아간 뒤 장수들을 모아놓고 의논했다.

"조조는 북으로 돌아갔지만, 유비는 아직 가맹관에서 돌아오지 않고 있소. 조조를 막아낸 군사로 형주를 치지 않을까닭이 있겠소?"

장소가 말렸다.

"아직 군사를 움직이면 안 됩니다. 제가 방법 하나를 가지고 있습니다. 유비가 다시는 형주로 돌아오지 못하게 하겠습니다."

맹덕의 대군이 이제 막 북으로 물러가니
중모는 씩씩한 뜻 품어 남쪽을 다시 치려 하네

과연 장소는 어떤 방법을 가지고 있는지…….

제62회

유장을 치는 유비

부수관을 빼앗기 전 양회와 고패의 목을 베고
낙성을 칠 때 황충과 위연이 공을 다투다

장소가 자신이 궁리한 방법을 설명했다.

"일단 군사는 움직이지 마십시오. 만약에 우리가 군사를 일으키면 조조가 다시 쳐들어옵니다. 유장과 장로에게 보내는 편지 한 통씩이 필요합니다. 유장에게 보내는 편지에는 유비와 동오가 손잡고 서천을 빼앗으러 간다고 쓰면 됩니다. 그러면 유장은 의심하는 마음이 일어 유비를 칠 겁니다. 장로에게 보내는 편지에는 장로더러 군사를 일으켜 형주를 치도록 부추기면 됩니다. 그렇게 되면 유비는 머리와 꼬리가 서로 돕지 못하게 되어 갈팡질팡할 수밖에 없습니다. 우리는 바로 그때 군사를 일으켜 치지요. 그러면 다 잘됩니다."

손권은 그 말을 좇아 곧바로 두 곳에 편지를 보냈다.

한편 유비는 가맹관에 머무르며 백성들의 마음을 깊이 얻고 있었다. 그런 어느 날 갑자기 제갈량의 편지가 왔다. 편지에는 손부인이 이미 동오로 돌아갔고, 조조가 군사를 일으켜 유수를 공격했다는 소식이 들어 있었다.

유비는 방통과 의논했다.

"조조가 손권을 쳐 이긴다면 반드시 형주를 빼앗으러 달려듭니다. 또 손권이 이긴다 해도 마찬가지로 형주를 넘보겠지요. 어찌해야 좋겠소?"

방통이 대답했다.

"주공은 걱정 마십시오. 공명이 거기 있으니 동오는 쉬이 형주를 넘보지 못합니다. 먼저 유장한테 편지를 한 통 써 보내십시오. '조조가 손권을 친 까닭에 손권이 형주로 도움을 부탁해왔소. 우리는 손권과 입술과 이 같은 관계라 서로 돕지 않을 수 없소. 장로는 건들지만 않으면 제자리나 지키고 있을 도적이니 섣불리 쳐들어오지는 않을 거요. 그래서 나는 군사를 거느리고 형주로 돌아가 손권과 함께 조조를 깨려 하나 군사와 먹을거리가 부족하오. 같은 집안 사람의 정을 생각해 날랜 군사 삼사만 명과 먹을거리 십만 섬만 도와주면 좋겠소. 부디 어그러지지 않기를 바라오.' 이런 내용이면 되겠습니다. 군사며 물자며 먹을거리를 얻으면 그때 또 의논하시지요."

유비는 그 말을 좇아 성도로 사람을 보냈다. 유비가 보낸 사람이 관 앞에 이르니 양회와 고패가 이 일을 알고 막아섰다. 고패는 관을 지키고, 양회는 편지를 가져온 사람과 함께 성도로 가서 유장에게 편지를 바쳤다. 유장은 편지를 읽고 난 뒤 양회에게 왜 같이 왔느냐고 물었다.

양회가 대답했다.

"이 편지 때문에 왔습니다. 유비는 서천으로 들어온 뒤 널리 은혜와 덕을 베풀어 백성들의 마음을 사고 있습니다. 아무래도 그 속이 들여다보입니다. 지금 군사며 물자며 먹을거리를 달라고 하는데 절대로 주어서는 안 됩니다. 만약에 도와주면 그건 바로 타는 불 위에 섶을 얹어주는 꼴입니다."

유장이 낯을 찌푸렸다.

"나와 현덕은 형제 사이의 정이 있는데 어찌 도와주지 않을 수 있겠나?"

그때 한 사람이 나서며 말렸다.

"유비는 사납고 씩씩한 영웅입니다. 촉 땅에 오랫동안 머물러 있게 하지 마십시오. 그건 바로 호랑이를 집 안에 들여

놓는 일이나 마찬가지입니다. 더더구나 군사며 물자며 먹을거리를 주어 돕는다면 호랑이한테 날개를 달아주는 꼴이 됩니다."

모두들 그를 돌아보았다. 영릉 증양 사람으로 자가 자초인 유파였다. 유장은 유파의 말을 듣고 나서 계속 망설였다. 황권이 나서서 또 말렸다. 유장은 마침내 늙고 약한 군사 4천 명과 쌀 1만 섬을 보내기로 하고 편지를 써서 유비에게 보냈다. 이어 양회와 고패는 관을 더욱 단단히 지키도록 했다.

유장의 편지를 가지고 간 사람이 가맹관으로 가서 유비에게 편지를 바쳤다.

유비가 화를 벌컥 냈다.

"나는 저를 위해 적을 막아주려고 이토록 애를 쓰고 있는데 저는 물자를 쌓아두고도 도와주지 않으려 하는구나. 이래가지고 어떻게 군사들한테 목숨을 내놓고 싸우라 할 수 있겠느냐?"

유비는 편지를 북북 찢어버리며 크게 화를 낸 뒤 자리에서 일어났다. 편지를 가져온 이는 도망치듯 성도로 돌아갔다.

방통이 유비에게 말했다.

"주공께서는 어짊과 의리를 소중히 여겨오셨는데 오늘 편지를 찢어버리고 화를 내셨습니다. 지금까지의 정을 다 떼어버리신 듯합니다."

"그렇게 되었소. 이제 어찌해야 하오?"

"제가 세 가지를 생각하고 있습니다. 주공께서 하나를 골라 쓰십시오."

유비가 다급히 물었다.

"무엇인지 말해보시오."

방통이 차근차근 말했다.

"가장 나은 방법은 지금 바로 날랜 군사를 뽑아 밤낮으로 달려가 성도를 쳐버리는 일입니다. 지금 양회와 고패 같은 촉의 뛰어난 장수가 저마다 강한 군사들을 거느리고 관을 지키고 있습니다. 두 번째는 주공께서 거짓으로 형주로 돌아가신다고 하면 틀림없이 두 장수가 배웅하러 나올 텐데, 그때 그 사람들을 잡아 죽이고 관을 빼앗아 먼저 부성을 무너뜨린 뒤 성도로 쳐들어가는 방법입니다. 마지막으로 쓸 수 있는 방법은 백제성으로 물러가 있다가 밤을 도와 형주로 돌아간 뒤 천천히 쳐들어갈 계획을 세우는 일이지요. 만약에 머뭇거리시느라 가지 않으셨다가는 아주 큰 어려움에 빠지셔서 벗어날 수 없게 됩니다."

"가장 나은 방법은 너무 다급하고, 마지막 방법은 너무 늦소. 급하지도 늦지도 않은 중간 방법을 쓰는 게 좋겠소."

이리하여 유비는 유장에게 편지를 보냈다.

조조가 부하 장수 악진에게 군사를 이끌고 청니진에 이르게 했소. 뭇 장수들이 나섰으나 막아내지 못하고 있다기에 내가 직접 가서 막으려 하오. 그런 까닭에 미처 만나지 못하고 글로써 인사를 대신하오.

유비의 편지가 성도에 이르자 장송은 깜짝 놀랐다. 유비가 형주로 돌아가려 한다는 말을 참말로 여겼다. 그래서 편지 한 통을 써 유비에게 보내려 했다. 그때 하필 친형인 광한 태수 장숙이 찾아왔다. 장송은 편지를 급히 소매 속에 감추고 장숙을 맞아 이야기를 나누었다. 장숙은 장송이 허둥대는 걸 보고 이상히 여겼다. 장송은 술을 내오라 하여 장숙과 함께 마셨다. 술잔을 주고받는 사이에 편지가 바닥에 떨어졌다. 장숙을 모시는 이가 떨어진 편지를 얼른 주워들고 있다가 자리가 끝난 뒤 장숙에게 바쳤다.

장숙은 얼른 편지를 펼쳐 읽어보았다.

지난번에 이 사람 장송이 황숙께 드린 말씀은 조금도 거짓이 없는데 어찌하여 날짜만 질질 끌고 계십니까? 거꾸로 뒤집는 방법을 써서 도리를 지키는 일은 옛사람들도 귀하게 여겼습니다. 이제 큰일이 이미 손안에 들어와 있는 거나 마찬가지인데, 어찌하여 여기를 버리고 형주로 돌아가려 하십니까? 그 소식에 저는 정신을 잃을 뻔했습니다. 편지를 받는 대로 곧장 들이치도록 하십시오. 저는 마땅히 안에서 돕겠습니다. 혹시라도 스스로 일을 그르치지 않도록 하십시오.

장숙은 다 읽고 나서 소스라치게 놀랐다.

"내 아우가 집안을 다 망칠 일을 하고 있었구나. 미리 가서 일러바치지 않을 수 없다."

장숙은 그날 밤 곧바로 편지를 들고 가 유장에게 보여주며, 아우 장송이 유비와 짜고 서천을 바치고자 했다고 말했다.

유장이 크게 화를 냈다.

"내가 평소에 저를 서운하게 대접하지 않았는데 어찌하여 배반하려 하는고!"

유장은 곧바로 장송의 가족 모두를 잡아들여 저잣거리에 내어다 목을 베라는 명령을 내렸다.

뒷날 어떤 이가 이를 두고 한숨 어린 시를 지어 읊었다.

한 번 보면 잊지 않는 재주 예로부터 드문 일인데
하늘의 비밀이 편지 한 통 때문에 새나갈 줄 뉘 알았으랴
현덕이 임금 되어 나라 다스리는 걸 보지 못하고
미리 성도에서 옷자락을 제 피로 물들이고 말았구나

장송을 죽이고 난 유장이 문무 벼슬아치들을 모아놓고 의논했다.

"유비가 내 터를 빼앗으려 하니 어찌해야 좋겠소?"

황권이 나섰다.

"일을 질질 끌어서는 안 됩니다. 곧장 관마다 사람을 보내 군사를 늘려 지키도록 하고, 형주군은 단 한 사람도 안으로 못 들어오게 하라는 명령을 내리십시오."

유장은 그 말을 좇아 그날 밤 곧장 각 관으로 격문을 띄웠다.

한편 유비는 군사를 거느리고 부성으로 돌아왔다. 먼저 부수관으로 사람을 보내 양회와 고패에게 관 밖에서 헤어지는 인사를 나누자고 했다. 양회와 고패 두 장수는 이 말을 듣고 머리를 맞대었다.

양회가 물었다.

"현덕이 돌아간다는데 어찌해야 좋겠소?"

고패가 대답했다.

"현덕은 이제 딱 죽었소. 우리 두 사람이 몸속에 날카로운 칼을 품고 가 헤어지는 자리에서 찔러 죽여버립시다. 그렇게 하면 우리 주공께서는 걱정거리가 사라집니다."

양회가 고개를 끄덕였다.

"그것 참 기가 막힌 생각이오."

두 사람은 군사 2백 명만 거느리고 관을 나갔다. 나머지 군사들은 모두 관 위에 남겨두었다.

유비의 대군이 모두 길을 떠나 부수에 이르렀을 때였다. 방통이 말 위에서 유비에게 말했다.

"양회와 고패가 기꺼이 나타나면 미리 준비를 해야 하고, 나타나지 않으면 곧장 관으로 군사를 몰고 쳐들어가 빼앗아야 합니다. 머뭇거려서는 안 됩니다."

그런저런 말을 나누고 있는데 갑자기 회오리바람이 한바탕 일더니 말 앞의 장수 수(帥) 자 깃발이 부러졌다.

유비가 방통을 쳐다보았다.

"이게 무얼 뜻하나요?"

"미리 조심하라고 알려주는 것 같습니다. 양회와 고패 두 사람은 틀림없이 주공을 찌를 뜻을 가지고 있겠지요. 미리 준비를 단단히 하십시오."

유비는 곧바로 두꺼운 갑옷을 입고 몸에 보배 칼도 찼다. 마침내 양회와 고패 두 장수가 배웅 나왔다는 보고가 들어왔다. 유비가 군사와 말 모두 쉬라고 일렀다.

방통은 위연과 황충에게 말했다.

"관에서 오는 군사는 많은지 적은지를 따지지 말고, 또 말 탄 군사든 일반 군사든 가리지 말고 하나도 놓아 보내지 마시오."

두 장수는 명령을 받고 물러갔다.

양회와 고패 두 사람은 품속에 날카로운 칼을 감추고 군사 2백 명과 함께 양을 끌고 술을 지고서 유비군 앞에 나타났다. 둘레를 살펴보니 별다른 준비가 없었다. 그래서 속으로 자기들 계획대로 되는 성싶어 무척 좋아라 했다. 막사로 들어갔더니 유비와 방통이 앉아 있었다.

두 장수가 인사를 했다.

"황숙께서 먼 길을 돌아가신다는 소식을 듣고 보잘것없는 예물이나마 가지고서 일부러 배웅하러 왔습니다."

이어 유비에게 먼저 술잔을 권했다.

유비가 말했다.

"두 장군께서 관을 지키느라 고생이 많았을 터이니 먼저 받으시오."

두 장수가 잔을 받아 마시고 나자 유비가 다시 말했다.

"내가 두 장군과 조용히 얘기할 게 있으니 다른 사람들은 다 물러가도록 하라."

이리하여 두 사람이 데려온 군사 2백 명을 모두 본부 밖으로 몰아냈다. 그런데 그들이 나가자마자 유비가 버럭 소리를 질렀다.

"여봐라, 어서 나와 저 두 도적놈을 잡아라!"

장막 뒤에서 유봉과 관평이 대답 소리를 크게 내며 뛰쳐나왔다. 양회와 고패 두 사람은 대들기 위해 잽싸게 일어났으나 유봉과 관평이 각각 한 사람씩 내리눌러버렸다.

유비가 두 사람을 보고 호통을 쳤다.

"나는 너희 주인과 같은 집안의 형제 사이인데, 너희 둘은 어찌하여 핏줄의 정을 떼어놓으려고 짰느냐?"

방통이 곁에 있는 이들더러 두 사람의 몸을 뒤지게 하였더니 과연 날카로운 칼이 한 자루씩 나왔다. 방통은 곧바로 두 사람의 목을 베라고 호통쳤다. 그러나 유비가 머뭇거리며 결정을 하지 못했다.

방통이 그런 유비를 보며 딱 부러지게 말했다.

"이 두 놈은 처음부터 주공을 해칠 마음을 먹고 왔습니다. 그러니 그 죄는 죽어도 용서받을 수 없습니다."

방통의 명령을 받은 무사들은 양회와 고패를 막사 앞으로 끌고 가 목을 베어버렸다. 이때 황충과 위연은 두 사람이 데려온 군사 2백 명을 이미 죄다 붙잡아놓고 있었다. 유비는 그들을 불러 술을 따라주며 놀란 가슴을 가라앉히도록 했다.

"양회와 고패가 우리 형제 사이를 벌어지게 하고, 그것도 모자라 나를 죽이려고 날카로운 칼을 몰래 품고 와 나를 찌르려 하기에 잡아 죽였을 뿐이다. 너희들은 아무 잘못 없으니 놀라지 마라."

모두들 절을 하며 고마워했다.

방통이 그들에게 말했다.

"나는 지금 너희들을 앞장세워 길 안내를 받으려고 한다. 우리 군사들과 함께 가서 관을 빼앗으면 상을 후하게 내리리라."

모두들 그렇게 하겠다고 했다.

그날 밤 군사 2백 명이 앞장서고 대군은 그 뒤를 따랐다.

앞장선 군사들이 관 아래에 이르자 소리 질렀다.

"두 장군께서 급한 일이 있어 다시 돌아오셨다. 얼른 관문을 열어라!"

성 위에서 들으니 자기 편 군사들이 지르는 소리인지라 곧바로 관문을 열어주었다. 대군은 곧바로 한꺼번에 밀고 들어가 피 한 방울 흘리지 않고 관을 차지했다. 서촉 군사들은 모두 항복했다. 유비는 약속한 대로 상을 두텁게 내리고, 군사를 나누어 관의 앞뒤를 지키게 했다.

다음 날 군사들을 다독거리기 위한 잔치를 베풀었다.

술에 취한 유비가 방통을 돌아보며 한마디 했다.

"오늘 이 자리는 참으로 즐겁지 않소?"

방통이 시큰둥하게 대답했다.

"남의 나라를 치면서 즐거워하는 건 어진 사람의 군사 부리는 자세가 아닙니다."

유비의 목소리가 높아졌다.

"내 알기론, 옛날에 주나라 무왕은 폭군 주를 치고 나서 음악을 만들어 그 공을 기렸다 하오. 그럼 그것도 어진 사람의 군사 부리는 자세가 아니오? 그대 말이 이치에 맞지 않다는 걸 알겠소? 어서 물러가시오!"

방통은 더 대꾸하지 않고 그저 크게 웃으며 자리에서 일어났다. 이어 유비는 모시는 이들의 부축을 받아 뒤채로 들어갔다. 유비는 그대로 잠에 곯아떨어졌다가 한밤중에야 술에서 깨어났다. 모시는 이들이 방통에게 한 말을 그대로 떠올려주었다. 유비는 크게 뉘우쳤다.

이튿날 아침, 유비는 옷차림을 가지런히 한 뒤 나가서 방통을 불러 사과했다.

"어제 내가 술에 취해 말을 함부로 한 모양이오. 부디 마음에 담아두지 마시오."

방통은 조용히 웃기만 했다.

유비가 다시 용서를 구했다.

"어제 한 말은 오로지 내 실수였소."

방통이 말했다.

"임금과 신하 모두 다 실수를 하였습니다. 어찌 주공만의 실수이겠습니까?"

그 말에 유비는 크게 웃었다. 이리하여 다시 처음의 즐거운 기분을 되찾았다.

한편 유장은 유비가 양회와 고패 두 장수를 죽이고 부수관을 빼앗았다는 보고를 받고 깜짝 놀랐다.

"오늘 이런 일이 일어날 줄은 조금도 생각하지 못했소!"

곧바로 문무 벼슬아치들을 모아놓고 유비군을 물리칠 방법을 물었다.

황권이 나섰다.

"밤을 도와 낙현으로 군사를 보내 머무르게 하십시오. 거기는 목구멍처럼 중요한 길목이니, 거기만 잘 막으면 유비군이 아무리 날래고 사납다 해도 지나오지 못합니다."

유장은 유괴를 비롯해 영포·장임·등현 등 네 장수에게 5만 대군을 거느리고 밤을 도와 낙현으로 가서 유비를 막도록 했다.

네 장수는 곧바로 군사를 몰고 갔다. 가다가 유괴가 뜬금없는 소리를 했다.

"내 들으니 금병산 속에 도호를 자허상인이라고 하는 별난 사람이 살고 있다 하오. 사람이 나고 죽고 귀하게 되고 천하게 되는 걸 다 안다고 하더군요. 오늘 마침 금병산을 지나가게 되니 한번 들러서 물어보면 어떻겠소?"

장임이 고개를 저었다.

"대장부가 군사를 이끌고 적을 무찌르러 가는 길인데, 산속에 숨어 사는 이에게 물어볼 게 뭐 있단 말이오?"

유괴가 다시 말했다.

"그렇지 않소. 성인께서도 말씀하시기를, 정성을 다해 도를 닦으면 앞날도 알 수 있다 하셨소. 우리 한번 이름 높으신 분께 물어서 나쁜 운수는 피하고 좋은 운수는 따르도록 합시다."

이리하여 네 사람은 말 탄 군사 5, 60명만 이끌고 산을 내려가 나무꾼에게 길을 물었다. 나무꾼은 높은 산꼭대기를 가리키며 거기에 자허상인이 산다고 일러주었다. 네 사람은 산 위로 올라가 암자 앞에 이르렀다. 한쪽에서 어린아이 하나가 나와 그들을 맞았다. 그 아이는 이름 따위를 묻고 나서 그들을 암자 안으로 데리고 들어갔다. 들어가보니 자허상인이 풀방석 위에 앉아 있었다. 네 사람은 절을 한 뒤 앞날의 일을 물었다.

자허상인이 대답했다.

"저는 산속에 묻혀 사는 보잘것없는 사람이오. 어찌 좋고 나쁜 걸 알 수 있겠소?"

그러나 유괴가 거듭 절을 하며 졸라대자 그때야 비로소 아이에게 종이와 붓을 가져오라 이르더니 여덟 문장을 써서 유괴에게 주었다.

　　왼쪽의 용과 오른쪽의 봉이
　　날아서 서천으로 온다네
　　새끼 봉은 땅으로 떨어지고
　　누워 있는 용은 하늘로 오른다네
　　하나는 얻고 하나는 잃으니
　　하늘이 정한 운수가 그러하네
　　낌새를 잘 알아차리고 움직여서
　　저승길로 떨어지지 않도록 하라

　유괴가 물었다.
　"우리 네 사람의 운수는 어떻습니까?"
　자허상인이 대답했다.
　"정해진 운수는 어떻게 해도 벗어날 길이 없는 법, 다시
물어 무엇하오!"
　유괴가 또다시 물었으나 자허상인은 눈썹을 내리깐 채
마치 잠을 자듯 눈을 감고서 아무런 대꾸도 하지 않았다. 네
사람은 바로 산을 내려왔다.
　유괴가 말했다.
　"신선의 말이라 믿지 않을 수가 없소."

장임이 코웃음을 쳤다.

"그 사람은 미친 늙은이요. 그런 사람 말을 들어서 좋을 것 하나도 없소."

그들은 말을 타고 앞으로 나아갔다. 낙현에 이르자 저마다 군사를 나누어 길목을 지키기로 하였다.

유괴가 말했다.

"낙성은 바로 성도를 지켜주는 단단한 담벼락이나 마찬가지요. 따라서 여기를 잃으면 성도를 지키기 어렵게 되오. 우리 네 사람이 의논해서 두 사람은 성을 지키고, 두 사람은 낙현 앞으로 가 산을 끼고 있는 험한 곳에 영채 둘을 세워 적이 성 가까이 오지 못하도록 합시다."

영포와 등현이 말했다.

"우리가 가서 영채를 세우겠소."

유괴는 무척 좋아라 하며 군사 2만 명을 영포와 등현 두 사람에게 주어 성에서 60리 떨어진 곳에 영채를 세우도록 했다. 유괴 자신은 장임과 함께 낙성을 지키기로 했다.

한편 이미 부수관을 얻은 유비는 방통과 함께 낙성을 칠 일을 의논하고 있었다. 그때 보고가 들어왔다. 유장이 네 장수를 보내왔는데, 오자마자 바로 그날로 영포와 등현이 군사 2만 명을 거느리고 성에서 60리 떨어진 곳에 커다란 영채 둘을 세웠다고 했다.

유비가 장수들을 불러 모아놓고 물었다.

"누가 먼저 가서 첫 공을 세우겠소? 두 장수의 영채를 빼앗을 사람이 가면 되오."

늙은 장수 황충이 선뜻 나섰다.

"이 늙은이가 가보겠습니다."

유비가 말했다.

"그럼 노장군이 본부 군사를 이끌고 낙성으로 가시오. 영포와 등현의 영채를 빼앗으면 상을 후하게 내리겠소."

황충은 크게 기뻐하며 바로 본부 군사를 거느리고 인사를 마친 뒤 떠날 준비를 했다. 바로 그때 장수 하나가 뛰쳐나오며 소리쳤다.

"노장군은 나이가 높으신데 어떻게 가서 해보시겠다는 겁니까? 제 비록 재주는 보잘것없으나 제가 가겠습니다."

유비가 그를 쳐다보았다. 위연이었다.

황충이 말했다.

"내 이미 명령을 받았는데 그대가 어찌 섣불리 나서는가?"

위연이 대답했다.

"늙은 사람은 힘이 달려 안 됩니다. 내 들으니 영포하고 등현은 촉에서 이름난 장수로 힘이 철철 넘친다 합니다. 노장군은 그런 사람들을 이겨낼 수 없습니다. 자칫했다가 주

황충과 위연이 서로 적의 영채를 빼앗겠다고 나서다.

공의 큰일을 그르치면 어쩌려고 그러시오? 그래서 제가 가 겠다고 나섰습니다. 좋은 뜻으로 말씀드리는 겁니다."

황충이 화를 벌컥 냈다.

"그대가 나를 보고 늙었다고 했겠다. 그렇다면 나랑 무예를 한번 겨뤄볼 텐가?"

위연도 끝까지 물러서지 않았다.

"그럼 주공 앞에서 한번 겨뤄봅시다. 그렇게 해서 이긴 사 람이 가기로 하는 게 어떻겠소?"

황충이 뜰아래로 내려가며 부하 장수에게 말했다.

"칼을 가져오너라!"

그때 유비가 급히 말렸다.

"안 되오! 내가 지금 군사를 이끌고 서천을 빼앗으러 나 선 건 오로지 그대들 두 사람의 힘을 믿기 때문이오. 이런 참에 두 호랑이가 서로 다투면 반드시 하나는 다치게 되오. 그러면 내가 이루고자 하는 큰일을 그르치고 마오. 두 사람 은 어서 화를 풀고 다투지 마시오."

방통도 말렸다.

"두 사람은 군이 다툴 필요가 없소. 지금 영포와 등현은 제가끔 영채를 세우고 있소. 두 사람은 본부 군사를 거느리 고 가서 따로따로 영채 하나씩을 치도록 하시오. 먼저 빼앗 는 이가 첫 공을 세우는 걸로 하겠소."

그리하여 황충은 영포의 영채를 치기로 하고, 위연은 등현의 영채를 치기로 했다. 두 사람은 각각 명령을 받고 물러갔다.

　방통이 유비를 보고 말했다.

　"저 두 사람이 길을 가다가 또 다툴지 모릅니다. 아무래도 주공께서 군사를 이끌고 뒤따르시면서 돕지요."

　그 말에 따라 유비는 방통더러 성을 지키게 한 뒤 자신은 유봉·관평과 함께 군사 5천 명을 이끌고 두 사람의 뒤를 따르기로 했다.

　영채로 돌아온 황충은 한밤중이 지나자마자 밥을 지어 먹고 새벽에 모인 뒤 날이 밝자마자 왼쪽 산골짜기로 나아갈 수 있도록 하라고 명령했다.

　위연은 몰래 사람을 시켜 황충이 떠날 시간을 알아보게 하였다.

　"한밤중 지나자마자 밥을 지어 먹고 새벽에 모여 움직인답니다."

　위연은 속으로 기뻐하며, 밤이 막 이슥해질 무렵에 밥을 지어 먹고 딱 한밤중에 떠나 날이 밝을 때는 등현의 영채에 다다를 수 있도록 하라고 명령했다.

　군사들은 명령에 따라 밤이 이슥해질 무렵에 밥을 지어 배불리 먹었다. 이어 말의 목에서는 방울을 떼어내고, 사람

입에는 나뭇가지를 물려 말소리를 내지 못하도록 했다. 게다가 깃발은 말아 들고 갑옷을 단단히 여민 뒤 어둠 속을 더듬으며 영채를 덮치러 갔다. 이처럼 한밤중에 영채를 나와 말을 타고 앞으로 나아가다 보니 위연은 욕심이 생겼다.

'등현의 영채만 들이친다면 뭐가 대단하겠는가. 먼저 영포의 영채를 친 뒤 이긴 군사를 몰고 가 등현의 영채를 무찔러야겠다. 그러면 두 군데를 다 해치운 공을 내가 차지할 수 있다.'

그래서 말 위에서 바로 명령을 내렸다. 그 명령에 따라 군사들은 모두 왼쪽 산길로 나아갔다. 날이 밝아올 무렵이 되어 영포의 영채에서 멀지 않은 곳에 이르자 위연은 군사들을 쉬게 하면서 징이며 깃발이며 무기 등을 펼쳐놓고 싸울 준비를 하도록 했다.

길에 숨어 있던 영포의 군사는 이런 사실을 자기네 영채로 나는 듯이 달려가 알렸다. 그래서 영포는 이미 싸울 준비를 다 해놓고 있었다. 쾅 소리가 한 번 울리자 영포의 군사들은 모두 말에 올라 뛰쳐나왔다. 위연은 칼을 들고 말을 달려나가 영포와 마주 싸웠다. 두 장수가 탄 말이 서로 어우러져 30합을 싸웠을 때 서천 군사가 두 길로 나뉘어 위연의 군사를 덮쳐들었다. 위연군은 밤새 오느라 사람이고 말이고 모두 지쳐 있어서 해보지 못하고 뒤로 물러나 달아나기에 바빴다. 위연도 뒤쪽이 시끄러워지자 영포하고 싸우는 걸 그만두고 말 머리를 돌려 달아났다. 서천군이 계속 쫓아왔다. 위연군은 크게 지고 말았다.

채 5리도 달아나지 못했을 때 산 뒤에서 북소리가 크게 일더니 등현이 이끄는 군사 한 무리가 산골짜기로부터 뛰쳐나와 길을 막으며 소리 질렀다.

"위연은 빨리 말에서 내려 항복하라!"

위연은 말에 채찍질을 더욱 세게 하며 달아났다. 그러나 얼마 가지 못해 갑자기 말의 두 앞발이 꺾이며 넘어지는 바람에 위연은 말에서 떨어져 나뒹굴고 말았다. 등현이 말을 달려와 창으로 위연을 찌르려 했다. 그러나 창끝이 위연의 몸에 닿기 전에 갑자기 활시위 소리가 나더니 등현이 말에서 굴러떨어졌다. 뒤에서 영포가 달려와 그를 구하려 했다. 바로 그때 대장 하나가 산언덕에서 나는 듯이 말을 달려 내려오며 소리를 내질렀다.

"노장 황충이 여기 있다!"

황충은 곧바로 칼을 휘두르며 영포에게 달려들었다. 영포가 해보지 못하고 겨우 몸을 돌려 달아나기 시작했다. 황충이 계속 그 뒤를 쫓으니 서천군은 큰 어지러움에 빠지고 말았다. 황충의 군사 한 무리는 위연을 구한 뒤 등현을 죽인 다음 영채 앞까지 몰아쳤다. 그때 달아나던 영포가 말 머리를 돌려 황충에게 덤벼들었다. 10합쯤 싸웠을 때 뒤에서 군사들이 떼를 지어 몰려들었다. 영포는 하는 수 없이 왼쪽 영채를 버리고 싸움에 진 군사들과 함께 오른쪽 영채로 달아났다. 그런데 어찌 된 일인지 영채 안에 꽂혀 있는 깃발이 자기들 게 아니었다. 영포는 소스라치게 놀랐다. 말을 세우고 살펴보는데 황금 갑옷에 비단 웃옷 차림을 한 대장 하나가 나타났다. 바로 유비였다. 유비 왼쪽에는 유봉이, 오른쪽에는 관평이 서 있었다.

유비가 큰소리를 내질렀다.

"영채는 이미 내가 차지했다. 너는 어디로 가려 하느냐?"

원래 유비는 군사를 이끌고 뒤에서 돕기 위해 따라왔다가 이기는 기운을 타고 영채를 빼앗았다. 영포는 양쪽이 다 막히자 낙성으로 돌아가기 위해 산속의 좁다란 길로 들어섰다. 그러나 10리도 채 못 갔을 때였다. 좁은 길에 숨어 있던 군사들이 갑자기 나타나 갈고리로 영포를 낚아채고 말았다. 그들은 위연의 군사들이었다. 위연은 스스로 어떤 잘못을 저질렀는지를 알기에 그 죄를 벗어날 궁리를 했다. 그래서 남은 군사를 거두어 사로잡은 촉군한테 길을 물어 미리 숨어 있었다. 그러다가 용케도 영포를 사로잡았다. 위연은 영포를 꽁꽁 묶어 유비의 영채로 끌고 갔다.

이때 유비는 죽음에서 벗어나게 해준다는 글귀가 새겨진

깃발을 세워놓고 서천군의 항복을 받고 있었다. 서천 군사들 가운데에 창을 거꾸로 잡고 갑옷을 버린 뒤 항복한 이는 죽이지 말고 모두 살려주게 했다. 만약에 죽이는 이가 있으면 자기 목숨을 내놓도록 했다.

유비가 항복한 서천 군사들한테 말했다.

"너희 서천 사람들 역시 부모가 있고 처자식이 있을 테다. 항복하여 군사가 되고자 하는 이는 그대로 받아주고, 그렇지 않은 사람은 집으로 돌려보내주겠다."

이에 서천 군사들이 내지르는 소리가 땅을 뒤흔들었다.

영채를 정리한 뒤 황충은 유비에게 와서 위연이 명령을 어기고 함부로 움직였으니 목을 베어야 마땅하다고 보고했다. 유비가 급히 위연을 불렀다. 위연은 영포를 묶은 채 끌고 왔다.

유비가 이를 보고 말했다.

"위연이 비록 죄를 짓긴 했지만, 이 공으로 죄를 갚도록 하겠다."

이어 위연더러 목숨을 구해준 황충에게 고맙다는 인사를 하게 한 뒤 다시는 다투는 일이 없도록 했다. 이에 위연이 머리를 조아리며 죄를 빌었다. 유비는 황충에게 상을 후하게 내렸다.

영포는 막사 앞으로 끌려갔다. 유비가 묶인 걸 풀어주라 이른 뒤 술을 주어 놀란 가슴을 가라앉게 하고서 말했다.

"기꺼이 항복할 생각이 없느냐?"

영포가 대답했다.

"이미 죽은 목숨을 살려주셨는데 어찌 항복하지 않을 수 있겠습니까? 그런데 유괴와 장임은 저와 살고 죽기를 같이 하자고 다짐한 사이입니다. 만약에 저를 풀어주신다면 돌아가 그 두 사람도 항복하게 해서 낙성을 바치도록 하겠습니다."

유비가 무척 좋아라 하며 옷과 말을 내어주고 낙성으로 돌아가게 했다.

이를 보고 위연이 말했다.

"영포를 놓아주시면 안 됩니다. 만약에 몸을 빼서 빠져나가면 다시는 돌아오지 않을지 모릅니다."

유비가 고개를 저었다.

"내가 어짊과 의로움으로 대하면 그 사람도 그렇게 하지 않을 수 없다."

영포는 낙성으로 돌아가 유괴와 장임을 보자 자신이 사로잡혔다가 풀려났다는 얘기는 하지 않았다.

"적군 여남은 명을 죽이고 말을 빼앗아 타고 간신히 도망쳐왔소."

유괴는 서둘러 성도로 사람을 보내 도와달라고 했다.

유장은 등현이 죽었다는 소식을 듣자 크게 놀랐다. 급히 벼슬아치들을 모아놓고 의논했다.

맏아들 유순이 나섰다.

"제가 군사를 이끌고 가서 낙성을 지키겠습니다."

유장이 여러 사람들을 둘러보았다.

"내 아들이 가겠다고 나섰소. 그럼 누가 따라가 곁에서 도와주겠소?"

한 사람이 나섰다.

"제가 가겠습니다."

유장이 그를 쳐다보았다. 사돈 사이인 오의였다.

"그렇게 해주면 더 바랄 나위 없겠소. 그럼 부장으로는 누가 좋겠소?"

오의는 오란과 뇌동을 추천해 부장으로 삼은 뒤 군사 2만 명을 거느리고 낙성으로 갔다. 유괴와 장임이 나와 맞으며 그동안의 일을 자세히 일렀다.

오의가 물었다.

"적이 성 아래까지 들어와 있어 막아내기가 쉽지 않겠소. 여러분들 생각은 어떻소?"

영포가 말했다.

"여기는 부강이 가까이 흐르는데 물살이 무척 빠릅니다. 앞의 영채는 산 아래쪽이라 자리가 낮은 곳입니다. 군사 오천 명만 내주십시오. 가래와 호미로 부강의 둑을 터서 유비 군을 물속에 다 빠뜨려 죽여버리겠습니다."

오의는 그 말을 받아들였다. 그래서 영포에게 앞으로 가 강물을 트게 하고, 오란과 뇌동은 군사를 끌고 가 돕도록 했다. 명령을 받고 물러나온 영포는 강물을 틀 기구들을 준비했다.

한편 유비는 황충과 위연에게 영채 하나씩을 맡아 지키도록 한 뒤 부성으로 돌아와 방통과 의논했다.

바로 그때 염탐꾼의 보고가 들어왔다.

"동오의 손권이 동천의 장로한테 사람을 보내 서로 손을 잡고 가맹관을 치려 한답니다."

유비가 깜짝 놀랐다.

"만약에 가맹관을 잃으면 뒷길이 끊기게 되어 우리는 나 가지도, 물러서지도 못하게 되오. 어찌해야 좋겠소?"

방통이 맹달을 보고 말했다.

"공은 촉 땅 사람이니 지리에 밝겠죠? 가서 가맹관을 지 키는 게 어떻겠소?"

맹달이 대답했다.

"제가 같이 가서 지킬 만한 사람을 추천하겠습니다. 그 사 람이랑 같이 가면 절대 실수가 없으리라 봅니다."

유비가 누구냐고 묻자 맹달이 대답했다.

"전에 형주의 유표 아래에서 중랑장을 지낸 곽준이라는 사람입니다. 남군 지강 사람으로 자는 중막입니다."

유비는 무척 좋아라 하며 곧바로 맹달과 곽준을 가맹관으로 보내 지키게 했다.

방통이 숙소로 돌아와 있는데 갑자기 문지기가 들어와 보고했다.

"손님 한 분이 찾아와 뵙고자 합니다."

방통이 나가 손님을 맞았다. 8자 키에 생긴 모습이 보통이 아니었다. 목 언저리에는 짧게 자른 머리가 아무렇게나 들러붙어 있고 옷차림도 엉망이었다.

방통이 물었다.

"선생은 누구십니까?"

그 사람은 아무런 대꾸도 하지 않고 위로 올라와 침상에 벌렁 드러누웠다. 방통은 의심스런 마음이 들어 거듭 묻자 그제야 마지못해 대꾸했다.

"가만히 좀 있으시오. 내 마땅히 그대에게 세상의 큰일을 알려주겠소."

방통은 더욱 의심스러웠다. 아랫사람들에게 일단 술과 식사를 대접하라 일렀다. 그 사람이 벌떡 일어나더니 조금도 주저하지 않고 음식을 먹기 시작했다. 실컷 배불리 먹는가 싶더니 다시 드러누워 이내 잠이 들었다.

방통은 계속 의심스런 마음이 들며 마음이 편치 않아 사람을 시켜 법정을 불러오게 했다. 혹시 염탐꾼이 아닌가 싶어서였다. 법정이 급히 왔다.

방통이 나가 법정을 맞으며 말했다.

"웬 사람이 찾아왔는데 어떤 자인지 잘 모르겠소."

법정이 말했다.

"혹시 팽영언이 아닌가 싶소."

법정이 뜰 위로 올라섰다. 그러자 그 사람이 벌떡 일어나며 인사했다.

"효직은 별일 없었소?"

서천 사람이 옛 벗을 만나 알아보니
부수의 거친 강물 터지지 않겠네

과연 이 사람은 누구인지……

제63회

낙봉파에서 방통이 죽다

방통이 죽자 제갈량은 목놓아 울고
장비는 의로움으로 엄안을 살려주다

법정과 그 사람은 서로 마주 보고서 손뼉을 치며 웃어댔다.
방통이 누구냐고 묻자 법정이 소개를 했다.

"이분은 광한 사람으로, 이름은 팽양이고 자는 영언입니다. 촉 땅의 뛰어난 인물입니다. 유장한테 입바른 소리를 했다가 미움을 받아 머리를 깎이고 쇠테를 목에 두른 채 몹시 힘든 막일을 하는 벌을 받았습니다. 그래서 머리도 짧지요."

방통은 팽양을 귀한 손님으로 모시며 무슨 일로 왔는지 물었다.

팽양이 대답했다.

"내 특별히 그대들 군사 수만 명의 목숨을 구하러 왔소. 유장군을 직접 만나면 말하겠소."

법정이 급히 유비에게 알렸다. 유비가 직접 찾아와 어인 일인지 물었다. 팽양은 그 말엔 대꾸 없이 오히려 유비에게 되물었다.

"장군께서는 앞 영채에 군사를 얼마나 두고 있습니까?"

유비는 사실대로 대답했다.

"위연과 황충이 이끄는 군사들이 거기 있소."

"장군이라는 사람이 땅 생김새를 그토록 볼 줄 모르면 어떡합니까? 앞 영채는 부강에 너무 바짝 붙어 있어서, 만약에 강물을 터놓고 앞뒤에서 군사들이 꽉 막으면 단 한 사람도 빠져나갈 수 없습니다."

그 말을 듣자 유비는 퍼뜩 깨달았다.

팽양이 내처 말했다.

"지금 북두칠성이 서쪽에 있고 금성은 이곳 가까이 있어 틀림없이 좋지 않은 일이 일어납니다. 조심하십시오."

유비는 바로 팽양에게 절을 한 뒤 막빈으로 삼았다. 이어 위연과 황충에게 몰래 사람을 보내 적이 강물을 틀지 모르니 아침저녁으로 순찰을 철저히 하도록 일렀다. 이에 황충과 위연은 양쪽이 하루씩 돌아가며 순찰을 돌기로 의논하고, 적군이 오면 서로에게 바로 알려주기로 했다.

그날 밤 비바람이 거세게 몰아쳤다. 영포는 그 틈을 타 강물을 트기 위해 군사 5천 명을 이끌고 강가로 나갔다. 막 준비를 끝냈을 때였다. 뒤쪽에서 크게 외치는 소리가 어지러이 일었다. 영포는 적이 미리 준비하고 있었다는 걸 알고 급히 군사를 돌리려 했다. 그러나 앞쪽에서 위연이 군사를 몰고 들이닥쳤다. 서천군은 놀라 자기네들끼리 밟고 밟히는 어지러움에 빠져버렸다. 영포는 달아나다가 위연과 딱 마주쳤다. 두 마리 말이 어우러져 싸운 지 몇 합 되지 않아 위연은 영포를 사로잡았다. 오란과 뇌동이 도우러 왔으나 황충이 이끄는 군사들이 와서 그들을 마구 무찔렀다. 위연은 영포를 부관으로 끌고 갔다.

유비가 그를 보고 꾸짖었다.

"나는 너를 어짊과 의로움으로 대하며 놓아 보내주었는데, 너는 어찌하여 나를 두려워하지 않고 배반하였느냐! 이젠 용서할 수 없다!"

유비는 영포를 끌고 가서 목을 베라 하고 위연에게는 상을 후하게 내렸다.

유비가 잔치를 베풀어 팽양을 대접하는데 갑자기 보고가 들어왔다. 형주에서 제갈량이 마량을 시켜 편지를 보내왔다고 했다. 유비가 불러들여 묻자 마량이 인사를 마친 뒤 말했다.

"형주는 별일 없습니다. 주공께서는 걱정하지 않으셔도 됩니다."

이어 가져온 편지를 바쳤다. 유비는 편지를 펼쳐보았다.

제가 밤에 전쟁이며 재앙 따위를 알 수 있는 태을수를 보았더니, 올해가 계사년이라 북두칠성이 서쪽에 있습니다. 여기에 하늘의 별자리를 살펴보았더니 금성이 낙성 땅 가까이 있습니다. 주된 장수의 몸에 나쁜 건 많고 좋은 건 적다는 걸로 풀이할 수 있습니다. 부디 모든 일에 조심하시기 바랍니다.

편지를 읽고 난 뒤 유비는 마량에게 먼저 돌아가라 이른 뒤 말했다.

"내 곧 형주로 돌아가서 이 일을 의논해봐야겠소."

방통은 속으로 좋지 않은 생각이 들었다.

'공명은 내가 서천을 빼앗아 공을 세우는 게 싫어 일부러 이런 편지를 보내 막으려 하는구나.'

그래서 유비에게 야무지게 말했다.

"저도 태을수를 보아서 이미 북두칠성이 서쪽에 있는 줄 압니다. 이건 주공께서 서천을 얻는다는 걸 뜻하지, 결코 나쁜 일을 나타내지 않습니다. 또 저도 하늘을 살펴보아서 금성이 낙성 땅 가까이 있는 줄 알고 있습니다. 이미 촉의 장수 영포를 잡아 베어버렸으니 나쁜 일은 다 넘어간 거나 마찬가지입니다. 주공께서는 조금도 머뭇거리지 마시고 빨리 앞으로 나가도록 하십시오.”

유비는 방통이 거듭 재촉을 하기에 군사를 이끌고 앞으로 갔다. 황충과 위연이 유비를 영채로 맞아들였다.

방통이 법정에게 물었다.

“여기서 낙성을 가자면 길이 몇 갈래나 되오?”

법정이 땅바닥에 그림을 그려가며 설명했다. 유비가 장송이 준 지도를 꺼내 서로 맞춰보니 틀린 데가 하나도 없었다.

법정이 말했다.

“산 북쪽에 있는 큰길은 낙성의 동문으로 이어지고, 산 남쪽의 작은 길은 낙성의 서문으로 이어집니다. 두 길 모두 군사들이 지나갈 만합니다.”

방통이 유비에게 말했다.

“저는 위연을 앞장세우고 남쪽 작은 길로 해서 나아가겠습니다. 주공께서는 황충을 앞장세우시고 산 북쪽 큰길로 나아가십시오. 낙성에서 만나 함께 들이치면 됩니다.”

유비가 고개를 저었다.

“나는 어려서부터 활을 쏘고 말을 타는 일이 몸에 배어 있고 작은 길도 많이 다녀보았소. 공이 큰길로 해서 동문을 치시오. 나는 서문을 치겠소."

방통 역시 고개를 저었다.

"큰길은 틀림없이 지키는 군사들이 있습니다. 주공께서는 군사를 거느리고 가셔서 그쪽을 맡아주십시오. 저는 작은 길로 가겠습니다."

"그러지 마시오. 내가 밤에 꿈을 꾸었는데, 신선 같은 분이 나타나 쇠몽둥이로 내 오른팔을 쳤소. 꿈을 깨고 나서도 팔이 아픈 걸 보니 이번에 가는 일이 그리 좋지 않소."

"제아무리 군센 사람이라도 싸우러 나가 죽지 않으면 다치는 일은 늘 있습니다. 꿈꾸신 일을 가지고 뭘 그리 걱정을 하십니까?"

"내가 이렇게 마음에 걸려 하는 건 공명의 편지 때문이오. 공은 돌아가 부관을 지키면 좋겠소."

방통이 껄껄 웃었다.

"주공께서는 공명의 말에 너무 붙들려 계십니다. 공명은 저 혼자 큰 공을 세우는 게 마뜩찮아 그런 편지를 보내 주공의 마음을 어지럽게 하고 있습니다. 마음이 어지럽다 보면 꿈을 꾸게 되는 법입니다. 나쁜 일이 뭐 있겠습니까? 저는 속이 터지고 머리가 깨져 땅에 흩뿌리더라도 주공을 위해 몸과 마음을 다 바치겠습니다. 주공께서는 여러 말씀 더 하지 마시고 내일 아침에 떠나도록 하십시오."

마침내 그날로 명령을 내렸다. 새벽에 밥을 지어 먹고 날이 밝자마자 말을 타고 떠난다고 했다. 황충과 위연이 군사를 거느리고 먼저 떠났다. 유비와 방통은 낙성에서 만날 약속을 했다. 바로 그때였다. 갑자기 방통이 타고 있던 말이 낯가림을 하듯이 거칠게 굴며 앞으로 푹 주저앉더니 몸을 마구 뒤흔들어 방통을 내동댕이쳐버렸다. 유비가 말에서 뛰어내려 그 말을 붙잡아 세운 뒤 말했다.

"어찌하여 이따위 말을 타고 다니오?"

방통이 고개를 갸우뚱거렸다.

"이 말을 타고 다닌 지 오래되었지만 이런 적은 한 번도 없었습니다."

"싸움터에 나가서도 낮이나 가리며 날뛰면 사람 목숨 잡기 딱 알맞소. 내가 타고 다니는 흰말은 성질이 순하고 길도 잘 들어 있으니 이 말을 타고 가시오. 그러면 아무런 탈이 없을 거요. 못난 말은 내가 타겠소."

유비와 방통은 서로 말을 바꾸어 타기로 했다.

방통은 고마움에 몸 둘 바를 몰랐다.

"주공의 두터우신 은혜, 마음속 깊이 새기겠습니다. 비록 만 번을 죽는다 해도 다 갚을 수 없습니다."

이윽고 두 사람은 말에 올라 길을 잡아 나아갔다. 유비는 어쩐지 마음이 개운치 않아 방통의 뒷모습을 오래오래 바

라보았다. 끝내 께름칙한 느낌을 털어버리지 못한 채 길을
떠났다.

　낙성의 오의와 유괴는 영포가 죽었다는 소식이 들어오자
사람들을 모아놓고 의논을 하기 시작했다.

　장임이 먼저 나섰다.

　"성 동남쪽 산골짝에 좁다란 길이 하나 있는데 아주 중요
한 길목입니다. 내가 군사 한 무리를 이끌고 가서 지킬 테니
여러분들은 낙성을 단단히 지키십시오. 절대로 잃으면 안
됩니다."

　그때 유비군이 두 길로 나누어 성을 치러 오고 있다는 보
고가 들어왔다. 장임이 급히 군사 3천 명을 이끌고 나가 작
은 길에 숨었다. 조금 있자니 위연이 이끄는 군사가 나타났
다. 장임은 적군이 그냥 지나갈 수 있게 군사들 모두 꼼짝하
지 말라고 단단히 일렀다. 곧이어 방통의 군사가 나타났다.
장임의 군사 하나가 대장을 가리키며 말했다.

　"흰말을 타고 오는 이가 틀림없이 유비입니다."

　그 말에 장임은 크게 기뻐하며 군사들이 할 일을 재빠르
게 일렀다.

　방통은 좁다란 산길을 따라가다 머리를 들어 살펴보았
다. 양쪽 산이 맞닿은 듯 비좁기 짝이 없는데다 나무가 빽빽

이 들어차 있었다. 게다가 여름에서 막 가을로 접어드는 때라 가지와 잎들이 무성했다.

방통은 뭔가 마음이 께름칙해서 말을 멈추고 물었다.

"여기가 어디쯤인고?"

항복한 지 얼마 안 되는 서천 군사 하나가 길을 가리키며 대답했다.

"낙봉파를 지나고 있습니다."

방통은 소스라치게 놀랐다.

"내 도호가 봉황의 새끼라는 뜻인 봉추인데, 낙봉파라면 봉황이 떨어지는 고개라는 뜻 아닌가? 나한테 그다지 좋지 않은 데구나."

방통은 뒤따라오는 군사들에게 뒤로 물러나라고 명령했다. 그때 갑자기 산고개 쪽에서 쾅 소리가 한 번 울렸다. 이어 화살이 메뚜기 떼 날듯 하는데, 거의 흰말을 탄 사람한테만 쏟아졌다. 방통은 어지러이 쏟아진 화살을 맞고 말 아래로 떨어지고 말았다. 그의 나이 36살이니 아깝고도 딱한 일이었다.

나중에 어떤 사람이 시를 지어 아쉬워했다.

예부터 있던 고개 서로 맞닿은 곳 푸르디푸르고나
그 산모퉁이 돌아가면 방통의 집 있었다네

비둘기 부르던 노래 아이들도 다 알았고

그의 뛰어난 재주 세상 사람들 다 알았다네

천하가 셋으로 나뉠 줄 미리 알아보고

1만 리 먼 길 내달리며 홀로 떠돌았지

그 누가 알았으랴, 장수 별 떨어져

장군이 비단옷 입고 돌아오지 못하게 될 줄을

이보다 앞서 동남쪽 아이들이 부르던 노래도 있다.

봉 한 마리, 용 한 마리

촉 땅으로 함께 가는데

가는 길 반도 못 가

봉은 동쪽 고개에서 떨어져 죽네

바람은 비를 몰아오고

비는 바람 따라오네

한나라 일어날 때 촉으로 가는 길도 열리는데

촉으로 가는 길 열렸을 땐 용만 남았네

이날 방통이 장임의 군사들이 쏜 화살을 맞아 죽은 뒤 형
주 군사들은 좁다란 길에 갇혀 오도 가도 못 하며 절반 넘게
죽고 말았다.

방통이 낙봉파에서 화살을 맞고 죽다.

앞서 가던 군사가 위연에게 나는 듯이 달려가 알렸다. 위연이 급히 군사를 돌려 싸우려 했으나 길이 워낙 좁아 적을 무찌를 수가 없었다. 게다가 장임이 돌아갈 길을 막아놓고 높다란 언덕에서 강한 활과 쇠뇌를 쏘아대니 정신을 차릴 수가 없었다. 위연은 마음만 바쁠 뿐 갈팡질팡하며 어찌해야 좋을지를 몰랐다. 그때 항복한 지 얼마 안 되는 서천 군사 하나가 말했다.

"낙성 아래로 길을 뚫고 가서 큰길로 나아가는 게 낫겠습니다."

위연은 그 말을 좇아 앞장서 길을 뚫으며 낙성 쪽으로 치고 나갔다. 그때 흙먼지가 자욱하게 일더니 앞에서 군사 한 떼가 들이닥쳤다. 낙성을 지키고 있던 오란과 뇌동 두 장수가 이끄는 군사들이었다. 뒤에서는 장임이 군사를 끌고 쫓았다. 이처럼 앞뒤에서 몰아치니 위연은 몇 겹으로 둘러싸인 꼴이 되었다. 죽을힘을 다해 싸웠으나 빠져나갈 수가 없었다. 그러던 어느 순간, 갑자기 오란과 뇌동의 뒤쪽 군사들이 어지러움에 빠지며 무너졌다. 두 장수는 급히 말을 돌려 그쪽을 구하기 위해 달려갔다. 이에 위연은 기운을 몰아 쫓아갔다. 그때 장수 하나가 앞장서서 칼을 휘두르며 말을 달려와 소리를 크게 내질렀다.

"문장! 내 그대를 구하러 왔노라!"

노장 황충이었다. 이리하여 양쪽에서 오란과 뇌동 두 장수를 무찔러 낙성 아래까지 쳐들어갔다. 그러자 유괴가 성 안에서 군사를 몰고 나왔다. 그때 유비가 뒤쪽에서 나타나 도왔다. 황충과 위연은 그 틈을 타 몸을 돌려 돌아왔다.

유비의 군사가 가까스로 영채에 이르렀을 때 장임의 군사가 좁은 길에서 쏟아져나왔다. 이어 유괴와 오란과 뇌동이 앞장서서 군사를 또 몰고 왔다. 유비는 두 영채에 머물지 못하고 싸우며 달아나 겨우 부관으로 돌아갔다. 촉군은 기운을 몰아 마구 쫓아왔다. 유비군은 사람이고 군사고 모두 지쳐 싸울 마음을 내기는커녕 달아나기에도 바빴다. 겨우 부관 가까이 이르렀지만 장임이 몰고 오는 군사 한 무리가 바짝 뒤를 쫓아 아주 위험하기 짝이 없었다. 바로 그때였다. 다행스럽게도 왼쪽에서는 유봉이, 오른쪽에서는 관평이 군사 3만 명을 몰고 나왔다. 새로 뛰어든 그들은 장임의 군사들을 마구 무찔러 20리나 뒤쫓은 뒤 말을 많이 빼앗아 돌아왔다.

유비는 군사를 이끌고 부관으로 다시 들어가자마자 방통의 소식을 물었다.

낙봉파에서 겨우 목숨을 건져 돌아온 군사가 보고했다.

"말과 함께 적군이 어지러이 쏘는 화살을 맞아 고개 앞에서 돌아가셨습니다."

유비는 그 말을 듣자 서쪽을 보고 꺼이꺼이 울어댔다. 이어 방통의 혼을 부르는 제사를 지내도록 했다. 이에 장수들 모두 슬피 울었다.

황충이 말했다.

"이번에 사원께서 돌아가셨으니 틀림없이 장임이 다시 부관을 치러 올 텐데 어찌해야 좋겠습니까? 아무래도 형주로 사람을 보내 공명을 모셔다가 서천을 빼앗을 계획을 다시 짜셔야겠습니다."

바로 그때 장임이 군사를 몰고 성 아래까지 와서 싸움을 걸고 있다는 보고가 들어왔다. 황충과 위연 모두 나가 싸우겠다고 했으나 유비가 말렸다.

"우리 군사들 기운이 많이 꺾여 있으니 지금은 굳게 지키면서 공명이 올 때까지 기다리는 게 좋겠소."

황충과 위연은 그 명령을 받들어 성을 단단히 지키는 데 힘을 쏟았다.

그 사이 유비는 편지 한 통을 써서 관평에게 주었다.

"형주로 가서 공명을 모셔오너라."

관평은 편지를 받아들고 밤을 도와 형주로 갔다. 유비는 부관을 지키기만 할 뿐 나가 싸우지 않았다.

한편 형주의 제갈량은 칠석날 밤에 잔치를 열어 뭇 벼슬아치들과 서천 빼앗는 애기를 나누고 있었다. 그때 서쪽 하늘에서 알곡을 되는 말만큼 큰 별 하나가 사방에 빛을 흩뿌리며 떨어졌다. 그걸 본 제갈량이 깜짝 놀라 술잔을 바닥에 내던지며 낯을 가리고 울음을 터뜨렸다.

"아이고! 아이고! 애달픈지고!"

뭇 벼슬아치들이 어인 일인지 묻자 제갈량이 대답했다.

"내가 저번에 올 운수를 짚었을 때 북두칠성이 서쪽에 있어 방사원한테 좋지 않았소. 또 장수 별이 우리 군 있는 데로 떨어지고, 금성이 낙성 가까이 있어 주공께 조심하시라는 편지를 올렸소. 하지만 누가 오늘 저녁 서쪽의 별이 떨어질 줄 짐작이나 했겠소? 방사원의 목숨이 다한 게 틀림없소!"

제갈량은 거기까지 말한 뒤 목을 놓아 울며 부르짖었다.

"이제 우리 주공께서는 한 팔을 잃으셨구나!"

뭇 벼슬아치들은 놀라면서도 차마 그 말을 믿을 수가 없었다.

제갈량이 다시 말했다.

"며칠 안에 소식이 있겠소."

그날 밤 잔치는 그만 거기서 끝난 채 모두들 흩어졌다.

며칠이 지났다. 제갈량은 관우와 함께 이야기를 나누고 있는데 관평이 왔다는 보고가 들어왔다. 벼슬아치들 모두 놀랐다. 관평이 들어와 유비가 보낸 편지를 내놓았다. 제갈량은 곧 편지를 펼쳐보았다. 방통의 소식이 먼저 눈에 딱 들어왔다.

올 칠월 칠석에 방사원이 낙봉파에서 장임의 군사들이 쏜 화살을 맞고 목숨을 잃었소.

제갈량은 목을 놓아 울었다. 뭇 벼슬아치들도 다들 눈물을 흘렸다.

제갈량이 말했다.

"주공께서 부관에서 오도 가도 못하신다니 내가 가보지 않을 수 없소."

관우가 말했다.

"공명께서 가시면 형주는 누가 지킵니까? 형주는 중요한 데라 가벼이 여길 수 없습니다."

제갈량이 말했다.

"주공께서 편지에 누구라고 쓰지는 않으셨지만 나는 이미 그 마음을 알고 있소."

제갈량이 유비의 편지를 여러 사람에게 내보이며 말했다.

"주공께서는 편지 속에서 형주를 내가 맡고 있으니 나보고 알아서 하라고 하셨소. 하지만 지금 관평한테 편지를 들려 보내신 건 바로 운장공더러 형주의 중요한 자리를 맡으라는 뜻이오. 운장은 복숭아밭에서 함께 다짐하던 형제의 정을 생각하며 힘껏 이 땅을 지키시오. 책임이 결코 가볍지 않으니 공은 부디 애를 써주시오."

관우가 뒤로 빠지지 않고 순순히 그 뜻에 따랐다. 제갈량이 잔치를 베풀며 관인을 내놓았다. 관우가 두 손으로 관인을 받으려 했다. 제갈량이 관인을 손에 받들고서 한 번 더 다짐을 두었다.

"이제부터 형주는 오로지 장군이 알아서 해야 하오."

관우가 대답했다.

"대장부가 중요한 자리를 맡았으니 이 목숨 바쳐 죽음으로써 지켜내겠소."

제갈량은 관우의 입에서 튀어나온 '죽음'이라는 말이 거슬려 순간적으로 관인을 건네지 말까 하는 생각이 들었으나, 이미 나온 말이라 그럴 수 없었다.

제갈량이 물었다.

"만약에 조조가 군사를 몰고 쳐들어오면 어떻게 막아내겠소?"

관우가 대답했다.

"힘을 다해 막겠소."

제갈량이 다시 물었다.

"그럼 조조와 손권이 한꺼번에 군사를 몰고 들이치면 어떻게 하겠소?"

"군사를 나누어 막겠소."

제갈량이 고개를 저었다.

"만약에 그렇게 하면 형주가 위험하오. 내가 한마디 일러
줄 테니 절대로 잊지 말고 마음 깊이 새겨두시오. 그대로 해
야 형주를 잃지 않소."

"어떤 말씀이오?"

"북의 조조는 막고 동의 손권과는 사이좋게 지내시오."

"공명의 말씀, 가슴 깊이 새겨 잊지 않겠소."

제갈량은 마침내 관인을 넘겼다. 이어 문관인 마량·이적
·향랑·미축과 장수인 미방·요화·관평·주창 등에게 관우
를 도와 형주를 잘 지키도록 했다.

제갈량은 직접 군사를 이끌고 서천으로 떠날 준비를 했
다. 먼저 날랜 군사 1만 명을 장비에게 주어 큰길로 해서 파
주와 낙성 서쪽으로 쳐들어가게 하면서 먼저 다다르는 사
람이 첫 공을 세우는 걸로 삼겠다고 했다. 이어 조운에게도
군사 한 무리를 내어주며 앞장서도록 한 뒤 강을 거슬러 올
라가 낙성에서 만나기로 했다. 제갈량 자신은 간옹·장완 등
과 함께 그 뒤를 따르기로 했다. 장완의 자는 공염인데 영릉
상향 사람이다. 형주·양양에서 이름을 날리던 이로, 서기
자리에 있었다.

그날 제갈량은 군사 1만 5천 명을 이끌고 떠나기에 앞서, 같은 날 떠나는 장비에게 단단히 일렀다.

"서천에는 뛰어난 인물들이 많으니 절대로 가벼이 여겨서는 안 되오. 또 가는 길에 군사들이 백성들을 못살게 구는 일이 없도록 단단히 다잡아 백성들 마음을 잃지 않도록 하시오. 나아가 이르는 데마다 백성들을 잘 보살피고 군사들을 함부로 때리지 마시오. 부디 장군과 낙성에서 빨리 만나기를 바라오. 절대로 잘못이 있으면 안 되오."

장비는 제갈량의 말을 기꺼이 받아들인 뒤 말을 타고 떠났다. 장비는 이르는 곳마다 항복해오는 이들을 조금도 못살게 구는 일 없이 잘 대해주었다.

한천 길을 따라 파군 앞에 이르렀을 때 보고가 들어왔다.

"파군 태수 엄안은 촉의 이름난 장수입니다. 비록 나이가 많기는 하지만 기운이 살아 있어 아직도 강한 활을 다룰 수 있고 큰 칼을 잘 씁니다. 혼자서 만 명을 해볼 수 있을 정도로 씩씩한 사람인데, 지금 성을 굳게 지키며 항복하는 깃발을 내걸지 않고 있습니다."

장비는 성에서 10리 떨어진 곳에 영채를 세운 뒤 성 안으로 사람을 들여보내며 일렀다.

"늙은이더러 빨리 항복하라고 해라. 그러면 성 안의 백성들 목숨을 다 살려줄 테고, 항복하지 않으면 성을 허물어 판

판하게 깔아뭉갠 뒤 늙은이고 어린애고 하나도 남겨두지 않겠다고 해라!"

파군의 엄안은 유장이 유비를 서천으로 불러들이기 위해 법정을 보냈다는 소식을 듣고 가슴을 치며 한숨을 내쉬었다.

"이건 바로 깊은 산속에 홀로 앉아 있으면서 호랑이를 불러 자신을 지켜달라는 꼴이구나!"

그 뒤 유비가 부관을 차지했다는 소식이 들리자 크게 화가 나서 군사를 이끌고 나가 싸우려 했다. 그러나 혹시라도 자신이 지키고 있는 길을 따라 적군이 쳐들어올까봐 못 가고 있었다. 그러던 참에 장비가 군사를 이끌고 왔다는 보고를 받자 곧바로 본부 군사 5, 6천 명을 끌어모아 살핀 뒤 싸울 준비를 하고 있었다. 바로 그때 누군가가 어떻게 싸울지를 늘어놓았다.

"장비는 당양 장판에서 한소리 내질러 조조의 백만 대군을 물리친 사람입니다. 조조도 장비가 나타났다는 소리만 들어도 피해버린다고 할 정도니 결코 가벼이 보아서는 안 됩니다. 지금으로선 성 둘레 도랑을 깊이 파고 성을 더 높이 쌓은 뒤 굳게 지키고 앉아 있으면서 나가지 않아야 합니다. 그러면 적들은 먹을거리가 떨어져 한 달도 못 버티고 스스로 물러갑니다. 더욱이 장비는 성질이 불같아서 툭하면 군사를 때린답니다. 그쪽에서 싸우자고 달려들어도 우리가 대거리를 하지 않으면 장비는 틀림없이 제 성질을 못 이겨 화를 낼 테고, 나아가 군사들을 때리며 못살게 굴겠지요. 그리되면 군사들의 마음이 변할 테니, 그때를 놓치지 않고 기운을 몰아 무찌르면 장비를 사로잡을 수 있습니다."

엄안은 그 말을 받아들여 군사들 모두 성으로 올라와 단단히 지키도록 일렀다.

갑자기 군사 하나가 성 밑에 와서 크게 소리쳤다.

"성 문 좀 열어보시오!"

엄안이 들어오라 하여 어쩐 일인지를 물었다. 그 군사는 자신은 장장군이 보내서 온 사람이라 하며 장비가 이른 말을 그대로 옮겼다.

엄안은 그 말을 듣자 벌컥 화를 냈다.

"그따위 보잘것없는 놈이 예의를 모르는구나! 나 엄장군이 어찌 그런 도적놈한테 항복할 수 있단 말이냐! 너는 네 입으로 내가 한 말을 그대로 장비한테 옮기도록 해라!"

이어 무사를 불러 그 군사의 귀와 코를 베어내게 한 뒤 영채로 돌려보냈다.

그 군사는 돌아와 장비를 보자 울면서 엄안이 이 꼴을 만들고 욕을 하더라고 했다. 장비는 불끈 치솟는 노여움을 참을 수 없어 이를 부드득 갈며 눈을 부릅떴다. 장비는 곧바로 갑옷 차림으로 말에 오른 뒤 말 탄 군사 수백 명을 이끌고 파군성 아래로 달려가 싸움을 걸었다. 성 위에서 군사들이 오만 가지 욕을 다 퍼부어댔다. 장비는 끓어오르는 화를 누를 수 없어 몇 번이나 달아맨 다리 있는 데까지 달려가 도랑을 건너려 했으나, 그때마다 화살이 어지럽게 쏟아지는 바람에 되돌아가지 않을 수 없었다. 해가 지도록 누구 하나 싸우러 나오지 않았다. 장비는 솟구치는 화를 억지로 누르며 영채로 돌아왔다.

다음 날 이른 아침, 장비는 다시 군사를 거느리고 가 싸움을 걸었다. 엄안이 성 위 다락에 있다가 활을 쏘아 장비의 투구를 맞혔다. 장비가 손가락질을 하며 씩씩거렸다.

"저 늙은 놈을 잡기만 하면 내 직접 살점을 씹어먹고 말 테다!"

이날도 날이 저물자 허탕 치고 돌아갈 수밖에 없었다.

사흘째 되는 날 장비는 또 군사를 거느리고 성 가까이 가 욕설을 퍼부어댔다. 이 성은 험한 산으로 둘러싸여 있는 산성이었다. 장비는 말을 타고 산 위로 올라가 성 안을 내려다보았다. 군사들 모두 무장을 한 채 가지런히 열을 지어 질서를 갖추고 있었다. 그러면서도 성 안에 틀어박혀 꼼짝도 하지 않았다. 다른 쪽을 보니 성을 지키는 걸 돕느라 일꾼들이 벽돌과 돌을 나르고 있었다.

장비는 말 탄 군사는 말에서 내리게 하고, 일반 군사는 모두 땅바닥에 그대로 주저앉게 하여 적을 밖으로 꾀어내려고 했다. 그런데도 성 안에서는 꼼짝도 하지 않았다. 전날처럼 또 허탕을 치는 바람에 욕만 퍼부어대고서 하루를 끝내고 돌아갔다.

장비는 영채 안에서 끙끙 앓으며 머리를 짜냈다.

'하루 내내 욕을 퍼부어대며 싸움을 걸어도 저쪽에선 꿈쩍도 하지 않으니 이걸 어찌해야 하나?'

그러던 어느 순간 퍼뜩 좋은 생각이 떠올랐다. 장비는 군사들 모두 영채 안에 그대로 눌러앉아 있으라 이른 뒤 4, 50 명만 이끌고 성 아래로 가서 욕설을 퍼부어댔다. 얼마 안 되는 수를 보고 엄안이 군사를 이끌고 나오면 들이칠 속셈이었다. 장비는 애가 타서 주먹을 문지르고 손바닥을 비비며 오로지 적군이 나오기만을 기다렸다. 그렇게 적은 수만으로 사흘을 내리 가서 욕설을 퍼부으며 싸움을 걸었지만 역시 꼼짝도 하지 않았다.

장비는 눈살을 잔뜩 찌푸리며 또 머리를 짜냈다. 문득 한 생각이 떠올랐다. 군사들 모두 사방으로 흩어져 땔나무를 마련하게 하면서 지름길이 있는지 찾아보게 하고 싸움은 굳이 걸지 말도록 하자는 생각이었다. 성 안의 엄안은 며칠째 장비가 나타나지 않자 의심스런 마음이 들었다. 그래서 군사 여남은 명을 장비의 나무하는 군사로 꾸며 몰래 성 밖으로 내보냈다. 군사들 속에 섞여서 산속으로 가 소식을 알아보게 했다.

그날 나무하러 나갔던 군사들이 모두 영채로 돌아오자 영채 안에 있던 장비는 발을 구르며 욕을 퍼부었다.

"엄안, 이 늙은 놈아! 내 속을 터트려 죽일 셈이냐!"

막사 앞에서 그걸 본 군사 서너 명이 장비를 달랬다.

"장군께서는 이렇게 애를 태우실 필요가 없습니다. 요 며칠 사이에 샛길 한 줄기를 찾아냈습니다. 이제 군이 파군을 거치지 않고도 지나갈 수 있습니다."

장비가 짐짓 큰소리로 꾸짖었다.

"그런 걸 찾아냈으면 빨리빨리 알려줘야지!"

여럿이 큰소리로 대답했다.

"요 며칠 뒤진 끝에 겨우 찾아냈습니다."

"그럼 머뭇거려서는 안 되겠다. 밤이 막 이슥해지려 할 때 밥을 지어 먹고, 한밤중에 달빛 밝을 때 영채를 거두어 떠나도록 하라. 사람은 입에 나뭇가지를 물고, 말은 방울을 떼어 낸 뒤 소리 나지 않게 조용조용 가도록 하라. 내 직접 앞장서서 길을 헤치고 나갈 테니 너희들은 차례대로 뒤를 따르라."

이 명령은 곧장 영채 안에 다 옮겨졌다.

엄안이 보낸 염탐꾼들은 이 소식을 듣자마자 곧바로 성 안으로 돌아가 보고했다. 엄안은 아주 흐뭇해했다.

"내 그놈이 더는 참지 못할 줄 알았다! 샛길로 슬쩍 지나가겠다고? 그렇다면 먹을거리하고 말먹이 실은 수레도 틀림없이 뒤따라가겠군. 내가 뒷길을 끊어버리면 네가 어떻게 지나가겠느냐? 멍청한 놈 같으니라고. 드디어 내 꾀에 걸려들었도다!"

엄안은 곧바로 명령을 내려 군사에게 싸우러 나갈 준비를 하도록 했다.

"오늘 밤 한밤중이 되기 전에 밥을 지어 먹고, 한밤중에 성을 나가 나무 우거진 곳에 숨어 있도록 하라. 장비가 좁다란 샛길을 지나가고 수레들이 나타나면 북소리를 신호 삼아 한꺼번에 들이치도록 하라."

명령이 다 전해지고 마침내 밤이 되었다. 엄안의 군사들 모두 밥을 배불리 먹고 무장을 한 다음, 조용히 성을 나와 사방으로 흩어져 숨은 뒤 북소리가 울리기만을 기다렸다. 엄안도 부하 장수들 여남은 명과 함께 나와 말에서 내린 뒤 숲속에 몸을 숨겼다.

한밤중이 지나갈 때쯤 저 멀리 장비가 장팔사모를 들고 말을 몰아 직접 앞장서서 오는 모습이 보였다. 머리 쪽이 지나가고 3, 4리쯤 뒤에 짐을 실은 수레와 군사들이 뒤따르는 게 보였다. 엄안은 자세히 살펴본 뒤 북소리를 울리게 하였다. 그 북소리에 사방에서 숨어 있던 군사들이 마구 뛰쳐나왔다. 짐 실은 수레를 막 덮치려 할 때 뒤쪽에서 징 소리가 한 번 울리더니 군사 한 무리가 쏟아져나오며 큰소리를 내질렀다.

"늙은 도적놈은 게 섰거라! 우리가 여기서 너를 기다리고 있었노라!"

엄안은 깜짝 놀라 고개를 돌려보았다. 앞장선 대장을 보니 표범 머리, 고리눈, 제비턱에 호랑이 수염을 하고 장팔사모를 든 채 까만 말을 타고 있었다. 바로 장비였다. 사방에서 징 소리가 땅을 울리며 군사들이 몰아쳤다. 엄안은 장비를 보자 어찌해야 좋을지를 알 수 없었다. 두 마리 말이 서로 어우러져 싸운 지 10합이 못 되었을 때 장비가 슬쩍 틈을 보였다. 엄안은 그 틈을 노리고 칼을 한 번 힘껏 내려쳤다. 그러나 장비가 번개처럼 몸을 피하더니 되레 덤벼들어 갑옷 끈을 낚아채서 땅바닥에 내던졌다. 이에 군사들이 달려들어 엄안을 꽁꽁 묶어버렸다.

앞서 지나간 장수는 가짜 장비였다. 장비는 엄안이 북소리를 신호로 삼을 줄 알고 자기 쪽은 징 소리를 신호로 삼았다. 징 소리에 모든 군사들이 덮쳐드니, 서천 군사들은 반이 넘게 갑옷을 버리고 무기를 거꾸로 든 채 항복했다.

장비가 파군성 아래로 쳐들어가니, 뒤쪽을 맡았던 군사들이 이미 성 안으로 들어가 있었다. 장비는 백성들을 죽이지 못하게 하고, 방을 붙여 백성들이 마음을 놓도록 했다.

무사들이 엄안을 끌고 왔다. 장비가 높다란 데 앉아 내려다보는데도 엄안은 무릎을 꿇으려 하지 않았다. 이에 장비는 눈을 부릅뜨고 이를 갈며 큰소리로 꾸짖었다.

"대장이 여기 왔는데도 너는 어찌하여 항복하지 않고 겁도 없이 뻗대고 있느냐?"

엄안은 조금도 두려운 빛을 나타내지 않고 되레 장비를 꾸짖었다.

"너희들은 의리도 없이 우리 고을을 쳐들어왔다! 우리 땅에서는 머리 잘린 장군이라는 말은 있어도 항복한 장군이라는 말은 없다!"

장비가 화를 있는 대로 내며 목을 베라고 소리쳤다.

엄안이 다시 꾸짖었다.

"이 보잘것없는 도적놈아! 목을 베려면 바로 베면 그만이지, 그따위로 성깔을 부릴 건 뭐냐?"

장비는 엄안의 목소리가 조금도 흔들림 없이 우렁차고 낯빛도 바뀌지 않자 갑자기 가슴이 뭉클했다. 그래서 화를 풀고 기쁜 낯으로 뜰아래로 내려가 무사들을 물러가게 한 뒤 묶인 걸 직접 풀어주었다. 이어 옷을 가져오게 하여 입힌 뒤 엄안을 부축하여 윗자리 한가운데에 앉힌 다음 고개 숙여 절을 하였다.

"지금까지 장군을 욕보이는 말을 마구 지껄였습니다. 부디 용서해주기 바랍니다. 내 본디 노장군께서 뛰어난 인물임을 알고 있었습니다."

엄안은 장비의 은혜로움과 의로움에 감동하여 마침내 항복했다.

나중에 어떤 이가 엄안을 기리는 시를 남겼다.

흰머리 다 되도록 서촉 땅에 살며
맑은 그 이름 온 나라에 떨쳤네
충성스런 마음은 밝은 달과 같고
씩씩한 그 기운은 장강을 휘감았다네
차라리 목이 잘려 죽고 말지
어찌 무릎 꿇고 항복하겠는가
파주의 늙은 장군이여
천하에 그만한 이 찾을 수 없다네

장비를 기리는 시도 있다.

엄안을 사로잡은 그 씩씩함 뛰어났도다
오로지 의로운 기운으로 군사와 백성들 마음 샀다네
지금도 파촉 땅에 사당이 있어

술과 안주 들고 찾아오는 이 그침 없어 날마다 좋을시고

　장비가 엄안에게 서천으로 들어갈 방법을 물었다.

　엄안이 대답했다.

　"싸움에 진 장수로 두터운 은혜를 입었으니 다 갚을 길이
없습니다. 개나 말 정도의 하찮은 힘까지 다해 화살 한 대도
쏘지 않고 성도까지 차지할 방법을 일러드리겠습니다."

한 장수의 마음을 어루만져 기울게 하니

여러 성이 잇달아 항복을 하는구나

　과연 그 방법은 무엇인지…….

무너지는 낙성

제갈량은 꾀를 써서 장임을 잡고
양부는 군사를 빌려 마초를 깨다

장비가 엄안에게 그 방법을 묻자 엄안이 대답했다.

"여기서부터 낙성에 이르기까지 관을 지키는 이들은 모두 이 늙은이가 맡고 있었소. 그래서 거기 나가 있는 관군들도 모두 내 다스림을 받았지요. 이제 장군의 은혜를 입었으니 갚을 차례입니다. 부디 이 늙은이가 앞장서게 해주십시오. 그러면 이르는 곳마다 모두 불러내어 항복을 하도록 하겠습니다."

장비는 고맙다는 말을 아끼지 않았다.

마침내 엄안이 앞장을 서고, 장비는 군사를 거느리고 그 뒤를 따랐다. 이르는 곳마다 엄안의 장수들이라 바로 불러내어 항복하게 했다. 더러 머뭇거리는 이들이 있으면 엄안은 이렇게 말했다.

"나도 항복했는데 그대가 무얼 망설이나?"

이리하여 멀리서 소문만 듣고도 항복을 하니 싸움 한 번 벌어지지 않았다.

한편 제갈량은 군사를 이끌고 떠나는 날짜를 미리 유비에게 알리며 낙성에서 모두 함께 만나자고 했다.

유비가 뭇 벼슬아치들을 모아놓고 의논했다.

"지금 공명과 익덕이 두 길로 나누어 서천으로 쳐들어오고 있소. 낙성에서 만나 성도로 함께 밀고 들어가자 하오. 물길과 뭍 양쪽으로 배와 수레가 칠월 이십일에 떠났다 하니 얼마 지나지 않아 다다르겠소. 우리도 군사들을 거느리고 곧 떠나야겠소."

황충이 말했다.

"장임이 날마다 와서 싸움을 걸어도 성 안에서 꼼짝도 하지 않으니까 그쪽 군사들 마음이 풀어져 준비가 없는 성싶습니다. 오늘 밤에 군사를 나누어 영채를 덮치면 좋겠습니다. 낮에 싸우는 것보다 더 낫습니다."

유비는 그 말을 좇았다. 그래서 황충은 군사를 이끌고 왼쪽 길로 나아가게 하고, 위연은 군사를 이끌고 오른쪽 길로 나아가게 했다. 유비 자신은 가운데 길을 맡았다. 그날 밤이 이슥해질 무렵이 되었을 때 세 길로 나뉜 군사가 한꺼번에 쳐들어갔다. 과연 장임은 아무런 준비를 하지 않고 있었다. 유비군이 거침없이 본부 영채로 밀고 들어가 불을 지르자 시뻘건 불길이 밤하늘을 환히 밝혔다. 서촉 군사들이 밤새 낙성까지 달아나자 성 안에서 군사들이 나와 그들을 가까스로 구해 성 안으로 들어갔다. 유비는 중간쯤 물러나와 영채를 세웠다.

다음 날 유비가 군사를 이끌고 곧장 달려가서 성을 에워싸고 쳤으나 장임은 군사들을 눌러앉혀놓고 꼼짝도 하지 않았다. 성을 치기 시작한 지 나흘째 되는 날이었다. 유비는 직접 군사 한 무리를 이끌고 서문을 치고, 황충과 위연은 동문을 쳤다. 남문과 북문은 그대로 두어 군사들이 빠져나갈 수 있게 하였다. 남문 가까이는 산길이고, 북문 쪽에는 부강 물이 흘러 군이 둘러싸지 않았다.

장임은 유비가 서문 쪽에서 말을 타고 왔다 갔다 하며 성을 치는 군사들을 부리는 걸 지켜보고 있었다. 유비군은 아침 먹을 시간부터 점심때가 지날 때까지 쉬지 않고 공격을 했다. 그러다 보니 사람이고 말이고 점점 지쳐가는 게 눈에 보였다. 이에 장임은 오란과 뇌동 두 장수에게 군사를 이끌고 북문으로 나가 동문 쪽으로 돈 뒤 황충과 위연을 치도록 했다. 장임 자신은 남문으로 군사를 이끌고 나가 서문 쪽으로 돈 뒤 유비를 맞아 싸우기로 했다. 곁들여 성 안에 있는 백성들과 군사들 모두 성 위로 올라가 북을 치고 소리를 질러 싸움을 북돋우도록 했다.

한편 유비는 불그스름한 해가 서쪽으로 기울어가자 뒤쪽 군사들더러 먼저 물러가라고 했다. 군사들이 막 돌아서려는데 성 위에서 외침 소리가 시끌벅적하게 일더니 남문 안에서 군사들이 뛰쳐나왔다. 장임이 군사 속으로 달려들어와 유비를 잡으려 했다. 유비군은 갑자기 큰 어지러움에 빠져버렸다. 게다가 황충과 위연은 오란과 뇌동의 공격을 받아 정신이 없는 터라 양쪽이 서로 돌아보고 어쩌고 할 수 없이 되어버렸다.

유비는 장임을 해보지 못하고 말에게 채찍을 휘둘러 산속의 좁은 길로 달아났다. 장임이 그 뒤를 바짝 좇아와 점점 사이가 좁혀졌다. 유비는 혼자서 말을 타고 달리고, 장임은 여러 사람과 함께 말을 타고 뒤쫓았다. 유비는 오로지 앞만 보고 말에게 채찍질을 해가며 죽을힘을 다해 달렸다. 그때 갑자기 산길에서 군사 한 무리가 쏟아져나왔다. 유비는 말 위에서 괴로움에 젖어 울부짖었다.

"앞에선 숨어 있던 군사가 뛰쳐나오고 뒤에선 쫓아오는

군사가 몰아치니, 이제 하늘이 나를 죽이실 모양이구나!"

그런데 앞장서 달려오는 장수를 보니 장비였다. 장비는 원래 엄안과 함께 그 좁은 길을 따라 오고 있었다. 멀리서 먼지가 자욱이 일어나자 바로 서천군과 싸우는 중이라고 여겼다. 그래서 장비는 앞장서 곧장 달려왔다.

장비가 장임과 맞붙어 10합쯤 싸우고 났을 때 엄안이 군사를 이끌고 뒤쪽에 이르렀다. 장임은 재빨리 몸을 돌려 달아났다. 장비가 그 뒤를 쫓아 성 아래까지 갔다. 장임은 성 안으로 들어가자 곧바로 달아맨 다리를 들어올렸다.

장비는 다시 유비에게 돌아와 말했다.

"공명께서는 강을 거슬러 오기로 했는데 아직 다다르지 못했군요. 그렇다면 첫 번째 공을 내게 빼앗겼습니다."

유비가 궁금해했다.

"산길이 험하고 막힌 데도 많을 텐데, 어떻게 적군의 방해를 받지 않고 이처럼 빨리 왔는가?"

장비가 대답했다.

"오는 길에 관문이 모두 마흔다섯 개였는데도 쉽게 지나올 수 있었던 까닭은 오로지 엄안 노장군의 공입니다. 오는 동안 힘을 조금도 쓸 필요가 없었습니다."

장비는 의로움으로 엄안을 살려준 얘기를 처음부터 쭉 풀어놓은 뒤 엄안을 데려와 유비에게 인사시켰다.

엄안을 보자 유비가 고마움을 나타냈다.

"만약에 노장군이 아니었더라면 내 아우가 지금 어찌 이렇게 와 있겠소?"

유비는 곧바로 자신이 입고 있던 황금 갑옷을 벗어 엄안에게 주었다. 엄안은 절을 하며 고마워했다. 이어 술자리를 베풀어 막 술잔을 나누려 하는데 보고가 들어왔다.

"황충과 위연 두 장수가 서천 장수 오란·뇌동과 맞서 싸우는데, 성 안에서 오의와 유괴가 또 군사를 이끌고 나와 양쪽에서 들이쳤습니다. 그 바람에 우리 쪽이 해보지 못하고 위연과 황충 두 장수는 싸움에 져 동쪽으로 달아났습니다."

장비가 이 말을 듣자마자 유비에게 두 길로 군사를 나누어 쳐들어가 구하자고 했다. 이에 장비는 왼쪽을 맡고 유비는 오른쪽을 맡아 함께 무찔러 나갔다. 오의와 유괴는 뒤쪽에서 나는 외침 소리만 듣고도 놀라 급히 군사를 물려 성으로 들어가버렸다. 오란과 뇌동은 계속 군사를 몰고 황충과 위연의 뒤를 쫓았다. 그러다가 그만 유비와 장비를 만나 돌아갈 길이 끊기고 말았다. 게다가 황충과 위연이 말을 돌려 몰아쳤다. 오란과 뇌동은 도무지 해볼 수가 없어 본부 군사를 이끌고 항복했다. 유비는 그들의 항복을 받아준 다음 군사를 거두어 성 가까이 가서 영채를 세웠다.

장임은 두 장수를 잃자 마음속으로 몹시 걱정이 되었다.

유비가 엄안에게 황금 갑옷을 벗어주다.

오의와 유괴가 말했다.

"지금 돌아가는 판이 무척 어렵소. 죽기를 마음먹고 싸우지 않고서는 적을 물리칠 수 없소. 성도로 사람을 보내 주공께 다급한 사정을 보고하는 한편, 궁리를 잘해 적을 물리치도록 합시다."

장임이 말했다.

"내가 내일 군사 한 무리를 몰고 가 싸움을 건 뒤 거짓으로 진 척하고 적을 성 북쪽으로 꾀어내겠소. 그때 성 안에서 군사 한 무리를 끌고 나와 중간을 끊으시오. 그러면 이길 수 있소."

오의가 말했다.

"그럼 유장군께서는 주공 아드님을 도와 성을 지키시오. 내가 군사를 몰고 나가 싸움을 돕겠소."

이렇게 정한 다음 날 장임은 군사 수천 명과 함께 깃발을 흔들고 소리를 내지르면서 성을 나가 싸움을 걸었다. 장비가 말을 타고 달려나오더니 이런 소리 저런 소리 하지 않고 곧장 장임을 맞아 싸웠다. 채 10합도 싸우지 못했을 때 장임은 거짓으로 진 척하며 성을 돌아 달아났다. 장비가 힘껏 그 뒤를 쫓고 있는데 갑자기 오의가 군사 한 무리를 몰고 나와 뒤를 끊었다. 그러자 장임이 다시 군사를 몰고 되돌아왔다. 장비는 앞뒤로 둘러싸인 채 오도 가도 못하게 되어버렸다. 어찌해야 할지를 몰라 허둥대는데 군사 한 무리가 강변 쪽에서 내달려왔다. 앞장선 장수가 창을 뻗쳐들고 말을 달려 오의한테 오더니, 겨룬 지 단 1합 만에 오의를 사로잡아 적을 물리치고 장비를 구했다. 누군가 했더니 바로 조운이었다.

장비가 물었다.

"공명은 어디 계시오?"

"여기 와 계시오. 지금쯤 주공을 만나고 계실 거요."

두 사람은 사로잡은 오의를 끌고 영채로 갔다. 장임은 동문으로 해서 성 안으로 들어가버렸다.

장비와 조운이 영채로 들어가보니 제갈량과 간옹·장완이 이미 막사 안에 와 있었다. 장비가 말에서 내려 제갈량에게 인사했다.

제갈량이 깜짝 놀라며 물었다.

"어떻게 먼저 왔소?"

장비가 의로움으로 엄안을 살려준 얘기를 유비가 대신 설명했다.

제갈량이 아주 좋아하며 축하했다.

"장장군이 이토록 꾀를 다 쓰다니, 이게 다 주공의 큰 복이십니다."

조운이 오의를 유비 앞으로 끌고 오자 유비가 물었다.

"너, 항복하겠느냐?"

오의가 대답했다.

"이미 사로잡힌 몸인데 항복하지 않을 수 있겠습니까?"

유비가 기뻐하며 묶인 걸 직접 풀어주었다.

제갈량이 오의에게 물었다.

"지금 성 안에서 지키는 사람은 몇이나 되오?"

"유계옥의 아들 유순하고, 그 사람을 도와주는 유괴와 장임이 있습니다. 유괴는 보잘것없는 사람이지만, 장임은 촉군 사람으로 배짱과 꾀가 뛰어난 사람이라 가벼이 여겨서는 안 됩니다."

제갈량이 말했다.

"그렇다면 장임부터 먼저 잡아놓은 뒤 낙성을 빼앗아야겠군."

제갈량이 오의에게 다시 물었다.

"성 동쪽에 있는 저 다리 이름은 무엇이오?"

"금안교입니다."

제갈량은 말을 타고 금안교 쪽으로 가서 주위를 쭉 둘러보았다. 그리고 영채로 돌아와 황충과 위연을 불렀다.

"금안교에서 남쪽으로 오륙 리 떨어진 곳을 보니 양쪽 언덕이 모두 갈대밭이라 숨어 있기 딱 알맞소. 위장군은 창 든 군사 천 명을 거느리고 가서 왼쪽에 숨어 있다가 적군이 오면 오로지 말을 타고 있는 장수들만 죽이시오. 황장군은 칼 든 군사 천 명을 거느리고 가서 오른쪽에 숨어 있다가 오로지 타고 있는 말만 찍도록 하시오. 그렇게 무찌르면 흩어지면서 장임은 틀림없이 산 동쪽의 좁은 길로 달아날 것이오. 장익덕은 군사 천 명을 이끌고 가 숨어 있다가 장임을 사로잡도록 하시오."

제갈량은 또 조운을 불렀다.

"금안교 북쪽에 숨어 있으시오. 내가 장임을 꾀어 금안교를 건너게 하겠소. 그러면 자룡은 곧바로 다리를 끊은 뒤, 다리 북쪽에 군사들을 모아놓고 힘을 잔뜩 부풀리시오. 그러면 장임은 두려워 북쪽으로 달아나지 못하고 남쪽으로 물러가오. 그러면 내가 생각한 대로 됩니다."

이렇게 할 일을 다 일러준 뒤 제갈량은 직접 적을 꾀러 나갔다.

한편 유장은 탁응과 장익 두 장수를 낙성으로 보내 싸움을 돕게 했다. 장임은 장익과 유괴더러 성을 지키게 한 뒤 자신은 앞부대, 탁응은 뒷부대를 이끌고 성에서 나가 싸우기로 했다.

제갈량은 질서도 미처 잡히지 않은 군사 한 무리를 이끌고 성을 나간 뒤 금안교를 건너 장임과 마주하고 진을 쳤다. 제갈량은 네 바퀴 달린 수레를 타고 윤건에 깃 부채를 들고 있었는데, 양쪽으로 말 탄 군사 1백 명 남짓이 둘러싸고 있었다.

제갈량이 멀리 장임을 가리키며 말했다.

"조조는 백만 대군을 거느리고도 내 이름만 들으면 부리나케 달아나느라 바쁜데, 너는 어찌 돼먹은 사람이기에 겁도 없이 항복을 하지 않느냐?"

장임은 줄도 제대로 맞추지 못한 제갈량의 군사를 보고 말 위에서 비웃었다.

"사람들 말로는 제갈량이 귀신같이 군사를 부린다더니, 이제 보니 다 헛이름이고 알맹이 없는 소리였구만."

장임이 창을 들어 신호를 하자 군사들이 모두 앞으로 몰려나왔다. 제갈량은 네 바퀴 수레를 버린 뒤 말을 타고 다리 너머로 달아났다. 장임은 곧 그 뒤를 쫓았다. 금안교를 막 건너고 나자 왼쪽에서는 유비의 군사가, 오른쪽에서는 엄안의 군사가 달려들었다. 장임은 그제야 속은 걸 깨닫고 급히 군사를 돌리려 했으나 다리가 이미 끊어져 있었다. 북쪽으로 갈까 하고 쳐다보았더니 조운이 군사 한 무리를 건너편 언덕 쪽에 세워놓고 있어 두려워 갈 엄두가 나지 않았다. 그래서 남쪽으로 길을 잡은 뒤 강을 끼고 달아났다.

6, 7리 채 못 미쳐 갈대가 우거진 밭이 나왔다. 그곳을 지나려는데 갑자기 위연이 이끄는 군사 한 무리가 뛰쳐나와 저마다 긴 창으로 마구 찔러댔다. 그러더니 황충이 이끄는 군사 한 무리는 긴 칼로 말굽을 마구 찍어댔다. 말 탄 군사들이 땅에 곤두박질쳐지자 그대로 잡아 묶었다. 이러니 일반 군사들은 두려워 가까이 갈 수도 없었다.

장임은 말 탄 군사 몇십 명과 함께 산길을 바라고 달아나다 장비와 맞닥뜨렸다. 장임은 말 머리를 돌려 달아나려 했다. 그러나 장비가 소리를 한 번 버럭 내지르자 군사들이 한꺼번에 몰려들어 장임을 사로잡아버렸다.

탁응은 장임이 속임수에 빠진 걸 알자마자 조운한테 가서 이미 항복을 해버렸다. 모두들 본부 영채로 돌아갔다. 유비는 탁응에게 상을 내렸다.

장비가 장임을 끌고 들어왔다. 제갈량도 막사에 들어와 앉아 있었다.

유비가 장임에게 물었다.

"촉 땅의 모든 장수들이 바람결에 들리는 소리만 듣고도 다 항복하는데, 넌 어째서 서둘러 항복하지 않았느냐?"

장임이 눈을 부릅뜨고 화를 내며 소리쳤다.

"충신이 어찌 두 주인을 섬기겠느냐?"

유비가 말했다.

"너는 하늘의 뜻이 어찌 되는지를 모르는구나. 항복하면 목숨을 살려주겠다."

장임이 버럭 소리를 질렀다.

"내 오늘 항복한다 해도 나중엔 다시 대들 테다! 차라리 나를 빨리 죽여라!"

유비는 차마 죽일 수 없어 머뭇거렸다. 장임은 계속 큰소리로 욕설을 퍼부어댔다. 이에 제갈량이 나서서 목을 베라고 일렀다. 그의 이름이나마 제대로 지켜주기 위해서였다.

나중에 어떤 이가 장임을 기리는 시를 읊었다.

뜻을 꺾지 않는 이가 어찌 두 주인을 섬길쏘냐
장임의 충성스러움과 씩씩함은 죽어서 더욱 살아나네
하늘가에 뜬 저 달처럼 높고 밝아라
밤마다 빛을 내어 낙성을 비추는구나

유비는 장임의 꿋꿋함에 깊이 한숨을 내쉬었다. 그의 몸을 잘 거두어 금안교 곁에다 장례를 치러주게 하여 충성스러움을 기리도록 했다.

이튿날 유비는 엄안·오의 등 촉에서 항복한 장수들을 앞장세운 뒤 곧바로 낙성으로 가서 소리 지르게 했다.

"얼른 문을 열고 항복해서 성 안의 백성들이 고생하지 않도록 하라!"

유괴가 성 위에서 크게 욕설을 퍼부어댔다. 엄안이 활을
들어 막 겨누는데 갑자기 성 위에 장수 하나가 나타나 칼을
뽑아 들더니 유괴를 쳐서 고꾸라뜨렸다. 이어 성 문을 열고
항복했다. 유비의 군사가 낙성 안으로 들어가자 유순은 서
문을 열고 빠져나가 성도로 달아났다.

유비는 방을 붙여 백성들을 다독거렸다. 유괴를 죽인 사
람은 무양 사람인 장익이었다. 유비는 낙성을 얻자 여러 장
수들에게 상을 두둑이 내렸다.

제갈량이 말했다.

"낙성을 이미 깼으니 성도는 바로 눈앞에 있습니다. 다만
바깥 고을들이 들썩거릴까봐 그게 걱정스럽습니다. 장익과
오의에게 조자룡을 안내하도록 해서 외수의 강양·건위 등
에 딸린 고을의 백성들을 다독거리도록 하십시오. 이어 엄
안과 탁응은 장익덕을 안내하게 해서 파서·덕양 등에 딸린
고을의 백성들을 다독거리게 하십시오. 모든 벼슬아치들을
알맞게 앉히고 잘 다스리게 하여 편안하게 한 다음, 군사를
돌려 성도를 한꺼번에 치도록 하면 되겠습니다."

장비와 조운은 명령을 받자 저마다 군사를 이끌고 떠났다.

제갈량이 촉에서 항복한 장수에게 물었다.

"앞으로 가면 이제 어디에 관문이 있는가?"

"면죽에 있습니다. 거기는 많은 군사들이 지키고 있습니다. 면죽만 얻으면 성도는 손쉽게 얻을 수 있습니다."

제갈량이 군사를 나아가게 할 일을 의논에 부쳤다.

법정이 말했다.

"낙성이 이미 깨졌으니 촉 땅은 위험에 빠졌습니다. 주공께서 어짊과 의로움으로 따르게 하시려거든 아직 군사를 나아가게 하지 마십시오. 제가 편지 한 통을 써서 유장한테 보내겠습니다. 어떻게 하는 게 좋고 나쁜지를 잘 밝혀 풀어 놓으면 유장도 저절로 항복할 겁니다."

제갈량이 고개를 끄덕였다.

"효직의 말대로 하는 게 가장 좋겠소."

바로 편지 한 통을 써서 성도로 보냈다.

성도로 달아난 유순은 아버지를 보자 낙성이 이미 무너졌다고 보고했다. 유장은 급히 벼슬아치들을 모아놓고 의논했다.

종사 정탁이 나서서 방법을 내놓았다.

"지금 유비가 비록 성을 쳐서 땅을 빼앗았으나 군사가 그다지 많지는 않습니다. 게다가 선비며 백성들도 아직 따르지 않고 있습니다. 그리고 먹을거리도 우리 들판에 있는 것뿐이고, 군 안에 물자도 넉넉하지 않습니다. 파서와 재동의 백성들을 모두 부수 서쪽으로 옮기고, 창고와 들에 있는 곡식들을 모두 불태워버립시다. 그러면서 도랑을 깊이 파고 성을 높이 쌓은 다음 가만히 앉아서 기다리면 됩니다. 저쪽에서 와서 싸움을 걸어도 꼼짝하지 않으면 먹을거리가 바닥나 백 일이 되기도 전에 스스로 달아나고 말 겁니다. 그때를 놓치지 않고 우리가 들이치면 유비를 사로잡을 수 있습니다."

유장이 고개를 저었다.

"안 될 말이오. 나는 적을 막아 백성들을 편안하게 한다는 말은 들었어도, 백성들을 움직여 적을 막는다는 소리는 이제껏 들어본 일이 없소. 이건 제대로 지켜내는 방법이 아니오."

계속 의논하고 있는데 법정이 보낸 편지가 왔다는 보고가 들어왔다. 유장이 편지 가져온 이를 들라 하자 그가 편지를 올렸다.

유장이 편지를 펼쳐보았다.

지난날 저는 형주에 와서 좋은 관계를 맺었습니다. 그런데 뜻밖에도 주공 곁에 있는 이들이 제대로 하지 않아 오늘 일이 이렇게 되고 말았습니다. 지금도 형주 쪽에서는 옛정을 떠올리며 한 집안 사람의 도리를 잊지 않고 있습니다. 주공께서 한번 마음을 돌려 고개를 숙이고 따르시면 절대로 서운하게 대접하지

는 않겠습니다. 세 번 생각하셔서 결정하시기 바랍니다.

유장은 화가 머리끝까지 치밀어올라 편지를 박박 찢으며 큰소리로 욕을 해댔다.

"법정이란 놈이 주인을 팔아 힘과 복을 누리고자 하는구나. 은혜를 모르고 의리를 저버리는 도적놈이로다!"

유장은 편지를 가져온 사람을 성 밖으로 쫓아내버렸다. 이어 처남인 비관더러 군사를 끌고 면죽으로 가 지키라고 했다. 비관은 남양 사람으로 자가 정방인 이엄을 추천하면서 함께 군사를 이끌고 가겠다고 했다. 이리하여 비관과 이엄은 군사 3만 명을 거느리고 면죽을 지키러 갔다.

익주 태수 동화는 자가 유재이며 남군 지강 사람이다. 그가 유장에게 글을 올려 한중한테서 군사를 빌리자고 했다.

유장이 동화를 불러 말했다.

"장로는 우리와 대대로 원수 사이인데 우릴 도와주겠소?"

동화가 대답했다.

"비록 우리와 원수 사이이긴 하지만 유비군이 낙성에 있어 사정이 매우 급합니다. 입술이 없으면 이가 시리다고 하면서, 우리가 잘못되면 너희도 좋지 못하다는 말로 달래면 들어줄 수밖에 없습니다."

유장은 곧 편지를 써서 한중으로 사람을 보냈다.

한편 마초는 조조한테 진 뒤 강족 땅으로 들어갔다. 거기서 2년 남짓 보내며 강족 군사와 손잡고 농서의 여러 고을을 쳤다. 이르는 곳마다 모두 그에게 항복을 했는데 오로지 기성만이 버티고 있었다. 양주 자사 위강은 하후연에게 여러 차례 사람을 보내 도와달라고 했다. 그러나 하후연은 조조의 허락을 받지 못해 쉬이 군사를 움직이지 못했다.

위강은 하후연의 군사가 도와주러 오지 않자 여러 사람을 불러 모아놓고 말했다.

"아무래도 마초한테 항복하는 수밖에 없겠소."

참군인 양부가 울면서 말렸다.

"마초는 임금을 배신한 역적인데 어찌 그에게 항복한단 말입니까?"

"일이 이렇게까지 되고 말았는데 항복하지 않고 무얼 기다린단 말이오?"

양부는 끝까지 말렸으나 위강은 듣지 않고 성 문을 활짝 열고 나가 마초에게 항복했다.

마초가 크게 화를 내며 소리쳤다.

"네가 일이 다급해지니까 항복하겠다고 하는구나. 이건 결코 참마음이 아니다!"

마초는 위강을 비롯한 그의 가족 40명 남짓을 한 사람도 남기지 않고 모두 목을 베어버렸다. 그러자 누군가가 말했다.

"양부가 위강에게 항복하지 말라며 말렸다 합니다. 그러니 같이 죽여야 합니다."

마초가 고개를 저었다.

"그 사람은 의리를 지켰으니 죽이면 안 된다."

그러면서 양부를 다시 참군으로 삼았다. 양부가 마초에게 양관과 조구 두 사람을 추천했다. 마초는 그들을 군관으로 삼았다.

양부가 마초에게 말했다.

"제 아내가 임조에서 죽었습니다. 두 달만 말미를 주시면 가서 장례를 치르고 곧바로 돌아오겠습니다."

마초는 그러라고 했다.

양부는 바로 역성으로 가 무이장군 강서를 찾아갔다. 강서는 양부의 고종사촌 형제로, 강서의 어머니는 양부의 고모인데 나이가 82살이었다. 그날 양부는 강서의 집 안채로 들어가 고모한테 절을 한 뒤 울면서 말했다.

"저는 성을 제대로 지키지도 못하고, 주인을 따라 죽지도 못해 고모를 뵙기가 참으로 부끄럽습니다. 마초는 임금을 배반하고 군수를 죽였습니다. 그래서 고을의 온 백성들이 한을 품고 있습니다. 지금 보니 형님은 역성에 들어앉아 있으면서 역적을 칠 생각은 하지 않고 있는 듯합니다. 이게 어찌 신하 된 사람의 도리라 할 수 있겠습니까?"

말을 마친 양부의 눈에서 피눈물이 흘러내렸다. 강서의 어머니는 그 말을 듣자 강서를 불러들여 꾸짖었다.

"위사군께서 해를 입으신 건 네 탓이기도 하다."

이어 양부를 돌아보았다.

"너는 이미 마초한테 항복해 그 아래에서 먹고살면서 어떻게 또 그를 칠 생각을 냈느냐?"

양부가 대답했다.

"제가 역적을 따르고 있지만, 그건 오로지 목숨을 조금 남겨두었다가 주인의 원수를 갚기 위해서입니다."

강서가 말했다.

"마초는 뛰어나게 씩씩한 사람이라 쉽게 해볼 수가 없다."

양부가 말했다.

"씩씩하기는 해도 꾀가 없으니까 쉽게 해볼 수 있습니다. 내 이미 양관과 조구와 몰래 약속을 해놓았습니다. 형님이 군사를 일으키시기만 하면 두 사람이 틀림없이 안에서 도울 겁니다."

강서의 어머니가 아들을 닦달했다.

"너는 얼른 서두르지 않고 어느 때를 기다리느냐? 죽지 않는 사람은 없다. 충성과 의리를 위해 죽는다면 바로 죽을 자리를 제대로 얻은 거다. 내 걱정은 조금도 하지 마라. 네가 만약 의산의 말을 듣지 않으면 내가 마땅히 먼저 죽어 네 걱정거리를 없애주겠다.”

이에 강서는 통병교위 윤봉·조앙 등과 의논했다. 이때 조앙의 아들 조월은 마초 아래에서 비장 노릇을 하고 있었다. 그날 조앙은 같이 움직이기로 하고 집에 돌아와 아내 왕씨에게 말했다.

“내 오늘 강서·양부·윤봉 등과 함께 위강의 원수를 갚기로 의논했소. 그런데 생각해보니 아들 녀석이 지금 마초 밑에 있소. 만약에 우리가 군사를 일으키면 마초가 틀림없이 우리 아들을 죽일 텐데 어찌해야 하오?”

그의 아내가 목청을 돋우며 소리쳤다.

“임금과 부모가 당한 억울함을 갚기 위해서는 제 몸이 죽어도 아깝지 않은 법이오. 하물며 자식 하나쯤은 말해 무엇하리오! 당신이 아들 때문에 가지 않겠다면 내가 먼저 죽는 게 마땅하오!”

조앙은 마침내 뜻을 굳혔다.

다음 날 그들은 모두 군사를 일으켰다. 강서와 양부는 군사를 역성에 머물게 하고, 윤봉과 조앙은 기산에 머물렀다. 조앙의 아내 왕씨는 자신의 장식품이며 돈이며 비단 따위를 모두 가지고 직접 기산으로 가 군사들에게 상으로 나누어주며 그들의 사기를 북돋았다.

마초는 강서와 양부가 윤봉·조앙 등과 함께 군사를 일으켰다는 말을 듣자 화가 치밀어 곧바로 조월을 끌어다 목을 베었다. 이어 방덕과 마대에게 군사를 일으키라 하여 역성으로 쳐들어갔다. 강서와 양부가 군사를 이끌고 나왔다. 양쪽은 서로 둥글게 진을 쳤다.

강서와 양부는 하얀 웃옷을 입고 나와 큰소리로 마초를 꾸짖었다.

"임금을 배반한 의리 없는 도적놈아!"

마초가 크게 화를 내며 군사를 몰아쳤다. 양쪽 군사는 한판 어지럽게 싸웠다. 강서와 양부는 도무지 마초를 해볼 수가 없었다. 크게 져서 달아나니 마초가 군사를 몰고 뒤쫓았다. 뒤쪽에서 외침 소리가 크게 일더니 윤봉과 조앙이 군사를 몰고 와 덮쳤다. 마초는 급히 돌아섰다. 그러나 앞뒤 양쪽에서 들이치는 바람에 머리와 꼬리가 서로 돌아보며 도울 수가 없었다.

그렇게 한참 싸우고 있는데 옆에서 대부대가 치고 들어왔다. 하후연이 조조의 명령을 받아 마초를 무찌르기 위해 끌고 오는 군사들이었다. 세 갈래로 들이치니 마초도 이제는 더는 어찌해볼 수가 없어 크게 지고 말았다.

하룻밤을 달아나 날이 밝을 무렵에 기성에 이르러 문을 열라고 외쳤다. 그러자 성 위에서 화살이 어지러이 쏟아졌다. 양관과 조구가 성 위에 서서 마초를 보자 한바탕 욕설을 퍼부어댔다. 그런 뒤 마초의 아내 양씨를 끌고 와 성 위에서 한칼에 벤 뒤 머리와 몸뚱이를 성 아래로 내던졌다. 이어 마초의 어린 아들 3형제와 친척 여남은 명을 모두 성 위로 끌고 와 한칼에 한 사람씩 베어 아래로 내던졌다. 마초는 이 모습을 보자 기가 막혀 가슴이 미어지며 말에서 떨어질 뻔했다. 뒤쪽에서는 하후연이 군사를 몰고 쫓아왔다.

마초는 적의 힘이 강한 걸 보자 두려움에 싸울 생각이 나지 않아 방덕·마대와 함께 한 줄기 길을 뚫고 달아났다. 가다 보니 앞에서 강서와 양부가 나타났다. 한바탕 어우러져 싸운 뒤 가까스로 빠져나왔더니 이번엔 윤봉과 조앙이 막아서는 바람에 또 한바탕 싸웠다. 마초의 군사는 거의 다 떨어져나가고 이제 겨우 말 탄 군사 5, 60명만이 남아 밤을 도와 달아났다.

한밤중이 조금 지날 무렵 역성 아래에 이르렀다. 성 문을 지키던 군사가 강서의 군사가 돌아온 줄 알고 문을 활짝 열며 맞아들였다. 마초는 성 남문 쪽으로 들어가 백성들을 닥치는 대로 죄다 죽이기 시작했다. 강서의 집에 이르자 바로 강서의 늙은 어머니를 끌어냈다. 강서의 어머니는 조금도 두려워하는 빛을 띠지 않고 마초를 손가락으로 가리키며 앙칼지게 꾸짖었다. 마초는 크게 화를 내며 직접 칼을 들어 죽여버렸다. 윤봉과 조앙의 가족 역시 늙은이·어린애 가리지 않고 모조리 마초의 손에 죽고 말았다. 오로지 조앙의 아내 왕씨만이 군중에 가 있었기 때문에 죽음을 피할 수 있었다.

다음 날 하후연의 대군이 도착했다. 마초는 성을 빠져나와 서쪽을 바라고 달아났다. 미처 20리를 못 갔을 때 앞쪽에 군사 한 무리가 늘어서 있었다. 우두머리를 보니 양부였다. 마초는 양부를 보자 원한이 사무쳐 이를 뿌드득 갈며 창을 뻗쳐들고 말을 몰아 마구 찔러댔다. 양부의 형제 일곱 명이 한꺼번에 나와 싸움을 도왔다. 이때 마대와 방덕은 뒤쪽을 맡아 싸우고 있었다. 마초는 양부의 일곱 형제를 모두 죽이고 말았다. 양부는 다섯 군데나 창에 찔리면서도 오로지 죽기로 싸웠다. 뒤쪽에서 하후연이 대군을 몰고 들이쳤다. 마초는 그제야 달아났다. 그의 뒤에는 방덕·마대 등 겨우 예닐곱 명만이 말을 타고 따를 뿐이었다.

하후연은 직접 농서의 여러 고을을 돌며 백성들을 다독거린 뒤, 강서 등에게 지킬 자리를 나눠주며 맡도록 했다. 이어 양부를 수레에 태워 허도의 조조에게 보냈다. 조조가 양부를 관내후로 삼자 양부가 마다했다.

"저는 싸움에 이긴 공도 없고, 그 싸움 속에 몸을 던져 죽은 꿋꿋함도 없습니다. 법대로 한다면 오히려 죽어 마땅합니다. 그러니 무슨 낯짝으로 감투를 쓰겠습니까?"

조조는 그 뜻을 더욱 갸륵하게 여겨 끝내 자기 뜻대로 벼슬자리를 안겼다.

　한편 마초는 방덕·마대와 의논한 끝에 막바로 한중의 장
로를 찾아갔다. 장로가 무척 좋아라 했다. 마초만 얻으면 서
쪽으로는 익주를 삼킬 수 있고, 동쪽으로는 조조를 막을 수
있다고 여겼다. 그래서 여러 사람과 의논하여 마초를 사위
로 삼고자 했다. 그러나 대장 양백이 말렸다.

　"마초의 처자식이 그토록 끔찍하게 죽은 건 바로 마초의
잘못입니다. 주공께서는 어찌하여 그런 사람한테 따님을
주려고 하십니까?"

　장로는 그 말을 옳게 여기고 마초를 사위로 삼으려던 일
은 없던 일로 돌렸다. 그런데 양백의 말이 마초 귀에도 들어
가고 말았다. 마초는 화가 치밀어올라 양백을 죽이려고 마
음먹었다. 양백도 이 사실을 알고 자기 형인 양송과 의논한
끝에 마초를 죽일 생각을 품었다.

　유장이 장로에게 사람을 보내 도와달라고 한 때가 바로
이 무렵이었다. 장로는 들어주지 않았다.

　유장이 이번엔 황권을 보내왔다는 보고가 갑자기 들어왔
다. 황권은 먼저 양송을 찾아가 말했다.

　"한중과 촉 땅이 있는 동서 양천은 바로 입술과 이의 관
계라 할 수 있습니다. 만약에 서천이 깨지고 나면 동천도 지

키기 어렵습니다. 이번에 도움을 주시면 고마움의 뜻으로 고을 스무 개를 떼어드리겠습니다."

양송은 무척 기뻐하며 곧바로 황권을 데리고 장로를 보러 갔다. 장로는 양송이 입술과 이의 관계를 들먹이며 좋고 나쁨을 따지고, 게다가 20개의 고을을 고마움의 뜻으로 준다는 말에 솔깃하여 그렇게 하겠다고 했다.

그러나 파서 사람 염포가 말렸다.

"유장과 주공은 대대로 원수 사이입니다. 이제 일이 워낙 급해 도와달라고 하면서 땅을 떼어주겠다고 하는데 거짓으로 그럽니다. 들어주시면 안 됩니다."

그때 갑자기 뜰아래에서 한 사람이 불쑥 나와 소리쳤다.

"제가 비록 재주는 없으나 군사 한 무리를 내주시면 가서 유비를 사로잡고 땅도 떼어 받아 돌아오겠습니다!"

마침내 제대로 된 주인이 서촉으로 오자

날쌘 군사가 한중에서 나오는 걸 보겠구나

과연 그 사람은 누구인지……

제65회

서촉을 얻은 유비

마초는 가맹관에서 큰 싸움을 벌이고
유비는 스스로 익주목이 되어 다스리다

염포가 장로에게 유장을 돕지 말라고 할 때 나선 이는 바로 마초였다.

"저는 주공의 은혜가 고맙기 그지없으나 아직 갚지 못하고 있습니다. 부디 군사 한 무리만 내어주십시오. 그러면 가맹관으로 쳐들어가 유비를 사로잡고, 유장더러 스무 고을을 떼어내게 해 주공께 바치겠습니다."

장로가 무척 좋아라 했다. 그래서 황권은 좁은 길로 먼저 돌아가게 하고, 마초에게는 군사 2만 명을 내주었다. 이때 방덕은 병이 들어 따라가지 못하고 한주에 그대로 머물렀다. 장로는 양백을 감군으로 삼았다. 마초는 아우인 마대와 함께 날을 잡아 길을 떠났다.

　한편 유비군은 낙성에 머물고 있었다. 법정의 편지를 가지고 갔던 이가 돌아와 보고했다.

　"정탁이라는 사람이 유장에게 들녘의 곡식과 여기저기 있는 창고를 불태우고 파서 백성들을 부수 서쪽으로 옮기자고 했답니다. 그런 다음 도랑을 깊이 파고 성을 높이 쌓은 뒤 싸우지 않고 가만히 있으면 된다면서 말입니다."

　유비와 제갈량은 그 말을 듣고 깜짝 놀랐다.

　"만약에 그 말대로 한다면 우리는 아주 어려워질 텐데!"

　두 사람은 누가 먼저랄 것도 없이 걱정스런 소리를 함께 내뱉었다. 그러나 법정은 웃으며 말했다.

　"주공은 걱정 마십시오. 그 방법이 우리를 찍어 누를 수 있는 방법이지만 유장은 반드시 그렇게 하지 못합니다."

　채 하루도 가기 전에 새 소식이 들어왔다. 유장이 백성들을 옮겨가게 할 수 없다 하면서 정탁의 말을 받아들이지 않았다는 보고였다. 그 말을 듣자 유비는 적이 마음이 놓였다.

　제갈량이 말했다.

　"군사를 빨리 몰고 가서 면죽을 빼앗아야겠습니다. 거기만 손에 넣으면 성도는 쉽게 차지할 수 있습니다."

마침내 황충과 위연에게 군사를 이끌고 나아가도록 했다.

비관은 유비가 군사를 이끌고 쳐들어온다는 보고를 받자 이엄더러 나가 맞아 싸우라고 했다. 이에 이엄은 군사 3천 명을 이끌고 나갔다. 양쪽 군은 저마다 진을 쳐 싸울 준비를 끝냈다. 황충이 말을 달려나가 이엄과 어우러져 4, 50합을 싸웠으나 이기고 짐을 가르지 못했다. 제갈량이 진 속에서 지켜보다가 징을 울려 군사를 거두었다.

황충이 진으로 돌아와 물었다.

"이제 막 이엄을 사로잡으려 하는데 왜 군사를 거두었습니까?"

제갈량이 대답했다.

"내 보기에 이엄은 무예가 뛰어나 힘으로 밀어붙여서만은 안 되겠소. 내일 다시 나가 싸울 때 장군은 거짓으로 진 척하며 이엄을 산골짜기로 끌어들이시오. 그런 뒤 군사들더러 덮치라 해서 이겨야겠소."

제갈량은 황충에게 이튿날 어떻게 해야 할지를 일러주었다.

다음 날 위연이 다시 군사를 이끌고 나왔다. 황충 역시 다시 싸우러 나갔다. 그러나 채 10합도 되지 않았는데 군사를 이끌고 달아났다. 이엄은 그 뒤를 쫓아갔다. 구불구불한 길을 쫓다 보니 산골짜기 깊숙이 들어가 있었다. 이엄은 그제야 아차 하는 생각이 들어 급히 군사를 돌렸다. 그러나 앞쪽에 위연이 군사를 벌려세우고서 길을 막았다.

그때 제갈량이 산꼭대기에 나타나 소리쳤다.

"공이 만약에 항복하지 않는다면 양쪽에 숨어 있는 군사들에게 강한 쇠뇌를 쏘게 해서 방사원의 원수를 갚겠소."

이엄은 부리나케 말에서 내려 갑옷을 벗고 항복했다. 군사는 하나도 다치지 않았다. 제갈량은 이엄을 데리고 유비에게 갔다. 유비는 이엄을 잘 대접했다.

이엄이 말했다.

"비관이 비록 유익주와는 친척 되지만 저와 매우 가까운 사이이므로 제가 가서 항복하도록 달래보겠습니다."

유비는 이엄에게 곧바로 성으로 들어가 비관을 항복시키도록 했다. 이에 이엄은 면죽성으로 들어가 비관에게 유비의 어짊과 덕스러움에 대해 칭찬을 늘어놓았다. 그런 뒤 지금 항복하지 않으면 반드시 큰 화를 입게 된다고 했다. 마침내 비관은 이엄의 말을 받아들여 성 문을 열고 항복했다.

유비는 면죽성으로 들어가 군사를 어떻게 나누어 성도를 차지할지를 의논했다. 그때 갑자기 급히 말을 달려온 이가 뜻밖의 보고를 했다.

"맹달과 곽준이 지키고 있는 가맹관에 동천의 장로가 보낸 마초·양백·마대의 군사들이 들이쳐 사정이 매우 급합니다. 도움이 늦으면 관은 무너지고 맙니다."

유비는 소스라치게 놀랐다.

제갈량이 말했다.

"아무래도 장익덕이나 조자룡 두 장수라야만 해볼 수 있겠습니다."

유비가 말했다.

"자룡은 지금 군사를 거느리고 나가 밖을 돌고 있고, 익덕은 마침 여기 있으니 급히 보내도록 합시다."

제갈량이 고개를 끄덕였다.

"그럼 주공께서는 아무 말씀 마시고 가만히 계십시오. 제가 익덕을 한번 부추겨보겠습니다."

이때 장비는 마초가 관을 치고 있다는 소식을 듣자마자 큰소리를 내지르며 들어왔다.

"형님께 떠나는 인사를 드리러 왔습니다. 곧장 달려가서 그 마초놈하고 한번 싸워보겠소."

제갈량은 짐짓 못 들은 척하며 유비를 보고 말했다.

"지금 마초가 가맹관으로 와서 치고 있는데 해볼 만한 이가 없습니다. 아무래도 형주에 있는 관운장을 불러와야 해볼 수 있겠습니다."

장비가 제갈량을 보고 소리쳤다.

"공명은 어째서 나를 얕잡아보시오? 나는 혼자서 조조의 백만 대군을 막기도 했소. 그까짓 마초 녀석 하나를 못 해볼까봐 그러시오?"

제갈량이 말했다.

"익덕이 물가에서 다리를 끊었을 때는 조조가 우리의 속을 몰랐기 때문에 괜찮았소. 만약에 조조가 우리 속내를 알았다면 장군한테 어찌 탈이 없었겠소? 마초가 씩씩하다는 사실은 세상이 다 아는 바요. 위교에서 조조와 여섯 번 싸울 때, 놀란 조조는 수염을 자르고 웃옷마저 벗어던져서 겨우 목숨을 건졌소. 그러니 쉽게 여길 사람이 아니오. 운장도 꼭 이긴다고 할 수는 없소."

그러나 장비는 고집을 꺾지 않았다.

"아무튼 나는 가겠소. 마초를 이기지 못하면 어떤 벌도 달게 받겠소."

"그럼 문서를 꾸며놓고 앞장을 서시오. 주공께서도 직접 가시도록 하겠소. 나는 면죽을 지키고 있다가 자룡이 돌아오면 따로 의논하겠소."

위연이 나섰다.

"저도 가고 싶습니다."

제갈량은 위연에게 앞길을 살필 말 탄 군사 5백 명을 주며 먼저 가게 했다. 이어 장비는 그 뒤를 따르게 했고, 맨 뒤는 유비가 맡아 모두 가맹관을 바라고 떠나도록 했다. 위연의 부대가 먼저 관 아래에 이르러 양백과 맞닥뜨렸다. 위연은 양백과 맞붙어 싸웠다. 그러나 채 10합도 싸우기 전에 양백이 해보지 못하고 달아났다. 위연은 장비 대신 자기가 먼저 공을 세우고 싶어 기운을 타고 뒤쫓았다. 앞에 군사 한무리가 나타나 버티고 섰다. 앞장선 이는 마대였다. 위연은 그를 마초로 여기고 칼을 휘두르며 말을 달려나가 덤벼들었다. 마대 역시 채 10합도 싸우기 전에 져서 달아났다. 위연은 그 뒤를 쫓았다. 마대가 갑자기 몸을 돌리더니 화살 한대를 쏘았다. 화살은 날아와 위연의 왼쪽 팔에 박혔다. 위연은 급히 말 머리를 돌려 달아났다.

마대가 관 앞까지 쫓아왔을 때 장수 하나가 벼락 치듯 소리를 내지르며 관 위에서 말을 달려왔다. 바로 장비였다. 장비가 막 관에 이르렀을 때 관 앞에서 싸우는 소리가 들렸다. 내다보았더니 위연이 화살을 맞고 달아나고 있었다. 그래서 위연을 구하기 위해 말을 달려 관을 나왔다.

장비가 마대를 보고 소리쳤다.

"넌 누구냐? 이름이나 먼저 알아놓고 죽여주마!"

마대가 대답했다.

"나로 말하자면 서량의 마대다."

장비가 말했다.

"그럼 너는 마초가 아니었구나. 빨리 돌아가라! 너는 나랑 겨룰 만한 사람이 못 된다! 가서 마초에게 연 땅 사람 장비가 와서 기다리니 나오라고 해라!"

마대가 성을 발끈 내며 소리쳤다.

"네가 건방지게 나를 우습게 아는구나!"

마대는 바로 창을 빼어 들고 말을 몰아 장비에게 달려들었다. 그러나 마대는 채 10합도 싸우지 못하고 달아났다. 장비가 그 뒤를 쫓아가려 하는데 관 위에서 말 탄 사람 하나가 나타나 소리쳤다.

"아우는 가지 마라!"

장비가 돌아보았다. 유비가 와 있었다. 장비는 뒤를 쫓지 않고 함께 관 위로 올라갔다.

유비가 말했다.

"네 성질이 급한 게 걱정되어 내가 뒤따라왔다. 이미 마대는 이겼으니 하룻밤 푹 쉬고 나서 내일 마초랑 싸우거라."

다음 날 날이 밝자 관 아래에서 북소리가 시끌벅적하게 울리며 마초의 군사가 나타났다. 유비가 관 위에서 내려다보았다. 문기 아래에서 마초가 창을 든 채 말을 몰고 나왔다. 사자 머리 모양이 새겨진 투구에 이상하게 생긴 짐승 모양이 새겨진 띠를 두르고, 은 갑옷에 흰 웃옷 차림이었다. 딱 보니 보통 사람 모습이 아니었고 재주도 뛰어나 보였다.

유비가 한숨을 내쉬며 말했다.

"사람들이 말하기를 비단 같은 마초라 하더니 과연 듣던 그대로구나!"

장비가 곧바로 관에서 내려가려 하자 유비가 급히 말렸다.

"아직 싸우러 가지 마라. 적의 날카로운 기운부터 먼저 빼놓자."

관 아래에 마초는 혼자 나와 장비더러 말을 타고 나오라고 아우성이었다. 관 위의 장비는 마초를 집어삼키지 못해 안달이 나서 네댓 차례나 뛰쳐나가려 했으나 그때마다 유비가 눌러앉혔다. 그러는 사이에 점심때가 지났다. 유비가 마초 쪽을 살펴보니 사람이고 말이고 가리지 않고 모두 늘어져 보였다. 유비는 말 탄 군사 5백 명을 뽑아 장비에게 주며 관 아래로 쳐들어가게 했다.

마초는 장비군이 가까이 오자 뒤를 돌아보며 창을 들어 신호를 보냈다. 군사들은 그 신호에 따라 화살이 날아오지 못할 만한 거리 뒤로 물러났다. 장비의 군사들도 모두 제자리에 멈춰 섰다. 관 위에서는 군사들이 계속 몰려나왔다.

장비가 창을 꼬나잡은 채 앞으로 말을 몰고 나가며 소리쳤다.

"연 땅 사람 장익덕을 아느냐?"

마초가 대꾸했다.

"우리 집안은 옛날부터 뼈대 있는 집안이다. 어찌 너 같은 촌구석의 보잘것없는 놈을 알겠느냐?"

장비는 화가 불끈 치솟았다. 두 마리 말이 뛰쳐나와 어우러지고, 창 두 자루가 맞부딪쳤다. 서로 1백합을 넘게 싸웠으나 이기고 짐을 가르지 못했다.

유비는 싸움을 지켜보다 말고 깜짝 놀랐다.

"참으로 호랑이 같은 장수로군!"

유비는 혹시라도 장비가 잘못될까봐 두려워 급히 징을 울려 군사를 거두어들였다. 두 장수는 자기 진으로 돌아갔다.

진으로 돌아온 장비는 잠시 말을 쉬게 했다. 그러나 이내 곧 투구도 쓰지 않고 수건으로 머리를 질끈 동여맨 채 말에 올라 다시 진 앞으로 뛰쳐나가 마초에게 싸움을 걸었다. 마초도 다시 나왔다. 두 사람은 다시 어우러져 싸우기 시작했다.

유비는 장비가 잘못될까 싶어 직접 갑옷을 챙겨 입고 관을 내려가 진 앞에 서서 지켜보았다. 장비와 마초는 새로 1백합을 넘게 싸웠는데도 조금도 지치지 않고 더욱 힘이 솟구치는 듯했다. 유비가 징을 울려 군사를 거두었다. 두 장수는 떨어져 자기 진으로 돌아갔다. 벌써 날이 저물고 있었다.

유비가 장비에게 말했다.

"마초가 워낙 뛰어나서 가벼이 대해서는 안 되겠다. 일단 관으로 올라갔다가 내일 다시 싸우도록 해라."

그러나 장비는 그 말을 따르려 하지 않았다.

장비가 씩씩거리며 악을 썼다.

"죽어도 난 안 돌아가겠소!"

"오늘은 이미 해가 졌으니 더 싸울 수 없다."

"횃불을 많이 밝히면 밤새라도 싸울 수 있소!"

이때 마초가 말을 바꿔 타고 다시 진 앞으로 나와 소리 질렀다.

"장비야! 네 주제에 밤 싸움을 할 수 있겠느냐?"

장비는 화가 머리끝까지 치밀어올랐다. 유비에게 말을 바꿔달라고 한 뒤 창을 뻗쳐들고 진 앞으로 내달리며 소리쳤다.

"내가 너를 잡지 못하면 절대 관으로 올라가지 않겠다!"

마초도 맞소리를 질렀다.

"나도 너를 이기지 못하면 이대로 절대 영채로 돌아가지 않겠다!"

양쪽 군사들이 아우성을 치기 시작했다. 여기저기에 횃불이 셀 수 없으리만치 많이 밝혀지자 마치 대낮처럼 환했다. 두 장수는 다시 진 앞에서 매섭게 싸우기 시작했다. 20합쯤 이르렀을 때 마초가 갑자기 말 머리를 돌려 달아나기 시작했다.

장비가 소리 질렀다.

장비와 마초가 횃불을 밝히고 맞서다.

"어디로 달아나느냐?"

마초는 장비가 쉽게 꺾어지지 않자 속으로 생각해둔 꾀를 쓰기 위해 거짓으로 진 척하며 달아났다. 마초는 장비가 뒤쫓아오자 감추고 있던 구리 망치를 꺼내며 잽싸게 몸을 돌렸다. 장비는 마초가 달아날 때 마음속에 나름대로 준비를 하고 있어서 마초가 구리 망치를 휘두를 때 번개처럼 피할 수 있었다. 구리 망치가 귓가를 아슬아슬하게 지나가자 장비는 고삐를 잡아당겨 말 머리를 돌린 뒤 내달리기 시작했다. 이번엔 마초가 뒤를 쫓았다. 달리던 장비가 갑자기 서더니 활에 화살을 먹인 다음 몸을 돌려 마초에게 쏘았다. 마초가 날쌔게 몸을 틀어 화살을 피했다. 두 장수는 이윽고 자기 진으로 돌아갔다.

유비가 진 앞에 서서 외쳤다.

"나는 어짊과 의로움으로 사람을 대하는 터라 결코 엉큼하게 속이지 않는다. 마맹기는 군사를 거두어 편히 쉬도록 하라. 내가 이긴 기운을 몰아 뒤를 쫓지는 않겠다."

마초는 그 말을 듣자 스스로 뒤를 살피며 군사를 거두어 물러갔다. 유비 역시 군사를 거두어 관 위로 올라갔다.

다음 날 장비는 또 관을 내려가 마초와 싸우려 하는데 제갈량이 왔다는 보고가 들어왔다. 유비가 제갈량을 맞아들이자 제갈량이 먼저 말했다.

"제가 들으니 맹기는 세상의 으뜸가는 호랑이 같은 장수라 하더군요. 만약에 익덕과 함께 죽기로 싸우게 두면 두 사람 가운데에 하나는 틀림없이 다치고 맙니다. 그래서 자룡과 한승더러 면죽을 지키게 하고 밤을 도와 이리 왔습니다. 조그마한 방법을 하나 써서 마초가 주공께 항복하도록 하겠습니다."

유비가 말했다.

"나도 마초가 뛰어난 걸 보고 마음에 들었소. 어떻게 해야 그 사람을 얻을 수 있겠소?"

"제 듣기로는 동천의 장로가 스스로 한녕왕이 되고 싶어 안달이 나 있다 합니다. 그런데 그 밑에서 모사 노릇을 하고 있는 양송이라는 이는 뇌물 받기를 아주 좋아한답니다. 주공께서는 먼저 샛길로 사람을 한중으로 보내 금과 은 따위로 양송의 마음을 사도록 하십시오. 그런 뒤 장로에게 편지를 보내십시오. 편지에다가는 '내가 유장과 더불어 서천을 다투는 까닭은 바로 그대의 원수를 갚아주려고 그런다. 그러니 절대로 사이를 벌어지게 하려고 하는 말을 들어선 안 된다. 일이 마무리되고 나면 내 그대가 한녕왕이 되게 도와주겠노라'고 하시면서 곧바로 마초를 불러들이라 하십시오. 마초가 돌아갈 때를 기다렸다가 꾀를 써서 항복을 받으면 됩니다."

유비가 마음에 들어 하며 고개를 끄덕였다. 바로 편지를
써서 손건에게 주며 금붙이를 가지고 샛길로 해서 한중으
로 가도록 했다. 손건은 먼저 양송을 만나 이번에 온 까닭을
이야기한 뒤 가져온 금붙이를 내놓았다. 양송은 아주 좋아
라 하며 손건을 장로한테 데리고 가 인사를 시킨 뒤 일이 잘
되도록 말을 거들어주었다.

장로가 말했다.

"현덕은 좌장군일 따름인데 내가 한녕왕이 되도록 어떻
게 도와준다는 말인가?"

양송이 대답했다.

"그분은 대 한나라의 황숙이십니다. 황제께 아뢰고 도와
주는 일을 마땅히 하실 수 있습니다."

장로는 아주 좋아라 하며 사람을 시켜 마초더러 군사를
거두어들이도록 했다. 손건은 양송의 집에 머물며 소식이
오기를 기다렸다.

하루가 안 되어서 보고가 들어왔다.

"마초가 공을 이루지 못하면 군사를 물리지 않겠다고 했
습니다."

장로는 사람을 또 보내 불렀다. 그러나 마초는 돌아오려
하지 않았다. 세 번에 걸쳐 연거푸 불렀으나 마초는 끝내 돌

아오지 않았다.

양송이 말했다.

"마초는 본디 믿을 수 없는 사람입니다. 군사를 거두어 돌아오지 않는 걸 보니 배반할 뜻이 있는 게 틀림없습니다."

양송은 사람을 풀어 헛소문을 퍼뜨렸다.

"마초는 서천을 빼앗아 스스로 촉왕이 되어 아비의 원수를 갚고자 한다더라. 한중의 신하 노릇은 하지 않겠다더라."

장로가 이 소문을 듣고 양송에게 어찌해야 좋을지를 물었다.

양송이 대답했다.

"일단 마초에게 사람을 보내 이렇게 이르십시오. '네가 공을 이루고 싶다 하니 한 달을 주겠다. 한 달 안에 세 가지 일을 다 이루도록 하라. 만약에 다 이루면 상을 주겠으나, 이루지 못하면 죽음이 기다리고 있다. 첫째, 서천을 빼앗으라. 둘째, 유장의 머리를 가져오라. 셋째, 형주군을 물리치라. 이 세 가지를 못 이루면 머리를 내놓아라.' 그런 뒤 장위에게 군사를 거느리고 가서 관을 잘 지키게 해 마초가 반란을 일으키는 걸 막도록 하십시오."

장로는 그 말을 좇아 사람을 마초의 영채로 보내 세 가지 일을 말하도록 했다.

마초는 소스라치게 놀랐다.

"어찌하여 나한테 이러는가!"

마초는 곧바로 마대와 의논했다.

"아무래도 군사를 거두어 돌아가는 수밖에 없겠다."

양송은 다시 헛소문을 퍼뜨렸다.

"마초가 군사를 거두어 돌아오는 걸 보니 딴마음을 품은 게 틀림없다."

이때 장위는 군사를 일곱 길로 나누어 길목을 지킴으로써 마초군이 들어오지 못하게 했다. 마초는 앞으로 나갈 수도 없고, 뒤로 물러설 수도 없게 되고 말았다.

제갈량이 유비에게 말했다.

"지금 마초는 앞뒤가 꽉 막혀 오도 가도 못 하고 있습니다. 제가 직접 마초의 영채로 가서 닳지 않은 세 치 혀로 마초를 달래 항복하도록 하겠습니다."

유비가 고개를 저었다.

"선생은 나의 팔다리나 마찬가지로 가장 중요한 사람인데 만약에 무슨 일이라도 있으면 어쩌려고 그러시오?"

유비가 말렸으나 제갈량은 고집을 꺾지 않았다. 유비는 거듭 붙잡으며 보내지 않았다. 이러고 있는데 갑자기 보고가 들어왔다. 조운의 편지를 들고 서천 사람 하나가 와서 항복하겠다는 보고였다. 유비가 그 사람을 불러들여 누군지 물었다. 바로 건녕 유원 사람으로 자가 덕앙인 이회였다.

유비가 다시 물었다.

"지난날 내가 듣기론, 공이 유장을 애써 말렸다던데 어찌하여 나를 찾아왔소?"

이회가 대답했다.

"제가 듣기론, 좋은 새는 나무를 가려 깃들고 어진 신하는 주인을 가려 섬긴다고 했습니다. 제가 전에 유익주를 말린 까닭은 남의 신하 된 사람으로 마음을 다하느라 그랬는데 받아주지 않아 반드시 그르칠 줄 알았습니다. 지금 장군께서는 어진 덕을 촉 땅에 펴고 계시므로 반드시 뜻이 이루어질 줄을 압니다. 그래서 찾아왔습니다."

유비가 말했다.

"선생이 이리 오셨으니 틀림없이 이 유비한테 도움이 됩니다."

이회가 머뭇거리지 않고 말했다.

"지금 듣자니 마초가 오도 가도 못 하는 어려움에 빠져 있다 합니다. 제가 옛날에 농서에 있을 때 그 사람과 얼굴을 알고 지낸 일이 있습니다. 제가 가서 마초를 달래 항복하도록 하고 싶은데 어떠신지요?"

제갈량이 곁에서 듣고 말했다.

"그러잖아도 나 대신 갈 사람을 찾고 있었소. 공이 어떻게 달래려는지 한번 들어보고 싶소."

이회가 제갈량의 귀에 대고 이러저러하겠다고 늘어놓았다. 제갈량이 아주 좋아라 하며 곧장 이회더러 가라고 했다. 이회는 마초의 영채로 가서 먼저 이름을 알리도록 했다.

마초가 고개를 갸우뚱거렸다.

"나는 이회가 말을 잘한다고 알고 있다. 아무래도 틀림없이 나를 설득하러 왔다!"

그래서 먼저 무사를 20명 넘게 막사 아래에 숨어 있게 한 뒤 말했다.

"내가 죽이라는 명령을 내리면 곧바로 뛰쳐나와 칼질을 해서 장조림 고기로 만들어버려라!"

조금 뒤 이회가 고개를 쳐들고 아무 거리낌 없이 들어왔다. 마초는 막사 안에 꼼짝 않고 앉아 있으면서 이회를 보고 꾸짖었다.

"너는 무엇 하러 왔느냐?"

이회가 대답했다.

"내 특별히 설득하러 왔소."

마초가 말했다.

"내 상자 속에 보배 칼을 새로 갈아 넣어놓았다. 네 말솜씨를 한번 시험해보자. 네 말이 통하지 않으면 내 칼을 시험해보리라!"

이회가 애써 웃었다.

"장군께 닥칠 화가 멀지 않았소! 새로 갈아놓았다는 칼을 내 머리가 아니라 장군 머리에다 시험하게 될까봐 걱정스럽소!"

마초는 가슴이 뜨끔했다.

"내게 무슨 화가 닥치게 된단 말이냐?"

"내 알기론, 월나라의 서시를 두고는 아무리 남을 헐뜯길 좋아하는 사람일지라도 그 아름다움만큼은 헐뜯지 못했다고 하오. 또 제나라의 무염을 두고는 아무리 남에 대해 좋게 말을 하는 사람일지라도 못생긴 것만큼은 어쩌지 못했다고 하오. 해는 하늘 가운데에 오면 기울기 시작하고, 달도 차면 이지러지기 시작하는 법이오. 이건 천하의 바뀌지 않는 이치입니다. 지금 조조는 장군의 아버님을 죽인 원수이고, 또한 농서는 이를 갈 정도로 한이 서려 있는 곳이오. 앞으로는 유장을 구하고 형주군을 물리칠 수도 없고, 뒤로는 양송을 누르고 장로의 낯을 볼 수도 없소. 지금 세상 어디에도 몸 둘 곳이 없고 섬길 주인도 없는 홀몸이오. 만약에 위교에서 질 때처럼 되고 기성에서 당할 때처럼 된다면 그때는 무슨 낯으로 세상 사람을 대하려오?"

마초가 머리를 숙이며 고마워했다.

"공의 말씀이 참으로 옳소. 그러나 나는 지금 어디에도 갈 곳이 없소."

"공이 내 말을 알아들었으면 어쩌자고 막사 아래에 무사들을 계속 숨어 있게 하시오?"

마초는 그 말에 크게 부끄러워하며 곧장 무사들을 물러가게 했다.

이회가 다시 말했다.

"유황숙은 예의를 갖추어 어진 이를 대하니, 나는 그분이 반드시 뜻을 이루리라 생각하오. 그러기에 유장을 버리고 그분에게 갔소. 공의 아버님은 옛날에 유황숙과 더불어 역적들을 치기로 약속까지 하셨소. 그런데 공은 어찌하여 어둠을 버리고 밝음을 찾지 않고 있는지 모르겠소. 위로는 아버님의 원수를 갚고 아래로는 공을 세워 널리 이름을 떨쳐야 하지 않소?"

마초는 무척 좋아라 했다. 바로 양백을 불러들여 한칼에 목을 벤 뒤, 그 머리를 가지고 이회와 함께 관 위로 유비를 찾아가 항복했다. 유비는 직접 마초를 맞으며 귀한 손님으로 대접했다.

마초가 머리를 조아리며 고마움을 나타냈다.

"이제 밝은 주인을 만났으니 구름과 안개가 걷힌 푸른 하늘을 보는 바와 마찬가지입니다."

이때 손건은 이미 돌아와 있었다. 유비는 곽준과 맹달더러 관을 지키게 하고 곧바로 성도를 무찌르기 위해 군사를 거두어들였다. 면죽에 이르자 조운과 황충이 나와 맞아들였다. 바로 그때 촉의 장수 유준과 마한이 군사를 이끌고 왔다는 보고가 들어왔다.

조운이 나섰다.

"제가 가서 두 사람을 잡아오겠습니다!"

말을 마치자마자 조운은 말에 올라 군사를 이끌고 나갔다. 유비가 성에서 마초에게 대접을 하기 위해 술자리를 마련하라고 이르고 기다리고 있는데, 미처 자리도 정리되지 않았을 때 조운이 두 사람의 목을 가지고 들어와 자리 앞에 바쳤다. 마초는 깜짝 놀라 조운을 더욱 존경하게 되었다.

마초가 말했다.

"굳이 주공께서 군사를 거느리고 나가셔서 싸우실 필요 없이 제가 유장을 불러내 항복하도록 하겠습니다. 만약에 항복하지 않으면 아우 마대와 함께 성도를 무찔러 두 손으로 받들어 바치겠습니다."

유비가 무척 좋아라 했다. 그날 술자리는 마냥 즐거웠다.

한편 싸움에 지고 달아난 군사들은 익주로 가서 유장에게 보고했다. 유장은 까무러치게 놀라 문을 닫고 나오지 않았다. 그때 성 북쪽에 마초가 군사를 끌고 도우러 온 성싶다는 보고가 들어왔다. 유장은 급히 성 위로 올라가 바라보았다. 마초와 마대가 성 아래에서 큰소리를 내질렀다.

"유계옥은 나와서 대답하시오!"

유장이 성 위에서 웬일인가 묻자 마초가 채찍을 들어 가리키며 말했다.

"나는 본디 장로의 군사를 거느리고 익주를 구하러 왔소. 그런데 장로가 양송의 헐뜯는 말을 듣고 도리어 나를 해치려 할 줄은 미처 몰랐소. 나는 이미 유황숙께 항복했소. 공도 땅을 바치고 항복해서 백성들이 괴로움을 당하지 않도록 하시오. 만일 그렇게 하지 않고 고집을 부린다면 내가 먼저 성을 치겠소!"

유장은 놀라 낯빛이 바뀌더니 그만 성 위에서 쓰러지고 말았다. 여러 벼슬아치들이 달려들어 겨우 정신을 차리게 했다.

유장이 깨어나더니 힘없는 목소리로 말했다.

"내가 어리석은 탓에 이리 되었으니 뉘우쳐본들 무엇 하겠는가. 성 문을 열고 항복해서 성 안의 백성들이나 구해야 하리."

동화가 말렸다.

"성 안에는 아직도 군사가 삼만 명이나 있고, 돈이며 비단이며 먹을거리며 말먹이가 일 년은 버틸 만큼 있습니다. 그런데 무엇 때문에 항복하시겠다고 그럽니까?"

유장이 고개를 저었다.

"우리 부자가 촉 땅을 이십 년이나 다스렸지만 백성들한테 아무런 은혜와 덕을 베풀지 못했소. 더더구나 삼 년 싸움에 들판에 피가 넘치고 살이 널렸으니, 이는 모두 나의 죄요. 내 마음이 어찌 편할 수 있겠소? 차라리 항복해서 백성들이나 편안하게 해주고 싶소."

그 말을 듣고 모두 눈물을 흘리는데 뜬금없이 한 사람이 앞으로 나섰다.

"주공의 말씀은 바로 하늘의 뜻에도 들어맞습니다."

모두들 그를 쳐다보았다. 파서 서충국 사람으로 자가 윤남인 초주였다. 그는 하늘의 별자리 따위를 잘 살펴볼 줄 알았다.

유장이 그 까닭을 묻자 초주가 대답했다.

"제가 밤에 하늘을 살펴보았습니다. 별들이 무리지어 촉군에 모여 있는데 그 가운데에 큰 별 하나가 마치 달빛처럼 빛났습니다. 이는 바로 임금의 모습입니다. 게다가 한 해 전부터 아이들이 부른 노래에 '새 밥을 먹으려거든 선주 오시기를 기다려라'란 게 있었는데, 이게 모두 미리 뭔가를 보여주는 뜻입니다. 하늘의 뜻은 거스를 수 없습니다."

황권과 유파가 그 말을 듣고 화를 벌컥 내며 그를 죽이려 들자 유장이 말렸다. 그때 생각지 못한 보고가 들어왔다.

"촉군 태수 허정이 성을 넘어가 항복했습니다."

유장은 목을 놓아 울며 부중으로 돌아갔다.

다음 날 유비가 보낸 막빈 간옹이 성 아래에 와서 문을 열라고 한다는 보고가 들어왔다. 유장은 성 문을 열어 그를 맞아들이라 했다. 수레를 타고 오는 간옹의 모습을 보니 아주 잘난 척하는 꼴이었다. 갑자기 한 사람이 칼을 뽑아 들고 나서며 큰소리를 내질렀다.

"하잘것없는 놈이 뜻대로 되었다고 아주 눈꼴시게 구는구나! 우리 촉 땅에는 사람이 없는 줄 아느냐!"

간옹이 급히 수레에서 내려 그를 맞았다. 그는 광한 면죽 사람 진복으로 자는 자칙이었다.

간옹이 웃으며 말했다.

"형을 미처 몰라보았소. 너무 나무라지 마시오."

두 사람은 함께 들어가 유장을 만났다. 간옹은 유비가 마음이 넓고 너그러운 사람으로 조금도 해칠 뜻이 없다는 말에 힘을 주었다. 이에 유장은 마침내 항복하기로 마음을 굳히고 간옹을 잘 대접하였다.

다음 날 유장은 관인과 문서 등을 가지고 간옹과 함께 수레를 타고 성을 나가 항복했다. 유비는 영채에서 나와 맞으며 손을 잡고 눈물을 흘렸다.

"내가 어짊과 의로움을 베풀지 않으려 한 게 아니라 돌아가는 판이 어쩔 수 없이 되고 말았소."

영채로 함께 들어가 관인과 문서들을 주고받은 뒤 말을 타고 성으로 들어갔다. 유비가 성도로 들어가자 백성들은 향과 꽃과 등불과 촛불을 들고 나와 맞았다. 유비가 관아에 이르러 자리를 잡고 앉자 고을의 벼슬아치들이 모두 나와 뜰아래에서 절을 했다. 그러나 황권과 유파는 문을 닫고 들어앉아서 나오지 않았다. 뭇 장수들이 씩씩거리며 쫓아가 죽이려 들었다. 유비가 급히 말리며 명령했다.

"만약에 그 두 사람을 해치는 이가 있으면 친가며 외가며 처가까지 삼족을 다 죽여 없애리라!"

유비는 직접 두 사람의 집을 찾아가 벼슬자리를 맡아달라고 했다. 둘은 유비의 은혜로움에 감동하여 마침내 나왔다.

제갈량이 유비에게 말했다.

"이제 서천을 얻었으니 주인이 둘씩 있을 수는 없습니다. 유장을 형주로 보내십시오."

유비가 망설였다.

"내 이제 막 촉군을 얻었는데 곧바로 계옥을 멀리 보낼 수는 없지 않소?"

제갈량이 딱 부러지게 말했다.

"유장이 자기 텃밭을 잃은 까닭은 바로 약해빠졌기 때문입니다. 주공께서도 아낙네들처럼 여린 마음에 붙들려 일을 제때제때 처리하지 못하시다가 이 땅을 오래 지키지 못할까 두렵습니다."

유비는 그 말을 따르기로 하고 잔치를 크게 베풀었다. 이어 유비는 유장에게 재산을 챙기게 한 뒤 진위장군이라는 자리의 관인을 주었다. 유비는 유장에게 가족과 하인 모두를 데리고 남군 공안으로 가서 살라 하며 곧바로 떠나도록 했다.

유비는 스스로 익주목이 되어 다스리기 시작했다. 먼저 항복한 문무 벼슬아치들에게 모두 상을 푸짐하게 내리며 저마다 벼슬자리를 챙겨주었다. 이에 엄안은 전장군이 되고, 법정은 촉군 태수, 동화는 장군중랑장, 허정은 좌장군장사, 방의는 영중사마, 유파는 좌장군, 황권은 우장군이 되었다. 그 밖에 오의·비관·팽양·탁응·이엄·오란·뇌동·이회·장익·진복·초주·여의·곽준·등지·양홍·주군·비의·비시·맹달 등 항복한 문무 벼슬아치 60명 남짓 모두 새 벼슬자리에 앉았다.

이어 제갈량을 군사로 삼고, 관우는 탕구장군 한수정후로, 장비는 정로장군 신정후로, 조운은 진원장군으로, 황충은 정서장군으로, 위연은 양무장군으로, 마초는 평서장군으로 삼았다. 그 밖에 손건·간옹·미축·미방·유봉·오반·관평·주창·요화·마량·마속·장완·이적은 물론 지난날 형양의 문무 벼슬아치들도 모두 자리를 높여주고 상을 내렸다. 관우에게는 사람을 시켜 황금 5백 근, 은 1천 근, 돈 5천 만에 촉 땅에서 나는 비단 1천 필을 보내는 한편, 다른 벼슬아치들과 장수들한테도 자리에 걸맞은 상을 주었다. 마침내 소와 말을 잡아 군사들을 배불리 먹이고, 창고를 열어 백성들에게 식량을 나누어주니 모두들 기뻐했다.

익주를 가라앉히고 나자 유비는 곧바로 성도의 기름진 땅과 좋은 집을 여러 벼슬아치들에게 나누어주려 했다. 그러나 조운이 나서서 말렸다.

"익주 백성들은 여러 차례 싸움에 휩싸이는 바람에 땅이고 집이고 모두 잃었습니다. 마땅히 백성들한테 돌려주어서 편히 살게 하고 저마다 일에 힘쓰도록 하는 게 옳습니다. 그래야 모두들 마음으로 따릅니다. 본디 백성들 것이기에 그걸 빼앗아 개인적인 상으로 쓰지 않아야 좋습니다."

유비는 무척 흐뭇해하며 그 말을 따랐다. 이어 유비는 제갈량더러 나라를 다스리는 데 필요한 여러 법을 정리하도록 했다. 나중에 제갈량이 정리한 걸 보니 벌이 매우 무겁게 정해져 있었다. 이를 보고 법정이 제갈량에게 말했다.

"옛날에 고조께서는 '사람을 죽인 이는 죽이고, 사람을 다치게 한 이와 도둑질한 이는 벌을 준다'는 세 가지 간단한 내용만 법으로 정했습니다. 그랬더니 백성들 모두 그 덕스러움에 감동하였습니다. 부디 벌을 좀 너그럽게 하시고 내용도 줄여서 백성들의 바람을 담아주시기 바랍니다."

제갈량이 손을 내저었다.

"그대는 하나만 알고 둘은 모르시오. 진나라의 법이 워낙 무서워서 백성들 모두 원망을 많이 했소. 그래서 고조께서는 그걸 뒤집어 너그럽고 어진 쪽으로 법을 정해 백성들 마음을 얻었소. 유장은 호리터분하고 약해빠져서 덕스럽게 다스리지 못한데다 법도 무겁게 쓰지 못했소. 그런 까닭에 임금과 신하가 해야 할 일이 뒤죽박죽되어 마침내 엉망이 되어버렸소. 예쁘다고 자꾸만 자리를 높여주다가 더 높여줄 자리가 없으면 그 사람은 마침내 드세지게 마련이오. 또 잘 따르라고 은혜를 베풀기만 해서도 안 되오. 더 베풀 은혜가 없어지면 나중에는 따르지 않고 멋대로 굴게 되오. 잘못은 바로 여기서 생기오. 그래서 나는 법을 무겁게 정했소. 법대로 하면 바로 은혜를 알게 되고, 은혜를 베풀되 그만큼 맞는 자리를 주면 자리가 높아질수록 영광으로 알게 되지요. 은혜와 영광이 같이 어우러지면 위아래가 더불어 끊고 맺음이 확실해질 것이오. 바로 이걸로 나라를 다스리는 바탕으로 삼고자 하오."

법정은 그 말에 저절로 고개가 끄덕여져 절을 했다.

이리하여 군사와 백성들 모두 편안해졌다. 고을 41곳에 군사를 보내어 마음을 놓게 하고 모두 편안하게 했다.

법정은 촉군 태수 자리에 가 앉자 자신이 입은 은혜라면 아주 하찮은 일까지도 하나하나 찾아내 다 갚았다. 뿐만 아니라 서운한 일도 다 떠올려 하잘것없는 일까지 남김없이 다 되갚았다. 이에 어떤 사람이 제갈량에게 이를 알렸다.

"효직이 너무 제멋대로 거칠게 굽니다. 좀 꾸짖어주셔야겠습니다."

제갈량이 대답했다.

"지난날 주공께서 어렵사리 형주를 지키고 계실 때를 생각해봅시다. 북쪽으로는 조조가 두렵고 동쪽으로는 손권이 께름칙했습니다. 효직이 날개가 되어 도와주었기에 마침내 주공께서 훨훨 나실 수 있게 되어 남의 간섭을 받지 않게 되셨소. 그러니 지금 효직이 자기 하고 싶은 대로 좀 하는 걸 어찌 막을 수 있겠소?"

제갈량이 이렇듯 모른 체해주자 그 사실을 알게 된 법정은 스스로 조심하게 되었다.

유비와 제갈량이 마주 앉아 이런저런 이야기를 나누고 있던 어느 날이었다. 관우가 금이며 비단 등을 내린 일에 대한 고마움의 인사로 관평을 보내왔다는 보고가 들어왔다. 유비가 들라고 하자 관평이 들어와 절을 하며 편지를 바쳤다.

"아버님께서는 마초의 무예가 뛰어나다는 말을 들으신 뒤 서천에 오셔서 누가 더 뛰어난지 한번 겨루어보고 싶어 하십니다. 저더러 큰아버님께 그 말씀을 꼭 전해드리라 하셨습니다."

유비가 깜짝 놀라며 말했다.

"만약에 운장이 촉에 들어와 맹기와 겨룬다면 둘 가운데 하나는 다치게 되오."

제갈량이 말했다.

"걱정 마십시오. 제가 편지를 써서 보내겠습니다."

유비는 관우가 성질 급하게 굴까봐 걱정되었다. 그래서 제갈량에게 곧바로 편지를 쓰게 한 뒤 관평에게 그 편지를 주며 밤낮으로 형주로 달려가라 일렀다.

관평이 형주로 돌아오자 관우가 물었다.

"내가 마맹기와 한 번 겨뤄보고 싶어 한다는 말씀은 드렸느냐?"

관평이 대답했다.

"공명께서 편지를 써주셨습니다."

관우는 편지를 받아 펼쳤다.

듣자니 장군께서는 맹기와 한 번 누가 뛰어난지 겨루어보고 싶

다 하셨다는군요. 내 보기에 맹기의 씩씩함이 다른 사람들보다 뛰어나기는 하나, 고조 때 장수인 경포나 팽월의 무리라고 보면 딱 알맞소. 마땅히 익덕하고나 다툴 실력이지 미염공의 뛰어남에는 미치지 못하오. 지금 공은 형주를 맡아 지키고 있소. 그 중요한 일을 팽개치고 서천으로 왔다가 만약에 형주를 잃기라도 하면 그보다 더 큰 죄는 없소. 잘 살펴 깊이 생각하시오.

관우는 편지를 다 읽고 나자 수염을 쓰다듬으며 웃었다.
"공명이 내 마음을 알고 있구만."
관우는 그 편지를 곁에 있는 이들한테 읽어보라 한 뒤 서천에 갈 뜻을 버렸다.

한편 동오의 손권은 유비가 서천을 차지하고 유장을 공안으로 쫓았다는 소식을 듣자 급히 장소와 고옹을 불러 의논했다.
"원래 유비가 우리한테서 형주를 빌릴 때 서천을 얻으면 형주를 돌려주겠다고 했소. 이제 파촉 마흔한 고을을 다 얻었으니, 우리는 한수 가까이 있는 여러 고을을 다 찾아야 하오. 만약에 돌려주지 않으면 바로 군사를 일으켜 쳐야겠소."
장소가 말했다.
"동오가 이제 막 겨우 편안한데 군사를 일으키면 안 됩니다. 저한테 좋은 방법이 하나 있습니다. 유비가 두 손으로 형주를 받들어 주공께 바치게 하겠습니다."

서촉은 이제 막 새로운 세상이 열리는데
동오는 또 옛 산천을 찾으려 하네

과연 그 방법은 무엇인지…….

제66회

조조가 복황후를 죽이다

관우는 칼 한 자루 들고 모임에 나가고
복황후는 나라를 위하려다 목숨을 빼앗기다

손권이 형주를 되찾고 싶어 하자 장소가 나서서 방법을 밝혔다.

"유비는 오로지 제갈량만 믿을 뿐인데, 마침 그 사람의 형제 제갈근이 지금 동오에서 벼슬을 살고 있습니다. 일단 제갈근의 가족을 늙은이·젊은이 가리지 말고 모조리 잡아 가두십시오. 그런 다음 제갈근을 서천으로 들여보내 아우인 제갈량더러 유비를 설득해 형주를 돌려주도록 하십시오. 형주를 돌려주지 않으면 가족이 모두 죽게 된다고 하면 제갈량도 형제 사이의 정 때문에 따르지 않을 수 없습니다."

손권이 딱한 표정을 지었다.

"제갈근은 올곧은 군자인데 어찌 차마 그의 가족을 잡아 가둔단 말이오?"

"일부러 그런 방법을 쓸 수밖에 없다고 하면 제갈근도 마음을 놓습니다."

손권은 그 말을 따라 제갈근의 가족을 모두 부중으로 불러들여 겉으로 보기에 잡아 가두듯이 했다. 그러는 한편 편지를 써서 제갈근에게 주며 서천으로 가도록 했다.

며칠 걸리지 않아 성도에 이른 제갈근은 유비에게 사람을 보내 알렸다. 이에 유비가 제갈량을 보고 말했다.

"형님 되시는 분이 무엇 때문에 오셨을까요?"

제갈량이 대답했다.

"형주를 찾자고 왔겠죠."

"그럼 뭐라고 대답해야 하오?"

제갈량은 유비에게 이러저러하라고 일러주었다. 방법을 정한 뒤 제갈량은 성을 나가 제갈근을 맞았다. 제갈량은 형을 자기 집으로 데려가지 않고 귀한 손님을 모시는 집으로 데려갔다. 서로 인사를 마치자마자 제갈근이 목을 놓아 크게 울었다.

제갈량이 물었다.

"형님, 무슨 일이 있길래 이러십니까? 무엇 때문에 울기

부터 하십니까?"

제갈근이 말했다.

"내 가족들이 이제 다 죽게 생겼다!"

"형주를 돌려받지 못해 그럽니까? 아우 때문에 형님 가족이 모두 잡혀 들어갔다니 아우 마음인들 어찌 편하겠습니까? 형님은 너무 걱정하지 마십시오. 아우가 방법을 궁리해서 형주를 돌려드리도록 하겠습니다."

제갈근은 무척 좋아라 하며 곧바로 제갈량과 함께 유비에게 가서 인사를 하고 손권의 편지를 바쳤다.

편지를 다 읽고 나자 유비가 화를 벌컥 냈다.

"손권은 제 누이를 나한테 시집보내놓고 내가 형주에 없는 틈을 타 몰래 데려가버렸소. 이는 인정으로 보나 도리로 보나 할 짓이 아니었소! 나야말로 서천 군사를 일으켜 강남으로 쳐들어가 원한을 갚으려 하고 있었소. 그런데 형주를 돌려달라고 하다니!"

제갈량이 울면서 바닥에 엎드려 말했다.

"오후가 제 형님 가족을 잡아 가두었으니, 형주를 돌려주지 않으면 형님 가족은 모두 죽고 맙니다. 형님이 죽는다면 저 홀로 어찌 잘 살 수 있겠습니까? 부디 주공께서는 제 낯을 봐서라도 형주를 동오에 돌려주시어 저희 형제 사이의 정이 깨지지 않도록 해주십시오!"

제갈량이 거듭 졸랐으나 유비는 계속 받아주지 않았다. 제갈량이 계속 울면서 조르자 유비가 마지못해 천천히 말했다.

"그럼 공명의 낯을 봐서 형주의 절반을 돌려주겠소. 장사·영릉·계양 세 고을을 돌려주도록 하시오."

제갈량이 말했다.

"기왕 그렇게 해주시려면 운장에게 곧장 편지를 보내 세 고을을 돌려주라 이르시지요."

유비가 제갈근을 보며 말했다.

"자유가 직접 형주로 가서 내 아우를 좋은 말로 달래보시오. 내 아우는 성질이 불같아서 나도 함부로 하지 못하오. 알아듣게 잘 말해야 하오."

편지를 받은 제갈근은 유비에게 인사를 하고 물러나와 제갈량과 헤어져 곧바로 형주로 갔다.

관우가 제갈근을 안으로 들라 하였다. 손님과 주인 사이에 서로 인사가 끝났다.

제갈근이 유비의 편지를 내놓으며 말했다.

"황숙께서 세 고을을 동오에 돌려주겠다고 하셨소. 장군께서는 곧바로 돌려주시기 바라오. 그래야 저도 돌아가 우리 주공 뵙기가 편합니다."

관우의 낯빛이 바뀌었다.

"나는 우리 형님과 복숭아밭에서 의형제를 맺을 때 한나라를 함께 붙들어 바로 세우기로 다짐했소. 형주는 본디 대한나라의 땅이오. 그런 땅을 어찌 한 뼘이라도 남에게 줄 수가 있겠소? 장수가 밖에 나가 있을 때는 임금의 명령이라도 받들지 않을 수 있다 했소. 비록 형님의 편지를 가지고 오셨지만 나는 돌려줄 수 없소."

제갈근이 매달리며 졸라댔다.

"지금 오후께서는 내 가족을 잡아 가두어놓고 있소. 만약에 형주를 돌려받지 못하면 틀림없이 다 죽이고 마오. 부디 장군께서는 가엾게 여겨주시오!"

"그건 다 오후가 꾸민 속임수요. 그런 꾀에 나는 속아 넘어가지 않소."

"장군께서는 어찌 이다지도 매정하시오!"

관우가 칼에 손을 대며 소리쳤다.

"더는 들먹이지 마시오! 이 칼은 원래 매정하오!"

관평이 곁에서 말렸다.

"공명의 낯을 봐서라도 아버님께서는 화를 좀 가라앉히십시오."

관우가 제갈근을 쳐다보았다.

"공명의 낯 덕에 살아서 동오로 돌아가는 줄 아시오!"

제갈근은 창피를 당하자 얼굴이 화끈거렸다. 부리나케 물러나와 배를 타고 제갈량을 만나기 위해 다시 서천으로 갔다. 그러나 제갈량은 이미 각 고을 순찰을 하기 위해 떠나고 없었다. 제갈근은 다시 유비를 만나 관우가 자기를 죽이려 하던 일을 울면서 말했다.

유비가 말했다.

"내 아우는 워낙 급한 성격이라 같이 무슨 얘기를 나누기가 아주 어렵소. 자유는 잠깐 돌아가 계시오. 내가 동천 한중의 고을들을 빼앗으면 운장을 그리 보내 지키게 하겠소. 그런 다음 형주를 돌려주겠소."

제갈근은 어쩔 수 없었다. 동오로 돌아가 손권에게 다녀온 얘기를 하자 손권이 크게 화를 냈다.

"자유가 이번에 아무 보람 없이 돌아다니기만 했는데, 이것 모두 제갈량이 꾸민 일 아니오?"

제갈근이 말했다.

"아닙니다. 제 아우 역시 울면서 현덕에게 졸라 세 고을을 먼저 돌려주어도 좋다는 허락을 받아냈습니다. 그런데 운장이 그토록 고집을 부리며 내놓지 않더군요."

"어찌 되었든 유비가 세 고을을 먼저 돌려준다 했으니 장사·영릉·계양 세 고을을 다스릴 사람을 보내놓고 어떻게 하는지 지켜봅시다."

"주공의 말씀대로 하는 게 좋겠습니다."

손권은 제갈근더러 자기 가족을 데려가게 한 뒤 세 고을을 다스릴 사람들을 떠나보냈다. 그러나 세 고을로 갔던 벼슬아치들은 모두 하루도 못 되어 쫓겨와 손권에게 일러바쳤다.

"관운장이 받아주지 않고 그 밤에 곧장 쫓아내는 바람에 동오로 돌아오고 말았습니다. 머뭇거리다간 하마터면 죽을 뻔했습니다."

손권은 화가 치밀 대로 치밀어 노숙을 불러 꾸짖었다.

"지난날에 자경이 보증을 서서 유비한테 형주를 빌려주었소. 지금 유비는 서천을 빼앗고도 형주를 돌려주지 않고 있소. 자경은 어째서 가만히 앉아서 보고만 계시오?"

노숙이 말했다.

"제가 좋은 방법 하나를 생각해놓았습니다. 그러잖아도 말씀드리려 했습니다."

"어떤 방법이오?"

"지금 육구에다 군사를 모아놓고 사람을 보내 관운장을 모임에 나오도록 합니다. 관운장이 기꺼이 오면 좋은 말로 달래보고, 말을 듣지 않으면 숨겨두었던 무사들을 시켜 죽여버리십시오. 만약에 처음부터 아예 오지 않으려 하면 군사를 일으켜 그와 끝까지 싸워 형주를 빼앗으면 됩니다."

"나도 그렇게 생각하고 있소. 바로 그렇게 하시오."

그러나 감택이 나서서 말렸다.

"아니 됩니다. 관운장은 세상에 첫째가는 범 같은 장수입니다. 가벼이 다뤄서는 안 됩니다. 자칫 잘못했다가는 우리가 도리어 다칩니다."

손권이 화를 벌컥 냈다.

"그렇다면 형주는 언제 되찾는단 말이오!"

손권은 노숙에게 곧장 계획대로 하라고 명령했다. 이에 노숙은 손권에게 인사를 한 뒤 육구로 가서 여몽과 감녕을 불러 함께 의논했다. 그들은 육구 영채 밖 임강정 위에서 잔치를 열기로 하고, 말솜씨 좋은 이를 뽑아 관운장을 모임에 부르는 편지를 주며 배를 타고 강을 건너가게 했다.

노숙이 보낸 사람이 강어귀에 이르자 관평이 왜 왔는지를 물은 뒤 형주로 데리고 들어갔다. 곧바로 관우를 만나게 하자 그 사람은 노숙이 모임에 부른다는 말을 하고 편지를 바쳤다.

편지를 읽고 난 관우가 그 사람에게 말했다.

"자경이 나를 부르니 내일 모임에 가겠네. 그대는 먼저 돌아가게."

그 사람이 돌아가자 관평이 물었다.

"노숙이 부르는 게 몹시 마음에 걸립니다. 아버님께서는 어쩌자고 가신다고 했습니까?"

관우가 빙그레 웃었다.

"내가 어찌 그걸 모르겠느냐? 제갈근은 돌아가서 손권한 테 내가 세 고을을 돌려주지 않으려 한다고 말했을 거다. 그 래서 손권이 노숙한테 명령하기를, 육구에 군사를 모아놓 고 잔치 자리를 마련하여 나를 불러내 형주를 내놓으라고 했을 테고. 만약에 내가 가지 않으면 겁쟁이라고 하겠지. 내 일 작은 배를 타고 여남은 사람만 데리고 가보련다. 칼 한 자루만 들고 모임에 가서 노숙이 나를 어찌하는지 살펴보 겠다!"

관평이 말렸다.

"아버님께서는 만금같이 귀한 몸이십니다. 그런데 어찌 호랑이 굴로 들어가려 하십니까? 이건 큰아버님이 부탁하 신 바를 어기시는 일이기도 합니다."

관우가 대수롭지 않게 말했다.

"나는 셀 수 없이 많은 창과 칼은 물론 돌과 화살이 내 목 숨을 노리는 곳에서도 마치 사람이 없는 데를 다니듯 홀로 말을 타고서 휘저으며 다녔다. 어찌 그까짓 강동의 쥐새끼 들을 두려워하겠느냐!"

마량 역시 말렸다.

"노숙이 비록 덕스러움을 제법 갖춘 사람이라 할지라도

지금처럼 일이 급하다 보면 딴마음이 생길 수도 있습니다. 그러니 장군께서는 가벼이 가시면 안 됩니다."

관우가 말했다.

"옛날 전국시대에 조나라의 인상여라는 사람은 닭 한 마리도 잡을 힘이 없었다. 그런데도 민지의 모임에 나가 진나라의 임금과 신하들을 아무것도 아닌 사람으로 만들어버렸다. 하물며 나는 만 사람과 싸우는 법을 익히지 않았느냐! 이미 간다고 했으니 믿음을 깨뜨릴 수는 없다."

마량이 다시 말했다.

"장군께서는 가시더라도 마땅히 준비를 단단히 하셔야 합니다."

관우가 관평을 보고 말했다.

"빠른 배 열 척에 수군 오백 명을 태우고 강 위쪽에서 기다려라. 내 깃발이 보이는 대로 강을 건너오면 된다."

관평은 명령을 받고 물러가 준비를 했다.

한편 형주를 다녀온 사람은 노숙에게 관우가 내일 기꺼이 온다 했다고 보고했다. 이에 노숙은 여몽과 의논했다.

"온다 하니, 어떻게 하면 좋겠소?"

여몽이 대답했다.

"군사를 같이 데리고 오거든, 제가 감녕과 함께 군사 한 무리를 이끌고 강언덕에 숨어 있다가 쾅 소리를 신호 삼아 들이치겠습니다. 군사를 데리고 오지 않거든, 뒤뜰에다 무사 오십 명을 숨겨두었다가 술자리에서 해치우도록 하겠습니다."

두 사람은 그대로 하기로 했다.

다음 날 노숙은 강언덕으로 사람을 보내 살펴보게 했다. 아침 먹을 시간이 좀 지나자 강 위에 배 한 척이 떠오고 있었다. 몇몇 사람이 배를 몰고 붉은 깃발이 펄럭였다. 깃발에는 관(關) 자가 크게 쓰여 있었다. 배가 점점 강기슭 가까이 다가왔다. 관우는 푸른 두건에 녹색 웃옷을 입은 채 배 위에 앉아 있었다. 곁에는 주창이 큰 칼을 든 채 서 있고, 관서 땅의 우람한 사내들 8, 9명만이 저마다 칼 한 자루씩을 들고 있었다.

노숙은 놀랍고 의심스러운 마음을 애써 감추며 관우를 뜰 안으로 맞아들였다. 인사가 끝나자 자리에 앉아 술을 마시기 시작했다. 서로 잔을 들어 술을 권하기는 했지만 노숙은 쉬이 얼굴을 들고 마주 볼 수가 없었다. 관우는 스스럼없이 웃으며 이야기를 나누었다.

어느 정도 술기운이 무르익자 노숙이 말했다.

"군후께 한말씀 드리겠습니다. 들어주시면 좋겠습니다. 지난날 형님이신 황숙께서는 나더러 보증을 서게 하신 뒤 우리 주공한테서 형주를 빌려 잠깐 머무르시겠다고 하셨습니다. 그때 약속하시기를, 서천을 얻으면 돌려주시겠다고 하셨지요. 이제 서천을 얻으셨는데도 형주를 돌려주지 않고 계시는데 믿음을 저버리셨을까요?"

관우가 시큰둥하게 말했다.

"그건 나라의 일이라 이런 자리에서 들먹거리기는 좀……."

그러나 노숙은 내친김에 계속 말했다.

"우리 주공께서 갑갑한 강동 땅에 계시면서도 형주를 기꺼이 빌려주시며 도와주신 뜻은 군후 쪽이 싸움에 지고 어디 기댈 데도 없이 멀리 와 딱했기 때문입니다. 이제 익주를 얻었으니 형주는 마땅히 돌려주어야 합니다. 그래서 황숙께서도 세 고을을 먼저 돌려주라 하셨겠지요. 그런데 군후께서는 그마저도 안 된다고 버티시는데, 이는 도리에 맞는 일이 아닙니다."

관우가 말했다.

"오림 싸움 때 우리 좌장군께서는 직접 화살과 돌이 쏟아져도 있는 힘을 다해 적을 물리쳤소. 그런데 그걸 헛수고로 돌리고 땅 한 뼘도 가지면 안 된단 말이오? 그런데도 그 땅을 다시 돌려달라고 하오?"

"그렇지 않습니다. 군후와 황숙께서는 장판 싸움에서 지고 나자 어찌해볼 방법도 없고 힘도 다해 멀리 달아나야 하는 신세였습니다. 그때 우리 주공께서는 오갈 데 없는 황숙의 신세를 딱하게 여기시어 발 디딜 땅을 아낌없이 내주시며 나중에 성공할 수 있게 해주셨습니다. 그런데도 황숙께서는 그렇게 덕 입은 일은 생각하지 않고 계십니다. 이미 서천을 얻으셨으면서도 형주를 차지하고 계시는데, 그건 욕심이 지나쳐 의로움을 저버린 일입니다. 세상의 웃음거리나 되지 않을까 두렵습니다. 군후께서는 깊이 헤아리시기 바랍니다."

관우는 뻔한 소리 말곤 딱히 할 말이 없었다.

"그건 모두 우리 형님이 알아서 하실 일이지, 내가 뭐라고 할 수 없소."

그러나 노숙은 계속 밀어붙였다.

"제가 듣기로 군후께서는 황숙과 더불어 복숭아밭에서 의형제를 맺으실 때 살고 죽는 일을 같이하기로 하셨습니다. 그렇다면 황숙과 군후는 따로 떼어 생각할 수 없는데 어찌 말씀을 그렇게 하시오?"

관우가 뭐라 대꾸할 말이 없어 머뭇거리는데 주창이 뜰 아래에서 갑자기 거칠게 소리 질렀다.

"천하의 땅은 덕 있는 이가 차지하면 되오. 어째서 동오에서만 차지하겠다고 우기시오!"

관우가 낯빛이 바뀌며 벌떡 일어났다. 이어 주창한테 다가가 주창이 들고 있던 큰 칼을 빼앗아 든 뒤 뜰 한가운데에 서서 주창을 보며 꾸짖었다.

"이건 나라의 큰일이다. 네가 뭘 안다고 주제넘게 떠드느냐! 썩 물러가지 못할꼬!"

주창이 그 뜻을 얼른 알아채고 먼저 강언덕으로 나가 붉은 깃발을 한 번 흔들었다. 이에 관평의 배들이 쏜살같이 강동으로 달려왔다.

관우는 오른손에는 칼을 쥐고 왼손으로는 노숙의 손목을 잡아끌며 짐짓 취한 척하며 말했다.

"오늘은 공이 나를 잔치 자리에 부르신 거니까 형주 일은 그만 들먹입시다. 내가 지금 몹시 취하여 오랜 정을 다칠까 봐 두렵소. 다음에 내가 형주에서 잔치를 열어 공을 부를 테니 그때 다시 의논합시다."

노숙은 몸에서 얼이 다 빠져나가는 느낌이었다. 그대로 관우한테 붙들려 강변까지 따라갔다. 여몽과 감녕은 본부군을 이끌고 나가고 싶었으나, 관우가 손에 큰 칼을 쥔 채 노숙을 붙들고 있어 노숙이 다칠까봐 섣불리 움직일 수 없었다. 관우는 배 가까이 이르러서야 노숙의 손을 놓고 뱃머리 쪽에 오른 뒤 헤어지는 인사를 했다. 노숙은 바보가 된 듯 멍하니 서서 관우의 배가 바람을 타고 사라지는 걸 바라

관우가 노숙의 함정을 빠져나가다.

볼 수밖에 없었다.

나중에 어떤 이가 관우를 기리는 시를 읊었다.

오나라 신하를 마치 어린아이처럼 여기고 다루어버리니

칼 한 자루만 든 채 모임에 나갔어도 두려워 어쩌지 못했다네

그때 영웅이 굽힘없이 보여준 씩씩한 모습은

인상여가 민지에서 보여준 것보다 뛰어났다네

관우가 그렇게 형주로 돌아가버리자 노숙은 여몽과 함께
의논했다.

"이번 계획도 어긋나고 말았으니 어찌해야 좋소?"

여몽이 대답했다.

"주공께 바로 보고드리고 군사를 일으켜 운장과 한판 붙
는 수밖에 없겠습니다."

노숙은 곧바로 손권에게 사람을 보내 보고하였다. 손권은
화를 있는 대로 내며 온 나라의 군사를 모두 일으켜 형주 칠
일을 의논에 부쳤다. 바로 그때 갑작스런 보고가 들어왔다.

"조조가 삼십만 대군을 일으켜서 또 쳐들어온다 합니다!"

손권은 깜짝 놀랐다. 노숙에게 형주군과 싸우지 말고 군
사를 합비와 유수로 옮겨 조조를 막으라 했다.

한편 조조가 남쪽을 치려 하자, 자가 언재이며 참군으로 있는 부간이 글을 올려 말렸다.

제가 알기로는, 군사적인 힘을 쓰려면 묵직함이 앞서야 하고, 문화적인 힘을 쓰려면 덕스러움이 앞서야 합니다. 두 가지 모두 아울러 갖추어져야 나라를 다스릴 수 있는 큰일이 이루어진다고 했습니다. 지난날 천하가 크게 어지러워지자 명공께서는 군사적인 힘을 써서 열에 아홉을 눌렀습니다. 지금 왕의 명령을 따르지 않는 곳은 오와 촉 두 곳뿐입니다. 그런데 오는 장강이 가로막고 있고 촉은 높다란 산이 버티고 있어 묵직함만으로는 누르기 어렵습니다.

제 어리석은 생각으로는 문화적으로 덕을 더 닦으면서 싸움을 하지 말고 군사를 쉬게 하며, 선비를 기르면서 때를 기다렸다 움직여야 할 줄 압니다. 지금 수십만의 군사를 거느리고 장강 가까이 갔다가 자칫 적들이 험한 걸 이용해 깊이 숨어서 우리를 치면 큰일입니다. 그리되어 우리 군사들이 미처 힘을 써볼 수도 없게 되거나, 적들이 생각지 못한 방법으로 우리 힘을 꺾기라도 하면 하늘 같은 묵직함만 깎이게 됩니다. 명공께서는 부디 잘 살피시기 바랍니다.

조조는 이 글을 보고서 남쪽을 치려던 일을 그만두었다.

그 대신 학교를 세우고 예의를 갖춰 선비들을 맞아들였다.

이때 시중 왕찬을 비롯해 두습·위개·화흡 등 네 사람이 서로 의논하여 조조를 위왕으로 높이고자 했다. 이에 중서령 순유가 말렸다.

"그건 안 되오. 승상의 벼슬은 위공에 이르셨고, 구석의 영예로움을 더해 그 자리가 이미 높아질 대로 높아졌소. 그런 마당에 이제 왕의 자리에까지 나아가신다는 건 마땅한 일이 아니오."

이 말을 전해들은 조조는 화가 몹시 났다.

"이 사람도 순욱을 닮고 싶은 모양이로구나!"

조조가 한 말을 알게 된 순유는 걱정스러움과 분한 마음이 일어 마침내 자리에 눕고 말았다. 그렇게 누워 앓은 지 열흘 남짓 되었을 때 그만 숨을 거두고 마니, 그의 나이 58살이었다. 조조는 그의 장사를 잘 지내게 해주고, 위왕에 오르려던 일은 없던 일로 하고 말았다.

어느 날 조조는 칼을 찬 채 궁으로 들어갔다. 이때 황제는 마침 복황후와 함께 앉아 있었다. 복황후는 조조가 들어오자 바삐 서둘러 자리에서 일어났다. 황제는 조조를 보자 벌벌 떨며 어찌할 줄을 몰랐다.

조조가 말했다.

"손권과 유비가 저마다 한 지방씩 차지하고서 조정을 받들지 않으니 어찌해야 합니까?"

황제가 대답했다.

"위공이 다 알아서 하시오."

조조가 화를 벌컥 냈다.

"폐하께서 그렇게 말씀하시는 걸 누가 듣기라도 하면 내가 임금을 가지고 논다고 하겠소."

"그대가 나를 기꺼이 도와주는 거라면 좋겠소. 그러나 그렇지 않다면 부디 은혜를 베푸는 셈치고 나를 물러나게 해주시오."

그 말을 듣자 조조는 황제를 매섭게 노려본 뒤 휙 나가버렸다. 곁에서 황제를 모시는 이가 말했다.

"요새 들으니 위공이 스스로 위왕이 되고자 한답니다. 머지않아 틀림없이 황제 자리까지 빼앗으려 들 겁니다."

황제와 복황후는 목을 놓아 울었다.

복황후가 말했다.

"저의 아버지 복완은 늘 조조를 죽일 마음을 품고 있습니다. 제가 지금 편지 한 통을 써서 몰래 아버지한테 보내 일을 꾀하게 할까 합니다."

황제가 말했다.

"지난날 동승도 일을 꾀했지만 들통나는 바람에 도리어 큰 화를 입고 말았소. 이제 또 일을 꾸미다가 새어나가기라도 하면 우리 둘은 다 끝장나고 마오!"

"아침부터 밤까지 마치 바늘방석에 앉아 있는 듯싶습니다. 이렇게 사느니 차라리 일찍 죽는 편이 더 낫겠습니다! 제가 보기에 환관들 가운데 목순이 충성스럽고 의로움이 높습니다. 그 사람한테 편지를 맡길까 합니다."

이에 바로 목순을 병풍 뒤로 불러들인 뒤 곁에서 모시는 이들을 모두 내보냈다. 황제가 복황후와 함께 목을 놓아 울며 목순에게 말했다.

"조조 역적놈이 위왕이 되려 하네. 머지않아 틀림없이 자리를 빼앗으려 할 거네. 내가 지금 황후의 아버지인 복완에게 이 역적놈을 몰래 없애라 하고 싶으나, 곁에 있는 이들이 모두 역적놈과 통하고 있어 마땅히 일을 맡길 이가 없네. 그대에게 황후의 비밀 편지를 줄 테니 몰래 복완에게 갖다주기 바라네. 그대의 충성스러움과 의로움을 헤아릴 때 틀림없이 나의 바람을 저버리지 않을 줄 믿네."

목순도 울며 말했다.

"저는 폐하의 크나큰 은혜에 깊이 고마울 뿐입니다. 죽기를 마음먹고 은혜를 갚겠습니다! 제가 바로 가겠습니다."

복황후가 바로 편지를 써서 목순에게 주었다. 목순은 편지를 머리 안에 감추고 몰래 궁을 빠져나가 복완의 집으로 가서 편지를 전했다. 복완이 보니 복황후가 직접 쓴 게 맞았다.

복완이 목순에게 말했다.

"조조 역적놈과 통하는 이가 너무 많아 쉽게 일을 꾀할 수가 없네. 강동의 손권과 서천의 유비가 군사를 일으켜 쳐들어오면 조조가 반드시 직접 싸우러 나가겠지. 그때 조정에 있는 충성스럽고 의로운 신하들과 함께 일을 꾀해야 하네. 안팎에서 같이 치면 아마 뜻을 이룰 수 있을 성싶네."

목순이 말했다.

"그럼 직접 황제와 황후께 답장을 쓰시어 비밀 조서를 받으십시오. 그리고 몰래 오와 촉 두 곳에 사람을 보내 군사 일으킬 날을 정하게 하신 뒤 역적을 치고 황제를 구하도록 하십시오."

복완은 바로 종이를 가져다 답장을 써서 목순에게 주었다. 목순은 그걸 다시 머리 속에 감춘 뒤 복완과 헤어져 궁으로 돌아갔다.

누군가 낌새를 알아채고 조조한테 일러바쳐 조조는 목순의 움직임을 벌써 알고 있었다. 그래서 궁 문에 먼저 가서 기다렸다. 목순은 돌아오다 조조를 보자 속으로 흠칫했다.

조조가 물었다.

"어디를 다녀오느냐?"

목순이 애써 차분하게 대답했다.

"황후께서 몸이 편찮으셔서 의원을 부르러 갔다 오는 길입니다."

"의원을 부르러 갔다고? 의원은 어디 있느냐?"

"아직 오지 않았습니다."

조조는 곁에 있는 이들에게 목순의 몸을 뒤지도록 했다. 그러나 아무것도 나오지 않아 그냥 놓아주었다. 그때 갑자기 바람이 불어와 머리에 쓰고 있던 관모가 날아가 땅바닥에 툭 떨어졌다. 조조는 다시 목순을 불러 관모를 살펴보았다. 그러나 역시 아무것도 나오지 않아 관모를 돌려주며 쓰라고 했다. 목순은 엉겁결에 두 손으로 관모를 받아 머리에 쓴다는 게 그만 거꾸로 쓰고 말았다. 그걸 보자 조조는 다시 의심이 들어 곁사람들에게 목순의 머리 속을 살펴보게 했다. 그들은 목순의 머리 속에서 복완의 편지를 찾아냈다.

조조가 편지를 살펴보니 손권·유비와 손을 잡고 밖에서 돕도록 하겠다는 말이 나왔다. 조조는 화가 치밀 대로 치밀었다. 목순을 잡아다가 비밀 방에 가두어놓고 족쳤으나 목순은 아무 말도 하지 않았다. 조조는 바로 그날 밤에 무장한 군사 3천 명을 복완의 집으로 보내 늙은이·어린아이 가리지 않고 모조리 잡아다놓은 뒤 집 안을 샅샅이 뒤졌다. 마침내 복황후가 직접 쓴 편지를 찾아내고 복씨 집안 가족은 물론 처가·외가 할 것 없이 일가친척 모두 잡아다 옥에 가두었다.

날이 밝자 어림장군 치려더러 명령대로 한다는 표시인 절을 가지고 궁으로 들어가 황후의 옥새부터 거두게 하였다.

그날 황제는 바깥 궁에 있었다. 치려가 무장한 군사 3백 명을 이끌고 들이닥치자 물었다.

"무슨 일인가?"

치려가 대답했다.

"위공의 명령을 받들어 황후의 옥새를 거두러 왔습니다."

황제는 일이 새나갔구나 싶자 가슴이 무너져내렸다.

치려가 황후의 궁에 이르렀을 때 복황후는 이제 막 잠자리에서 일어난 참이었다. 치려는 옥새를 맡은 이를 불러 옥새를 내놓으라 한 뒤 가지고 나갔다. 복황후는 일이 들통난 줄 알고 곧장 궁 뒤쪽에 있는, 초방이라 불리는 방의 좁은 벽 사이로 들어가 숨었다. 조금 있자 상서령 화흠이 군사 5백 명을 이끌고 궁으로 들어와 궁녀들에게 물었다.

"복황후는 어디 있느냐?"

모두들 모르겠다고 대답했다. 화흠은 군사들더러 붉은빛 문을 열어젖히게 했다. 그래도 보이지 않자 벽 사이에 숨어 있으리라 짐작하고 군사들에게 벽을 부수고 뒤지라고 소리쳤다. 벽 속에서 황후가 드러나자 화흠은 직접 자기 손으로 황후의 머리채를 움켜쥔 채 끌어냈다.

황후가 사정했다.

"제발 목숨만 살려주시오!"

화흠이 꾸짖었다.

"네가 위공을 뵙고 직접 빌어라!"

복황후는 머리가 풀어헤쳐진 채 맨발로 군사 두 사람한
테 붙들려 끌려나갔다.

화흠은 원래 글재주가 좋다고 이름난 사람으로 병원·관
녕 등과 사귐이 깊어 사람들은 그 셋을 한데 묶어 용 한 마
리라 불렀다. 화흠은 용 머리이고, 병원은 용의 배요, 관녕
은 용의 꼬리라고 했다.

어느 날 관녕과 화흠이 채소밭을 함께 매는데, 호미질을
하다 보니 금덩이가 나왔다. 관녕은 계속 호미질을 하며 금
덩이를 쳐다보지도 않았다. 화흠은 금덩이를 집어들어 한
참을 쳐다보다가 집어던졌다. 또 다른 어느 날 관녕과 화흠
이 함께 책을 읽고 있는데, 문밖에서 떠들썩한 소리가 나며
높은 사람이 수레를 타고 지나갔다. 관녕은 꼼짝 않고 앉아
계속 책만 읽는데, 화흠은 책을 내던지고 뛰쳐나가 구경을
했다. 그런 일이 있은 뒤부터 관녕은 화흠을 가볍고 보잘것
없는 사람으로 여겨 같은 자리에 앉지도 않고 벗으로 여기
지도 않았다.

그 뒤 관녕은 요동 땅으로 숨어 들어가 살았다. 그는 늘
흰 관을 쓰고 어느 다락 위에서 지내며 발을 땅에 딛지도 않

고, 죽을 때까지 위나라의 벼슬살이를 하지 않았다. 이와 달리 화흠은 처음에는 손권을 섬기다가 나중에 조조한테 가붙어 마침내는 복황후를 잡아들이는 일까지 맡았다.

나중에 어떤 이가 이런 화흠을 보고 혀를 끌끌 차는 시를 지었다.

그날 화흠은 무서운 꾀를 뽐내며
벽을 부수고 황후를 끌어냈다네
모진 놈 돕자고 하루아침에 호랑이 날개 노릇하니
욕된 이름 천 년 가고 용의 머리 끝내 웃음거리로다

관녕을 기리는 시도 있다.

요동 땅에 관녕의 다락 있나니
사람 가고 다락 비었어도 이름만은 남았구나
우습구나, 복 누리고 높아지는 일에 마음 빼앗긴 화흠이여
흰 관 쓰고 마음 닦으며 산 관녕에 어찌 비할쏘냐

화흠은 복황후를 끌고 바깥 궁으로 갔다. 황제는 복황후를 보자 궁 아래 뜰로 뛰어내려 복황후를 껴안으며 울었다.

화흠이 재촉했다.

"위공의 명령이오. 빨리 가야 하오!"

복황후가 황제에게 울면서 말했다.

"이제 다시 살아서는 못 뵙겠지요?"

"내 목숨도 언제 끝날지 모르오!"

무장한 군사들이 복황후를 끌고 나갔다. 황제는 주먹으로 가슴을 치며 목을 놓아 울다가 곁에 치려가 있는 걸 보고 말했다.

"치공! 세상에 이런 일이 어디 있소!"

황제는 울다 땅에 쓰러졌다. 치려는 곁에 있는 이들에게 황제를 부축해 궁으로 들이라고 했다.

화흠은 복황후를 잡아끌고 조조한테 갔다.

조조가 매서운 소리로 꾸짖었다.

"나는 정성스런 마음으로 너희들을 보살폈는데 너희들은 도리어 나를 죽이려 했다! 내가 너를 죽이지 않으면 네가 나를 반드시 죽이겠구나!"

조조는 곁에 있는 이들에게 복황후를 몽둥이로 마구 두들겨 패 죽이도록 했다. 이어 곧바로 궁으로 들어가 복황후가 낳은 아들 둘을 독약을 먹여 죽여버렸다. 또 그날 저녁에는 복완과 목순의 집안 사람 2백 명 남짓을 모두 거리로 끌어내어 목을 베어버렸다. 이에 벼슬살이하는 이든 보통 사람이든 놀라서 두려워하지 않는 이가 없었다. 때는 건안 19

년 11월이었다.

나중에 어떤 사람이 한숨 어린 시를 지었다.

조조만큼 흉악한 이 세상에 다시 없으니
복완의 충성스러움과 의로움도 어찌할 수 없네
황제와 황후가 서로 헤어지는 모습 가엾기 짝이 없구나
보통 백성들 부부만도 못하구나

복황후가 죽고 난 뒤 황제는 며칠을 두고 음식을 입에 대지 못했다.

조조가 들어와 말했다.

"폐하께서는 걱정 마시오. 제가 딴마음을 품은 건 없습니다. 제 딸을 이미 폐하께 드려 귀인으로 있습니다. 무척 어질고 효성스러우니 정궁으로 삼을 만합니다."

황제는 두려움에 그 말을 따르지 않을 수가 없었다. 마침내 건안 20년 정월 초하룻날 설 명절을 지내는 자리에서 조조의 딸 조귀인이 정궁황후가 되었다. 신하들 누구도 입을 열어 들먹이지 못했다.

이리하여 조조의 힘은 날로 더해갔다. 어느 날 높은 벼슬아치들을 모아놓고 오를 치고 촉을 깰 일을 의논했다.

가후가 나서서 말했다.

"하후돈과 조인 두 사람을 불러 이 일을 의논하시지요."

조조는 바로 사람을 보내 두 사람을 밤을 도와 돌아오게 했다. 하후돈이 아직 이르기 전에 조인이 먼저 왔다. 조인은 그 밤에 곧장 부중으로 가서 조조를 만나고자 했다. 그때 조조는 마침 술에 취해 누워 있었고, 허저가 칼을 든 채 문 앞을 지키고 서 있었다. 조인이 들어가려 하자 허저가 앞을 가로막았다. 이에 조인은 화가 솟구쳤다.

"나는 조씨 집안 사람이오. 그대가 어찌 겁도 없이 내 앞을 가로막는가?"

허저가 대꾸했다.

"장군은 비록 한 집안 사람이지만 밖에 나가 지키며 벼슬살이를 하고 있고, 나는 비록 한 집안 사람은 아니지만 지금 안에서 지키는 일을 맡고 있소. 주공께서는 취하시어 누워 계시오. 이런 때는 누구도 함부로 들여보낼 수 없소."

조인은 끝내 들어가지 못했다.

이 말을 들은 조조는 놀라워했다.

"허저는 참으로 충신이로구나!"

며칠 지나지 않아 하후돈이 오자 모두 모여 오와 촉을 칠 일을 의논했다.

하후돈이 말했다.

"오와 촉을 갑자기 칠 수는 없습니다. 먼저 한중의 장로를 친 다음 기운을 몰아 촉을 치면 북소리 한 번에 뜻을 이룰 수 있습니다."

조조가 고개를 끄덕였다.

"내 생각하고 똑같구나."

조조는 마침내 군사를 일으켜 서쪽을 치기로 했다.

흉악한 꾀를 내어 약한 주인을 깔아뭉개고

사나운 군사 또 몰고 가서 바깥 외진 데를 치려 하네

과연 다음 일은 어찌 될는지…….

제67회

한중은 조조 손안으로

조조는 한중 땅을 손안에 넣고
장료는 소요진에서 한껏 날치다

조조는 서쪽을 치기 위해 군사를 세 덩이로 나누었다. 앞쪽은 하후연과 장합에게 맡기고, 조조 자신은 여러 장수들을 거느리고 가운데를 맡았으며, 뒤쪽은 조인과 하후돈이 맡아 식량과 말먹이를 나르도록 했다.

염탐꾼은 이러한 사실을 재빨리 한중의 장로한테 알렸다. 장로는 아우인 장위와 함께 적을 물리칠 방법을 의논했다.

장위가 말했다.

"한중에서 가장 험한 곳은 양평관입니다. 거기 관 양쪽의 산과 숲에다 영채와 울타리를 여남은 개 세워놓으면 조조군을 맞아 싸울 만합니다. 형님은 한녕에 계시면서 먹을거리와 말먹이나 넉넉하게 대주시면 됩니다."

장로는 그 말을 좇기로 하고 대장 양앙과 양임을 자기 아우와 함께 바로 그날로 떠나도록 했다. 그들은 군사를 이끌고 양평관으로 가 영채를 세웠다.

하후연과 장합이 거느린 앞부대는 양평관에서 이미 준비를 마쳤다는 소식을 듣고 관에서 15리 떨어진 곳에 영채를 세웠다. 그날 밤 먼 길을 오느라 지친 군사들은 모두 잠에 곯아떨어졌다. 그런데 갑자기 영채 뒤쪽에서 불길이 치솟으며 양앙과 양임의 군사가 양쪽으로 나누어 쳐들어왔다. 하후연과 장합은 급히 말에 올랐다. 그러나 사방에서 많은 군사가 들이치는 바람에 조조군은 크게 지고 말았다. 하후연과 장합은 뒤로 쫓겨가 조조한테 갔다.

조조가 크게 화를 냈다.

"너희 둘은 여러 해 동안 싸움터를 누빈 사람들이다. 그런데 군사가 먼 길을 가서 지쳤을 때는 영채가 공격받을 수 있으니 준비해야 한다는 걸 어찌 몰랐느냐? 어쩌자고 아무런 준비를 하지 않았느냐?"

조조는 두 사람의 목을 베어 군법의 매서움을 보여주고자 했다. 그러나 뭇 벼슬아치들이 말리는 바람에 용서해주었다.

이튿날 조조는 직접 군사를 끌고 앞장을 섰다. 산을 보니 험하기 짝이 없고, 숲은 우거져 어디를 어떻게 지나가야 할지 알 수가 없었다. 조조는 혹시라도 군사가 숨어 있을지 몰라 군사를 거두어 영채로 돌아왔다.

조조가 허저와 서황 두 장수에게 말했다.

"여기가 이렇게 험한 데인 줄 알았더라면 절대로 군사를 일으켜 여기까지 오지 않았을 텐데……."

허저가 말했다.

"이미 군사를 끌고 여기 와 있습니다. 그러니 주공께서는 이제 와서 힘들다고 피하시면 안 됩니다."

다음 날 조조는 말에 올라 허저와 서황 두 사람만 데리고 장위의 영채를 살펴보러 갔다. 세 마리 말은 산비탈을 돌아 장위의 영채가 잘 보이는 곳으로 갔다. 조조가 채찍을 들어 가리키며 두 장수에게 말했다.

"저토록 단단히 세워놓았으니 쉽게 쳐부수기 어렵겠다!"

그 말이 미처 끝나기도 전에 뒤쪽에서 외침 소리가 크게 일더니 화살이 빗발치듯 날아왔다. 이어 양앙과 양임이 두 길로 나누어 쳐들어왔다. 조조는 깜짝 놀라 어쩔 줄을 몰랐다.

허저가 크게 소리쳤다.

"나는 적을 막겠네! 서공명은 주공을 보호하게!"

말을 마치자 허저는 칼을 들고 앞으로 말을 달려나가 두 장수와 맞붙어 싸웠다. 양앙과 양임이 허저의 씩씩함을 해보지 못하고 말 머리를 돌려 물러나자 다른 사람들은 두려움에 앞으로 나서지 못했다.

서황이 조조를 보호하며 산비탈을 막 달려가는데 앞에서 군사 한 무리가 또 내달려왔다. 자세히 보니 하후연과 장합이었다. 두 장수는 외침 소리가 들리자 군사를 이끌고 도우러 왔다. 그들은 양앙과 양임을 물리친 뒤 조조를 구해 영채로 돌아갔다. 조조는 네 장수에게 두터운 상을 내렸다. 이때부터 양쪽 군사는 싸우지 않고 50일을 넘게 버텼다.

조조가 갑자기 군사를 물리라는 명령을 내리자 가후가 물었다.

"적이 강한지 약한지조차 아직 모르는데 주공께서는 어찌하여 스스로 물러가자 하십니까?"

조조가 대답했다.

"내가 보니 적들은 날마다 준비를 단단히 하고 있어 갑자기 이기기는 어렵겠네. 내가 군사를 물리는 척하면 적들은 마음이 풀어져 준비를 가벼이 할 거네. 그때 가볍게 무장한 말 탄 군사들로 뒤를 치면 반드시 이길 수 있네."

가후가 고개를 끄덕였다.

"승상께서는 정말이지 귀신같습니다. 아무도 따라갈 수 없습니다."

조조는 하후연과 장합에게 군사를 두 길로 나누어 가볍게 무장한 말 탄 군사 3천 명씩을 거느리고 좁다란 길로 해서 양평관 뒤쪽으로 가도록 했다. 그러는 한편 조조 자신은 대군을 거느리고 영채를 거두어 물러가기 시작했다.

양앙은 조조군이 물러갔다는 보고를 받자 양임을 불러 기운을 몰아 그 뒤를 치자고 했다.

양임이 말렸다.

"조조는 꾀가 무척 많아 아직 무슨 속셈인지 알 수 없습니다. 그러니 함부로 쫓으면 안 됩니다."

양앙은 자기 뜻을 굽히지 않았다.

"공이 가지 않으면 나 혼자라도 가겠소."

양임이 애써 말렸으나 양앙은 듣지 않았다. 양앙은 영채를 지킬 군사만 조금 남겨두고 다섯 영채의 군사를 거의 다 이끌고 나가 뒤를 쫓았다. 그날은 안개가 짙게 끼어 바로 앞에 있는 사람의 얼굴조차 알아보기 힘들었다. 양앙의 군사는 어느 만큼 가다가 더는 갈 수 없어 그 자리에 머물렀다.

한편 하후연은 군사 한 무리를 이끌고 산 뒤쪽으로 지나가고 있었다. 짙은 안개 속이라 보이지는 않지만, 사람 소리에 말이 헉헉거리는 소리가 들리는 걸 보니 어딘가에 적이 숨어 있는 것 같아 걱정스러웠다. 하후연은 군사들을 재촉해 급히 빠져나가도록 했다. 그러나 짙은 안개 때문에 길을 잘못 들어 양앙의 영채 앞으로 가고 말았다. 영채를 지키고 있던 군사들은 말발굽 소리가 나자 양앙이 이끌고 나간 군사가 돌아오는 줄 알고 문을 열고 맞아들였다. 조조군이 그대로 밀고 들어가니 영채가 텅 비어 있었다. 그들은 영채 안에다 불을 질렀다. 다섯 영채에 남아 지키던 군사들은 모두 영채를 버리고 달아나버렸다.

안개가 걷히자 양임이 군사를 이끌고 도우러 왔다. 양임이 하후연과 맞붙어 싸운 지 몇 합 안 되어 뒤쪽에서 장합이 군사를 이끌고 왔다. 양임은 큰길로 무찔러 나간 뒤 길을 뚫고 남정으로 달아났다.

양앙이 군사를 이끌고 돌아왔을 때는 벌써 하후연과 장합이 영채를 차지한 뒤였다. 게다가 뒤쪽에서는 조조의 대군이 몰려왔다. 양쪽에서 치는 바람에 사방 어디로도 빠져나갈 데가 없었다. 양앙은 어쩔 수 없어 그대로 적진을 뚫고 나가려 하다가 장합과 딱 마주쳤다. 서로 맞붙어 싸웠으나 얼마 되지 않아 양앙은 장합에게 죽고 말았다.

싸움에 진 양앙의 군사들은 양평관으로 돌아가 장위에게 보고하려 했다. 그러나 장위는 두 장수가 싸움에 지고 영채를 죄다 잃은 걸 알자마자 한밤을 틈타 양평관을 버리고 벌써 달아나고 없었다. 이리하여 조조는 양평관과 여러 영채를 모두 차지했다.

장위와 양임은 돌아가 장로에게 보고했다. 장위는 두 장수가 길목을 잃어버리는 바람에 양평관을 지킬 수 없었다고 말했다. 이에 장로가 화를 벌컥 내며 양임의 목을 베려고 했다.

양임이 둘러댔다.

"저는 양앙더러 조조군을 쫓지 말라고 애써 말렸습니다. 그런데도 끝까지 듣지 않아 이렇게 지고 말았습니다. 군사를 다시 한 번만 더 내주시면 나가 싸움을 벌여 반드시 조조의 목을 베겠습니다. 만약에 이기지 못하면 군법대로 벌을 달게 받겠습니다."

장로는 그에게 문서를 쓰고 나가게 했다. 양임은 말에 올라 군사 2만 명을 거느리고 남정에서 떨어진 곳에 영채를 세웠다.

한편 조조는 군사를 이끌고 앞으로 나아갔다. 먼저 하후연에게 군사 5천 명을 주며 남정 가는 길을 살피게 했다. 그런데 하후연은 얼마 가지 않아 양임의 군사를 만났다. 양쪽은 서로 싸움을 시작할 준비를 했다. 양임이 부장 창기를 내보내 하후연과 싸우도록 했다. 그러나 싸운 지 3합도 되지 않아 하후연은 창기를 한칼에 베어 말 아래로 고꾸라뜨렸다. 양임이 직접 창을 뻗쳐들고 말을 내달렸다. 두 사람은 30합 남짓을 싸웠으나 이기고 짐을 가르지 못했다. 하후연이 짐짓 진 척하며 달아나자 양임은 그 뒤를 바짝 쫓았다. 달아나던 하후연이 갑자기 몸을 홱 돌리더니 칼을 내려쳐 양임을 베어 말 아래로 떨어뜨렸다. 이른바 타도계였다. 양임의 군사들은 크게 지고서 돌아갔다. 조조는 하후연이 양임을 베었다는 보고를 받자 곧바로 군사를 앞으로 밀고 나가 남정에 영채를 세웠다.

장로는 어찌할 바를 몰라 하며 문무 벼슬아치들을 모아 놓고 의논했다.

염포가 먼저 나서서 말했다.

"제가 한 사람을 추천하겠습니다. 그 사람이라면 조조가 거느린 장수들을 해볼 수 있습니다."

장로가 누구냐고 묻자 염포가 대답했다.

"남안 사람 방덕입니다. 원래 마초를 따라 주공께 왔지요. 나중에 마초가 서천으로 갈 때 방덕은 병으로 자리에 누워 있어서 따라가지 못했습니다. 지금까지 주공의 은혜를 입고 있는데 어찌하여 이 사람을 내보내지 않습니까?"

장로는 무척 좋아라 하며 곧장 방덕을 불렀다. 그러고는 상을 푸짐하게 주며 다독인 뒤 군사 1만 명을 주며 나가 싸우도록 했다. 방덕은 성에서 10리쯤 떨어진 곳에서 조조군과 마주쳤다. 바로 말을 몰고 나가 싸움을 걸었다. 조조는 지난번 위교 싸움 때 봐서 방덕이 얼마나 씩씩한지 알고 있었다. 그래서 장수들에게 부탁했다.

"방덕은 서량의 씩씩한 장수로 원래 마초 밑에 있었다. 지금 장로한테 붙어 있기는 하나 마음에 차지는 않을 게야. 내 사람으로 만들고 싶으니 살살 싸워서 힘을 빼놓은 뒤 사로잡도록 하라."

장합이 먼저 나가 몇 합 싸우다가 물러났다. 이어 하후연이 나가 몇 합 싸우고 또 물러났다. 그다음엔 서황이 나가 네댓합 싸우다 물러나고, 마지막으로는 허저가 나가 50합을 넘게 싸우다 물러났다. 방덕은 네 장수를 맞아 연거푸 싸우면서도 조금도 두려워하거나 겁을 내지 않았다. 네 장수모두 조조 앞에서 방덕의 무예가 뛰어나다고 칭찬했다. 조조는 속으로 무척 기뻐하며 장수들과 함께 의논했다.

"어떻게 해야 저 사람한테 항복을 받을 수 있겠나?"

가후가 말했다.

"장로 밑에 양송이라는 모사가 있습니다. 그 사람은 뇌물을 아주 좋아합니다. 그 사람한테 금이며 비단 따위를 몰래보내 안긴 뒤 장로한테 방덕을 헐뜯게 하면 일이 쉽게 풀리리라 봅니다."

조조가 말했다.

"그렇게 하려면 남정성에 사람을 들여보내야 할 텐데……."

가후가 다시 말했다.

"내일 싸우다가 거짓으로 진 척하며 영채를 버리고 달아나면 방덕이 우리 영채를 빼앗을 겁니다. 우리가 다시 한밤중에 군사를 몰고 가 영채를 덮치면 방덕은 틀림없이 성 안으로 들어가겠지요. 미리 말깨나 하는 군사 하나를 적군으로 꾸며놓았다가 저쪽 군사들 속에 섞여 성으로 들어가게 하면 됩니다."

조조는 그렇게 하기로 했다. 바로 입담 좋은 군사 하나를 뽑아 상을 두터이 내렸다. 그리고 금으로 만든 가슴 보호 갑옷을 맨몸에 입혔다. 그 위엔 한중 군사의 옷을 입힌 뒤 미리 길가에서 기다리게 했다.

다음 날 조조는 하후연과 장합에게 군사 한 무리씩을 이끌고 멀리 가서 숨도록 했다. 이어 서황에게는 싸움을 걸게 했다. 서황이 몇 합 싸우다 달아나자 방덕은 군사를 몰아 들이쳤다. 조조군은 모두 물러가버렸다. 방덕이 조조군의 영채를 빼앗고 보니 영채 안에 식량과 말먹이가 많았다. 무척 좋아라 하며 곧바로 장로에게 보고했다. 이어 영채 안에서 축하하는 잔치를 열었다.

그날 밤이 제법 이슥해졌을 때였다. 느닷없이 세 군데서 불길이 치솟아올랐다. 이어 가운데에선 서황과 허저가, 왼쪽에서는 장합이, 오른쪽에선 하후연이 덮쳐들었다. 조조군이 세 길로 나누어 영채를 덮치자 방덕은 어찌해볼 방법이 없었다. 급히 말에 올라 닥치는 대로 적을 짓밟으며 성 쪽으로 달렸다. 등 뒤에선 조조군이 세 갈래로 나누어 쫓아왔다. 방덕은 급히 성 문을 열라 소리 지른 뒤 군사들과 함께 한 덩어리가 되어 안으로 들어갔다. 이때 조조가 뽑아놓은 입담 좋은 군사도 같이 섞여 들어갔다. 그는 곧바로 양송의 부중으로 가서 양송을 만났다.

"위공 조승상께서는 오래전부터 귀공께서 덕을 널리 베푸시는 걸 아시고 특별히 저에게 황금 갑옷을 믿음의 표시로 갖다드리라 하셨습니다. 또 비밀 편지도 드리라 하셨습니다."

양송은 무척 좋아라 하며 비밀 편지를 읽고 난 뒤 말했다.

"돌아가서 위공께 마음 놓으시라고 말씀드려라. 나한테 좋은 생각이 있으니 그대로 뜻을 받들겠다고 하여라."

양송은 군사를 먼저 돌려보낸 뒤 그 밤에 곧바로 장로를 찾아갔다.

"방덕이 조조한테 뇌물을 받아먹고 일부러 져주고 돌아왔습니다."

장로는 화를 있는 대로 내며 방덕을 불러들여 호되게 꾸짖은 뒤 바로 목을 베려고 했다. 그러나 염포가 애써 말리는 바람에 방덕은 겨우 목숨을 건졌다.

장로가 방덕에게 말했다.

"네가 내일 싸움에 나가 이기지 못하면 반드시 네 목을 베리라!"

방덕은 한스런 마음을 깊게 품고 물러나왔다.

다음 날 조조군이 성을 치기 시작하자 방덕이 군사를 이끌고 뛰쳐나갔다. 조조가 허저를 내보내 싸우게 했다. 허저가 짐짓 싸움에 진 척하며 달아나자 방덕이 그 뒤를 쫓았다. 조조는 직접 말을 타고 산 위에 올라가 있다가 방덕을 불렀다.

"방영명은 어째서 빨리 항복하지 않는가?"

방덕은 속으로 생각했다.

'조조를 잡으면 장수 천 명을 잡은 것보다 낫다!'

방덕은 곧바로 나는 듯이 말을 달려 언덕 위로 올라갔다. 바로 그때였다. 갑자기 한바탕 크게 이는 외침 소리와 함께 하늘이 무너지고 땅이 꺼지는가 싶더니 사람과 말이 함정 속으로 빨려들어가버렸다. 사방에서 조조의 군사들이 갈고리 밧줄을 가지고 달려들어 방덕을 끌어올린 뒤 언덕 위로 데려갔다.

조조는 말에서 내리더니 군사들을 물러가게 하고 직접

방덕이 조조의 함정에 빠지다.

묶인 걸 풀어주며 항복하겠는지 물었다. 방덕은 장로의 어질지 못한 점을 생각하고 마음으로부터 항복을 하며 조조에게 절을 올렸다. 조조는 직접 방덕을 부축해 말에 태우고 본부 영채로 돌아가며, 일부러 성 위에서 이 모습이 잘 보이도록 했다. 이 모습을 본 장로의 군사들이 재빠르게 장로한테 가서 방덕과 조조가 말을 타고 함께 돌아가더라고 보고했다. 이에 장로는 양송의 말을 더욱 사실로 받아들이게 되었다.

다음 날 조조는 높다란 사닥다리를 세 곳에 세우고 불붙은 화살과 쇠로 된 화살 등을 마구 쏘게 했다. 장로는 더는 어찌해볼 수 없어 아우 장위와 의논했다.

장위가 말했다.

"성 안에 있는 모든 창고를 불살라버리고 남산으로 도망쳐 파중이라도 지킵시다."

양송이 말했다.

"그러느니 성 문을 열고 항복하는 게 낫겠습니다."

장로가 계속 머뭇거리자 장위가 재촉했다.

"어서 불지르고 빨리 떠납시다."

장로가 말했다.

"나는 원래 나라의 명령을 받들려 했으나 아직 그 뜻을

이루지 못했다. 이제 어쩔 수 없어 달아나기는 하지만, 창고
는 모두 나라의 것이니 없앨 수는 없다."

장로는 창고를 모두 단단히 닫아걸게 한 뒤 그날 밤이 이
슥해질 무렵에 온 집안 식구들을 이끌고 남문으로 달아났
다. 조조는 장로 뒤를 쫓지 말라 한 뒤 군사를 이끌고 남정
으로 들어갔다. 조조는 장로가 모든 창고를 단단히 닫아걸
어놓고 간 걸 보니 마음에 깊이 느끼는 바가 있었다. 그래서
파중으로 사람을 보내 항복을 권했다.

장로는 항복하고 싶어 하는데 장위가 듣지 않았다. 이에
양송이 조조한테 몰래 편지를 보내 군사가 들이치면 안에
서 돕겠다고 했다. 조조는 편지를 받아본 뒤 직접 군사를 이
끌고 파중으로 갔다. 장로는 아우 장위에게 군사를 거느리
고 나가 맞아 싸우게 하였다. 장위는 허저와 붙었으나, 곧바
로 허저가 내리친 칼을 맞고 말 아래로 고꾸라졌다. 싸움에
진 군사들이 돌아가 장로한테 이를 보고하자 장로는 계속
지키려 했다.

양송이 말했다.

"지금 나가시지 않으면 앉아서 죽음을 기다리는 꼴입니
다. 성은 제가 지킬 테니 주공께서는 직접 나가셔서 죽기로
한판 싸우십시오."

장로가 그 말을 따르기로 하자 염포가 나가지 말라며 말

렸다. 그러나 장로는 염포의 말을 뿌리치고 군사를 이끌고 싸우러 나갔다. 미처 싸움을 시작하기도 전에 뒤쪽의 군사들이 달아나기 시작했다. 장로가 급히 군사를 뒤로 물리려 하자 조조군이 뒤를 들이쳤다. 장로는 성 아래까지 달아났으나 양송이 성 문을 닫아걸고 들어오지 못하게 했다. 장로가 달아날 곳을 찾지 못하고 우물쭈물하고 있는데 조조가 뒤에서 쫓아와 큰소리로 외쳤다.

"어째서 빨리 항복하지 않느냐!"

장로는 바로 말에서 내려 절을 하며 항복했다. 조조는 무척 좋아라 했다. 조조는 장로가 창고를 단단히 닫아건 뜻을 높이 사 예의를 갖추어 대접하면서 그를 진남장군으로 삼았다. 염포를 비롯한 아랫사람들 모두 열후로 삼았다. 이리하여 한중이 모두 조조의 다스림 속에 들어갔다. 조조는 고을마다 명령을 내려 태수와 도위 자리를 만들고, 군사들에게도 상을 푸짐히 내렸다. 오로지 양송만은 주인을 팔아 제한 몸 귀하고자 했다 하여 저잣거리에서 목을 베어 사람들이 보도록 했다.

나중에 어떤 사람이 양송을 비웃은 시를 읊었다.

어진 이를 못살게 굴고 주인을 팔아 공 세우려 했지
악착같이 긁어모은 금은 덩어리 모두가 헛것일세

제 한 몸 귀하게 되기도 전에 칼을 받고 죽었으니

천 년을 두고두고 양송은 웃음거리 되고 말았다네

조조가 동천을 얻자 주부 사마의가 나서서 의견을 내놓았다.

"유비는 속임수를 써서 유장을 몰아냈습니다. 그러기에 촉 땅 사람들은 아직도 마음속으로는 따르지 않고 있습니다. 이제 주공께서 한중을 얻으셨으니 익주가 흔들릴 겁니다. 이 틈을 타서 재빨리 군사를 내몰아 들이치면 틀림없이 무너집니다. 지혜로운 사람은 기회를 귀하게 여겨 때를 잘 타는 법입니다. 부디 때를 놓치지 마시기 바랍니다."

조조가 길게 한숨을 내쉬었다.

"사람살이의 괴로움은 만족할 줄 모르는 데서 온다고 했소. 이미 한중을 얻었는데 또 촉을 바란단 말이오?"

유엽이 거들었다.

"사마중달의 말이 옳습니다. 만약에 지금 머뭇거리다가는 나라 다스리는 일에 밝은 제갈량이 정승이 되고, 관우와 장비 등 씩씩한 장수들이 전군을 거느리며 서촉 백성들을 안정시킨 뒤 험한 길목을 꽉 틀어막고 있으면 쉽게 쳐들어 갈 수 없습니다."

조조는 고개를 저었다.

"군사들이 멀리 나와 고생이 많소. 우선 쉬어야 하오."

조조는 군사들을 그대로 쉬게 한 채 꼼짝도 하지 않았다.

한편 서천 백성들은 조조가 이미 동천을 빼앗았다는 소식을 듣고 이젠 서천을 빼앗으러 오겠거니 생각했다. 그래서 하루에도 몇 번씩이나 놀라며 두려워했다. 이에 유비는 제갈량을 불러 의논했다.

제갈량이 말했다.

"제가 생각해놓은 게 하나 있습니다. 그대로 하면 조조는 스스로 물러갑니다."

유비가 어떤 생각이냐고 묻자 제갈량이 대답했다.

"조조가 군사를 나누어 합비에 둔 건 손권을 두려워하기 때문입니다. 지금 강하·장사·계양 세 고을을 떼어서 동오에 돌려주고, 말 잘하는 사람을 보내 좋고 나쁜 이치를 잘 따져 말하게 하시지요. 동오가 군사를 일으켜 합비를 들이치게 해서 그쪽 세력을 억누르도록 하면 조조는 틀림없이 군사를 남쪽으로 몰고 갑니다."

유비가 물었다.

"그럼 누구를 보내면 좋겠소?"

이적이 바로 나섰다.

"제가 가겠습니다."

유비는 무척 좋아라 하며 편지를 쓰고 선물을 마련했다. 그런 뒤 이적에게 먼저 형주로 가서 관우를 만나 알린 뒤 동오로 가라고 했다.

이적은 동오의 말릉에 이르자 손권을 만나러 왔다며 미리 이름을 알렸다. 손권이 이적을 들라 했다. 이적이 들어가 손권에게 인사를 마치자 손권이 물었다.

"그대는 무슨 일로 왔소?"

이적이 대답했다.

"지난번에 제갈자유께서 장사를 비롯해 세 고을을 돌려받으러 오셨을 때는 마침 공명께서 계시지 않아 돌려드리지 못하는 실수를 했습니다. 이제 돌려드리려고 편지를 가지고 왔습니다. 우리가 가지고 있는 형주의 남군과 영릉도 같이 돌려드리려 했으나 조조가 동천을 갑자기 빼앗는 바람에 관장군이 가 있을 만한 데가 없어 머물러 있어야 합니다. 지금 합비가 비어 있습니다. 부디 군후께서는 군사를 일으켜 그곳을 쳐서 조조가 군사를 남으로 돌리도록 해주십시오. 우리 주공께서 동천만 차지하시면 바로 형주의 모든 땅을 다 돌려드린답니다."

"그대는 숙소로 돌아가 있으시오. 내 의논을 좀 해보아야겠소."

이적은 밖으로 물러나왔다. 손권은 모사들을 모아놓고

어찌해야 할지 의논했다.

장소가 먼저 말했다.

"이건 유비가 조조한테 서천을 빼앗길까봐 두려워 짜낸 꾀입니다. 그러나 어찌 되었든, 조조가 한중에 가 있는 틈을 타 기운을 몰아 합비를 차지하는 게 가장 좋긴 합니다."

손권은 그 말을 따르기로 했다. 이적을 촉으로 돌려보낸 다음 바로 군사를 일으켜 조조를 칠 일을 의논했다. 더불어 노숙에게 장사·강하·계양 세 고을을 넘겨받아 거두도록 한 뒤 군사를 육구에 머물게 하였다. 이어 여몽과 감녕을 불러들이고 여항에 있는 능통도 돌아오도록 했다. 하루도 지나지 않아 여몽과 감녕이 먼저 도착했다.

여몽이 손권에게 말했다.

"지금 조조는 여강 태수 주광을 시켜 환성에서 군사들을 데리고 벼농사를 많이 짓게 해 합비로 보내 군사들 먹을거리로 쓰고 있습니다. 먼저 환성을 빼앗은 다음 합비를 치면 좋겠습니다."

손권이 좋아라 했다.

"나도 그렇게 하면 좋겠소."

손권은 여몽과 감녕더러 앞장을 서게 하고 장흠과 반장은 뒤를 맡도록 했다. 손권 자신은 주태·진무·동습·서성 등을 거느리고 가운데를 맡았다. 정보·황개·한당 등은 저마다 한 군데씩을 맡아 지키고 있어서 따라나서지 못했다.

동오군은 강을 건너 화주를 휩쓴 뒤 곧바로 환성으로 갔다. 환성에 있던 태수 주광은 합비로 급히 사람을 보내 도와 달라고 하는 한편 성을 굳게 지키며 나오지 않았다. 손권은 성 밑까지 가서 살펴보았다. 성 위에서 화살이 빗발치듯 날아와 손권의 해 가리개에 꽂혔다. 손권은 영채로 돌아가 장수들에게 물었다.

"어떻게 해야 환성을 얻을 수 있겠소?"

동습이 말했다.

"군사들을 보내 흙산을 쌓고 쳐야 합니다."

서성이 말했다.

"높다란 사닥다리를 세우고 그 위에 무지개다리를 이어 붙여 성 안을 내려다보며 쳐야 합니다."

여몽이 말했다.

"이건 모두 여러 날 걸려야 되는 일들입니다. 그 사이에 합비에서 도우러 오면 해볼 수 없습니다. 지금 우리 군사는 막 이르러 씩씩한 기운이 올라 있으므로 힘을 더욱 북돋아 쳐야 합니다. 내일 새벽에 군사를 몰고 나가면 늦어도 점심때 조금 지날 때쯤에는 성을 깰 수 있습니다."

손권은 여몽의 말을 따르기로 했다.

다음 날 새벽 깜깜할 때 밥을 지어 먹고 전군이 모두 몰려나갔다. 성 위에서 화살과 돌이 마구 쏟아졌다. 감녕은 손에 쇠사슬을 쥔 채 화살과 돌을 무릅쓰고 성 위로 올라갔다. 주광이 궁노수들에게 마구 화살을 퍼붓도록 했다. 감녕은 화살 숲을 헤쳐나간 뒤 쇠사슬로 주광을 한 번 후려쳐 쓰러뜨렸다. 여몽이 직접 북을 치기 시작했다. 성 위로 몰려 올라간 군사들이 주광에게 칼을 어지러이 내려쳐 죽여버렸다. 나머지 군사들은 거의 항복했다. 환성을 무너뜨리고 나니 겨우 아침 먹을 시간밖에 되지 않았다. 장료는 군사를 이끌고 절반쯤 오다가 환성이 이미 무너졌다는 보고를 받자 곧바로 군사를 돌려 합비로 돌아가버렸다.

손권이 환성으로 들어가자 능통도 군사를 이끌고 들어왔다. 손권은 군사들을 다독거리고 모든 군사들을 배불리 먹였다. 여몽과 감녕 등 여러 장수들한테 상을 푸짐히 내리고 잔치 자리를 마련하여 공을 축하했다. 여몽은 감녕을 윗자리에 앉히고 그의 공로를 매우 칭찬했다.

술이 거나해지자 능통은 문득 감녕이 자기 아버지를 죽인 원수라는 생각이 들어 안절부절못했다. 게다가 여몽이 그를 지나치게 칭찬하자 속이 부글부글 끓어올랐다. 눈을 부릅뜬 채 한동안 감녕을 노려보던 능통은 갑자기 곁에 있는 이가 차고 있던 칼을 빼어 들고 자리에서 벌떡 일어나 앞으로 나갔다.

"잔치 자리에 즐길 만한 것이 없으니 내 칼춤 구경이나 하시오."

감녕은 능통의 속뜻을 알아채고 상을 옆으로 밀친 뒤 일어나 양 손에 창을 쥐고 뚜벅뚜벅 걸어나오며 말했다.

"잔치 자리에서 내 창솜씨를 보여주겠소."

여몽은 두 사람 다 좋은 뜻이 아닌 줄 알고 한 손에는 칼을, 다른 손에는 방패를 들고 나가 두 사람 사이에 끼어들며 말했다.

"두 분 다 뛰어나기는 하지만 내 솜씨만은 못합니다."

말을 마치자마자 여몽은 칼과 방패를 들고 춤을 추어 두 사람을 양쪽으로 갈라놓았다. 이때 누군가가 이 모습을 손권한테 곧바로 알렸다. 손권은 부리나케 말을 타고 잔치 자리로 달려왔다. 그제야 세 사람은 손권을 보고 무기를 내려놓았다.

손권이 꾸짖었다.

"내가 늘 두 사람한테 옛날에 원수진 일을 잊으라 했는데 오늘 또 이게 무슨 짓이오?"

능통이 땅바닥에 엎드려 절을 하며 울었다. 손권이 거듭 다독거리며 달랬다.

다음 날 손권은 합비를 빼앗기 위해 전군을 모두 몰고 나갔다.

장료는 환성을 잃고 합비로 돌아가 있자니 마음이 무척 답답했다. 그때 갑자기 조조가 설제에게 나무상자 하나를 보내왔다. 상자 위의 봉한 자리에는 조조의 도장이 찍혀 있었고, 그 옆에는 '도적이 오면 풀어보라'라고 쓰여 있었다. 그날 바로 손권이 직접 10만 대군을 이끌고 합비를 치러 온다는 보고가 들어왔다. 장료가 곧장 나무상자를 풀어보았더니 다음과 같이 쓰여 있었다.

만약 손권이 오거든 장료·이전 두 장군은 나가 싸우고, 악장군은 성을 지키라.

장료는 그걸 이전과 악진에게 보여주었다.

악진이 장료에게 물었다.

"장군의 뜻은 어떠신지요?"

장료가 대답했다.

"주공께서 멀리 밖에 나가 계시기 때문에 동오군은 우리를 반드시 무찌를 수 있다고 생각하겠죠. 지금 바로 군사를 몰고 나가 힘껏 싸워 그쪽의 날카로운 기운을 꺾어서 우리 군사들의 마음을 편안하게 해놓아야 지킬 수 있습니다."

이전은 원래 장료와 사이가 좋지 않았다. 그래서 이 말을 듣고도 아무 말 없이 가만히 앉아 있었다. 악진은 이전이 말

없는 걸 헤아리며 말했다.

"적은 많고 우리는 적어서 맞싸우기가 어렵겠소. 차라리 단단히 지키고 있는 게 좋을 성싶소."

장료가 말했다.

"공들은 모두 사사로운 감정 때문에 공적인 일을 돌보지 않으려 하는구려. 그렇다면 나 혼자 적을 맞아 죽기로 싸우겠소."

장료는 타고 나갈 말을 곧바로 준비시켰다. 이에 이전이 벌떡 일어나며 말했다.

"장군이 그렇게 하시니 내 어찌 사사로운 감정 때문에 공적인 일을 마다하겠소? 기꺼이 하자는 대로 하겠소."

장료가 무척 좋아라 했다.

"이만성이 기꺼이 도와주시겠다니 고맙소. 내일 군사 한 무리를 이끌고 소요진 북쪽으로 가 숨어 있다가 동오군이 지나가거든 먼저 소사교를 끊으시오. 그럼 내가 악문겸과 함께 덮치겠소."

이전은 명령을 받자 군사들을 이끌고 숨을 곳으로 떠났다.

한편 손권은 여몽과 감녕을 앞장세우고, 자신은 능통과 함께 가운데를 맡은 뒤, 그 밖의 장수들은 뒤를 이어 따르게 했다. 모두들 합비를 향해 쳐들어갔다.

여몽과 감녕이 앞장서 가는데 악진의 군사가 나타났다. 감녕은 곧바로 말을 달려 악진과 싸우기 시작했다. 그러나 몇 합 싸우지도 않고 악진이 거짓으로 진 척하며 달아났다. 감녕은 여몽을 불러 한꺼번에 군사를 이끌고 뒤를 쫓았다. 손권은 뒤에 있다가 앞부대가 이겼다는 말을 듣고 군사들을 재촉해 소요진 북쪽으로 나아갔다. 그런데 갑자기 쾅 소리가 나더니 왼쪽에서는 장료가, 오른쪽에서는 이전이 군사 한 무리씩을 몰고 덮쳐들었다. 손권은 깜짝 놀랐다. 급히 여몽과 감녕에게 돌아와서 구하라고 했다. 그러나 그때는 이미 장료의 군사가 들이닥친 뒤였다. 능통이 거느리고 있는 군사는 겨우 말 탄 군사 3백 명 남짓이어서 산이 무너져 내리듯 덮치는 조조군을 해볼 수 없었다.

능통이 큰소리로 외쳤다.

"주공께서는 왜 소사교로 빨리 건너가지 않으십니까!"

그러나 그 외침이 끝나기도 전에 장료가 말 탄 군사 2천 명 남짓을 이끌고 먼저 들이쳤다. 능통은 몸을 돌려 죽기로 싸우고, 손권은 다리 위로 말을 달렸다. 그러나 다리 남쪽은 이미 한 길 남짓 끊겨서 널조각 하나 남아 있지 않았다. 손권은 너무 놀라 손발도 잘 움직여지지 않았다. 그때 아장 곡리가 크게 외쳤다.

"주공께서는 말을 뒤로 물렸다가 다시 앞으로 내달리셔

서 다리를 건너뛰십시오."

손권은 세 길 남짓 뒤로 말을 물린 뒤 고삐를 잡아당겼다 놓으며 채찍질을 했다. 말은 한 번에 훌쩍 다리 남쪽으로 건너뛰었다.

나중에 어떤 사람이 시를 지어 기렸다.

지난날 유비가 적로를 타고 단계를 뛰어넘었는데

이제 또 보아라, 합비에서 진 오후

뒤로 물러섰다 채찍질로 말을 달려

소요진 위로 옥룡이 나는 모습을

손권이 다리 남쪽으로 건너오자 서성과 동습이 배를 저어와서 맞이했다. 능통과 곡리는 장료를 맞아 싸웠다. 그때 감녕과 여몽이 군사를 돌려 도우러 왔다. 그러나 악진이 뒤에서 몰아치고 이전 또한 앞길을 막고 마구 짓밟는 바람에 동오군은 절반이나 죽고 말았다. 능통이 거느리고 있던 3백 명 넘는 군사도 모두 죽었다.

능통은 여러 군데를 창에 찔린 채 가까스로 다리 가까이 이르렀다. 그러나 다리는 이미 끊어져 있었다. 하는 수 없어 강을 따라 달아났다. 손권이 배 안에서 능통을 보고 급히 동습에게 배를 대게 해 구해서 돌아오게 했다. 여몽과 감녕도 모두 죽기 살기로 달아나 겨우 강 남쪽으로 건너왔다. 이 한 판 싸움에 강남 사람들은 아주 혼쭐이 나서 장료의 이름만 들어도 밤에 울던 아이가 울음을 그칠 정도였다.

장수들은 손권을 보호하여 영채로 돌아갔다. 손권은 능통과 곡리에게 두터운 상을 내리고 군사를 거두어 유수로 돌아갔다. 거기서 배를 정리하여 육지와 강 양쪽에서 함께 치기로 의논했다. 그러는 한편 강남으로 사람을 보내 다시 군사를 일으켜 싸움을 돕도록 했다.

한편 장료는 손권이 유수에서 다시 군사를 일으켜 쳐들어온다는 보고를 받았다. 그러자 합비의 얼마 되지 않는 군사만으로는 막아낼 수 없을 성싶어 걱정이었다. 그래서 급히 설제더러 밤을 도와 한중으로 가서 조조한테 보고하고 군사를 보내 도와달라고 했다.

조조가 뭇 벼슬아치들을 모아놓고 의논했다.

"이번에 우리가 서천을 빼앗을 수 있겠는가?"

유엽이 말했다.

"지금 촉 땅은 꽤나 자리가 잡혀 이미 준비를 하고 있어 쉽게 칠 수 없습니다. 군사를 거두어 합비의 위태로움을 풀고, 내친김에 강남을 치는 게 좋을 성싶습니다."

조조는 하후연에게 한중의 정군산 길목을 지키게 하고,

장합은 몽두암을 비롯한 길목을 지키게 하였다. 이어 나머지 군사들은 영채를 거두게 한 뒤 모두 이끌고 유수의 성채를 바라고 달려갔다.

쇠갑옷 입고 말 탄 군사들, 농우를 겨우 가라앉히고 나니
깃발은 다시 강남을 바라고 움직이네

과연 이기고 짐은 어떻게 갈라질는지…….

위왕이 된 조조

감녕은 말 탄 군사 1백 명으로 위군 영채를 덮치고
좌자는 술잔을 던지며 조조를 놀리다

손권이 유수에서 군사와 말을 살피며 가다듬고 있는데 갑자기 보고가 들어왔다. 조조가 한중에서 군사 40만 명을 직접 이끌고 합비를 구하러 온다는 보고였다. 손권은 모사들과 의논하여 먼저 동습과 서성 두 사람더러 큰 배 50척을 이끌고 유수 어귀에 숨어 있게 했다. 이어 진무는 군사를 이끌고 강언덕을 오가며 살피도록 했다.

장소가 말했다.

"지금 조조는 멀리서 왔으니 날카로운 기운을 먼저 꺾어 놓아야 합니다."

손권이 장수들에게 물었다.

"조조가 멀리서 오고 있소. 누가 먼저 나가 적을 깨뜨려 날카로운 기운을 꺾겠소?"

능통이 나섰다.

"제가 가겠습니다."

"군사는 얼마나 데리고 가면 되겠는가?"

"삼천 명이면 넉넉하겠습니다."

그러자 감녕이 툭 나섰다.

"말 탄 군사 백 명이면 적을 깰 수 있을 텐데 삼천 명씩이나 왜 필요하오!"

능통이 화를 벌컥 냈다. 두 사람은 손권 앞에서 다툼을 벌였다.

손권이 말했다.

"조조군이 워낙 많으니 결코 얕잡아보아서는 안 되오."

손권은 능통에게 군사 3천 명을 거느리고 유수 어귀로 나가 살펴보고, 조조군이 있으면 바로 맞붙도록 했다.

능통은 명령을 받자 군사 3천 명을 이끌고 바로 유수의 성채를 떠났다. 얼마 가지 않았는데 조조군이 먼지를 일으키며 벌써 오고 있었다. 앞장선 이는 장료였다. 능통은 장료와 맞서 싸웠다. 50합을 싸웠지만 이기고 짐이 갈라지지 않았다. 손권은 능통이 혹시라도 잘못될까봐 여몽을 보내 돕게 한 뒤 영채로 돌아오도록 했다.

감녕은 능통이 돌아온 걸 보고 바로 손권에게 가서 말했다.

"제가 오늘 밤에 말 탄 군사 백 명만 이끌고 가서 조조의 영채를 덮치겠습니다. 단 한 사람은 물론 말 한 마리라도 잘못되면 공으로 치지 않겠습니다."

손권은 그 뜻을 훌륭하게 여겨 말 탄 군사 가운데 날랜 군사 1백 명을 뽑아 감녕에게 주었다. 아울러 술 50병과 양고기 50근을 군사들에게 상으로 주었다.

감녕은 영채로 돌아오자 군사 1백 명을 쫙 줄지어 앉혀놓고 은주발에 술을 따라 자신이 먼저 두 잔을 연거푸 들이켠 뒤 말했다.

"오늘 밤에 주공의 명령을 받들어 조조의 영채를 덮치러 가니, 여러분은 모두 한 잔씩 가득 따라 마시고 힘껏 싸우기 바란다."

그 말에 모두들 떨떠름한 표정으로 서로 얼굴만 쳐다보았다. 감녕은 내키지 않아 하는 군사들을 보자 곧바로 칼을 빼어 들고 화난 목소리로 꾸짖었다.

"장수인 나도 목숨을 아끼지 않는데 하물며 너희들은 무얼 망설이느냐!"

군사들은 감녕이 화난 걸 보자 모두 일어나 절을 하며 외쳤다.

"죽을힘을 다해 힘껏 싸우겠습니다."

감녕은 술과 고기를 1백 명과 함께 나누어 다 먹었다. 밤이 이슥해지자 흰 거위 깃 1백 개를 가져다가 저마다 투구에 꽂아 서로 알아볼 수 있게 하였다. 그런 뒤 곧바로 갑옷을 걸치고 말에 올라 나는 듯이 달려 조조의 영채로 갔다. 영채에 이르자마자 사슴뿔 모양 울타리를 뽑아버리고 큰소리를 내지르며 영채 안으로 들이친 뒤 곧바로 조조를 죽이기 위해 본부 쪽으로 몰려갔다. 그런데 수레를 이어 대서 어디 한 곳 빈틈없이 단단히 둘러치고 있어 쉽게 뚫고 들어갈 수가 없었다. 감녕은 말 탄 군사 1백 명과 함께 이리 치고 저리 쳤다. 조조군은 놀랍고 두려웠다. 적이 얼마나 되는지조차 알 수 없어 자기네들끼리 우르르 몰려다니며 밟고 밟혔다. 감녕의 군사 1백 명은 영채 안에서 이리 뛰고 저리 뛰며 닥치는 대로 무찔렀다.

조조군의 여러 영채에서는 그제야 북을 치고 횃불을 밝히며 큰소리로 외쳐댔다. 감녕이 영채 남문으로 휩쓸고 나오는데 아무도 나서서 막지 못했다. 손권의 명령을 받은 주태가 군사 한 무리를 이끌고 와서 도왔다. 감녕은 말 탄 군사 1백 명과 함께 유수로 돌아왔다. 조조군은 혹시라도 군사들이 숨어 있을까 두려워 그 뒤를 쫓을 수가 없었다.

나중에 어떤 이가 시를 지어 읊었다.

북소리 떠들썩한 채 땅을 울리며 오니

오나라 군사 가는 길엔 귀신도 슬픔에 젖네

거위 깃 꽂은 1백 군사, 조조 영채 꿰뚫으니

모두들 감녕더러 호랑이 같은 장수라 하네

감녕은 군사들 1백 명을 이끌고 영채로 돌아왔다. 사람 하나, 말 하나 다치거나 죽지 않았다. 영채 문에 이르자 감녕은 1백 명 모두에게 북 치고 피리를 불게 한 뒤 만세 소리를 외치게 했다. 기쁨에 찬 외침이 울려퍼졌다. 손권이 직접 나와 그들을 맞았다. 감녕이 말에서 내려 엎드려 절을 하니 손권이 붙잡아 일으키며 손을 잡고 말했다.

"장군이 이번에 가서 늙은 역적을 본때 있게 혼내주었소. 내가 장군이 위험한 데에 가는데도 말리지 않은 건 얼마나 씩씩한지 보고 싶어 그랬소."

손권은 비단 1천 필과 좋은 칼 1백 자루를 상으로 내렸다. 감녕은 절을 하며 받은 뒤 1백 명에게 나누어주었다.

손권이 뭇 장수들을 보고 말했다.

"맹덕한테 장료가 있다면 나한테는 감흥패가 있소. 이만하면 서로 해볼 만하오."

다음 날 장료가 군사를 이끌고 와서 싸움을 걸었다. 능통은 감녕이 공을 세운 걸 보자 자신도 뭔가 보여주고 싶어 떨치고 나섰다.

"제가 장료와 한번 싸워보겠습니다."

손권이 그러라고 했다. 능통은 군사 5천 명을 이끌고 유수를 떠났다. 손권은 감녕을 데리고 싸우는 모습을 보러 갔다. 양쪽이 둥글게 진을 치고 마주 대하자 장료가 말을 타고 나왔다. 왼쪽에는 이전이, 오른쪽에는 악진이 따랐다. 능통이 칼을 들고 말을 달려나가자 장료는 악진을 내보내며 맞아 싸우도록 했다. 두 사람은 50합을 싸웠으나 이기고 짐이 갈라지지 않았다.

조조는 보고를 받자마자 직접 말을 타고 문기 밑으로 와서 두 장수가 정신없이 싸우는 걸 지켜보았다. 그러다가 조휴에게 몰래 활을 쏘도록 했다. 조휴는 장료 뒤쪽으로 몰래 가서 화살 한 대를 쏘았다. 화살은 능통의 말을 정확히 맞혔다. 말이 벌떡 일어서는 바람에 능통은 아래로 굴러떨어져 버렸다. 악진이 이 틈을 타 창을 들어 찌르려 했다. 그러나 창날이 미처 능통을 찌르기 전에 화살 나는 소리가 들리더니 악진의 얼굴에 화살 한 대가 날아와 꽂혔다. 악진은 몸을 뒤집으며 말에서 떨어졌다. 이에 양쪽 군사들이 우르르 몰려나와 자기 장수를 구해 영채로 돌아가자 징을 울려 싸움을 마쳤다.

영채로 돌아온 능통은 손권에게 절을 하며 고마움을 나

타냈다.

손권이 말했다.

"활을 쏘아 그대를 구해준 이는 바로 감녕 장군이네."

능통이 감녕에게 머리를 조아리며 절을 했다.

"공이 이렇게 은혜를 베풀 줄은 미처 몰랐소!"

이때부터 능통은 감녕과 죽고 사는 일을 함께하기로 다 짐하고 다시는 해코지를 하는 일이 없었다.

한편 조조는 화살을 맞은 악진을 막사로 데려가 치료를 받게 하였다.

다음 날 조조는 군사를 다섯 길로 나누어 유수를 덮치러 갔다. 조조 자신은 가운데를 맡았다. 왼쪽 한 길은 장료가, 또 다른 한 길은 이전이 맡았다. 오른쪽 한 길은 서황이, 또 다른 한 길은 방덕이 맡았다. 저마다 군사 1만 명씩을 이끌 고 강변으로 쳐들어갔다.

이때 동습과 서성 두 장수는 배 위에 있었다. 조조군이 다 섯 길로 나누어 쳐들어오자 군사들은 모두 겁에 질렸다.

서성이 말했다.

"나라의 녹을 받아먹었으니 충성을 다하면 그만이다. 무 얼 두려워하느냐!"

서성은 씩씩한 군사 수백 명을 이끌고 작은 배를 타고 강 을 건너 곧바로 이전의 군중으로 쳐들어갔다. 동습은 배 위에서 군사들에게 북을 치고 큰소리를 질러 싸움을 돕도록 했다. 그때 난데없이 강 위에서 미친 듯이 거센 바람이 휘몰아치더니 흰 물결이 하늘 높이 솟구치며 파도가 사납게 덮쳐들어 배를 삼켜버리려 했다. 군사들은 커다란 배가 뒤집어지려 하자 다투어 작은 배에 옮겨 타고 빠져나가려 했다. 이를 보고 동습이 칼을 뽑아 들며 큰소리를 질렀다.

"장수가 임금의 명령을 받고 도적을 막고 있는데 어찌 배를 버리고 달아나려 하느냐!"

동습은 큰 배에서 작은 배로 옮겨 탄 여남은 명을 베어버렸다.

조금 더 있자 바람은 더욱 거세어져 배를 뒤집어버렸다. 동습은 강어귀 물속에 빠져 죽고 말았다. 이때 서성은 이전의 군중에서 치고받으며 싸우고 있었다.

한편 진무는 강변에서 싸우는 소리가 들리자 군사 한 무리를 이끌고 달려오다 방덕을 만나 서로 뒤엉켜 싸웠다. 손권은 유수의 성채 안에 있다가 조조군이 강변으로 쳐들어왔다는 보고를 받고 직접 주태와 함께 군사를 이끌고 도우러 달려왔다. 서성이 이전의 군중에서 한 덩어리로 뒤엉켜 싸우고 있었다. 손권은 싸움을 돕기 위해 곧바로 군사를 몰아갔다. 그러나 이내 곧 장료와 서황이 이끄는 군사가 양쪽에서 몰려와 에워싸고 말았다. 조조는 높다란 언덕 위에서 손권이 에워싸인 걸 내려다보고 있었다. 급히 허저에게 칼을 들고 말을 달려 손권의 군중으로 쳐들어가 군사를 양쪽으로 갈라버리도록 했다. 이에 손권의 군사는 서로 도울 수 없이 되어버렸다.

주태는 군사들 속에서 뛰쳐나와 강가로 왔다. 그런데 손권이 보이지 않았다. 말 머리를 돌려 다시 싸우는 군사들 밖에서 안으로 뚫고 들어간 뒤 본부 군사에게 물었다.

"주공께서는 어디 계시느냐?"

군사가 손가락으로 군사들이 가장 많이 몰려 있는 곳을 가리켰다.

"주공께서 적에게 에워싸여 있어 매우 위험합니다!"

주태는 그쪽으로 몸을 던지듯 들어가 손권을 찾아냈다.

주태가 손권에게 급히 말했다.

"제 뒤를 따라나오십시오."

주태가 앞장서고 손권은 뒤따르며 온 힘을 다해 이리 치고 저리 치며 빠져나왔다. 주태가 강변에 이르러 고개를 돌려보니 손권이 또 보이지 않았다. 주태는 다시 몸을 돌려 안으로 쳐들어가 손권을 다시 찾아냈다.

손권이 말했다.

"궁노수들이 화살을 마구 쏘아대니 빠져나갈 수가 없었소. 어찌해야겠소?"

주태가 대답했다.

"이번엔 주공께서 앞장서십시오. 제가 뒤를 따르며 빠져나갈 수 있도록 하겠습니다."

이에 손권은 앞에서 말을 달렸다. 주태는 왼쪽·오른쪽을 살피며 보호했다. 여기저기 창에 찔리고, 화살이 두꺼운 갑옷을 뚫고 살을 파고들었다. 가까스로 손권을 구해 강가에 이르렀다. 여몽이 수군 한 무리를 이끌고 도우러 와 있었다. 마침내 배에 오르자 손권이 말했다.

"나는 주태가 세 번씩이나 적을 무찔러주어 마침내 그 속에서 빠져나왔소. 그런데 서성은 아직 그 속에 갇혀 있으니 어떻게 빠져나올지 모르겠소."

주태가 곧바로 대답했다.

"제가 다시 가서 구해내겠습니다."

주태는 창을 들고 몸을 돌려 다시 적들이 둘러싸고 있는 속으로 들어가 서성을 구해냈다. 두 장수 모두 몸을 많이 다쳤다. 여몽은 군사들더러 언덕 위에 있는 적들에게 화살을 마구 쏘도록 했다. 마침내 두 장수가 와서 배를 탔다.

한편 진무는 방덕과 크게 싸우고 있었는데, 뒤에서 도와주는 군사가 없어 방덕에게 골짜기 어귀까지 쫓겼다. 나무가 빽빽하게 우거진 곳이었다. 진무는 다시 몸을 돌려 싸우려 했지만, 나뭇가지에 옷소매가 걸려 미처 싸워보지도 못하고 방덕한테 죽고 말았다.

조조는 손권이 달아나자 직접 말을 달려 군사를 강가로 몰고 와서 활을 쏘게 했다. 이에 맞서던 여몽 쪽은 마침내 화살이 바닥나 어찌해야 좋을지 몰랐다. 바로 그때 맞은편 강에서 배 한 떼가 몰려왔다. 뱃머리에 서 있는 장수는 손책의 사위인 육손이었다. 육손이 이끌고 온 군사는 10만 명이었다. 그들은 한바탕 활을 쏘아 조조군을 물리치고, 그 기운을 몰아 언덕으로 올라가 달아나는 조조군을 마구 무찌르고 말 수천 마리를 빼앗았다. 조조군은 크게 지고 돌아갔다. 그들 가운데 다친 이는 이루 헤아릴 수가 없었다. 어지러운 싸움이 끝나고 보니 그 속에 진무의 시체도 있었다.

손권은 진무가 싸우다 죽고 동습 또한 강물에 빠져 죽은 걸 알자 몹시 슬퍼하며, 사람을 시켜 물속에서 동습의 시체를 찾아 진무의 시체와 함께 장사를 잘 지내주도록 했다. 이어 주태가 자신을 구해준 공을 갚기 위하여 잔치를 열었다. 손권은 직접 술잔을 잡고 주태의 등을 어루만지며 눈물이 얼굴에 가득한 채 말했다.

"그대는 두 번씩이나 다시 뛰어들어 나를 구하느라 목숨도 돌보지 않았소. 수십 군데를 창에 찔려 살갗이 마치 그림을 새기듯 되었을 텐데, 내 어찌 그대를 피붙이의 은혜로 대하지 않을 수 있으며 군사에 관한 중요한 일을 맡기지 않을 수 있겠소! 나에게 그대는 공로가 많은 신하이니, 내 마땅히 그대와 함께 영광과 괴로움을 함께하며 즐거움과 걱정도 같이 나누겠소."

말을 마친 뒤 손권은 주태더러 옷을 벗어보라 하여 여러 장수들에게 보여주게 했다. 살가죽은 물론 속살까지 마치 칼로 도려낸 듯하고, 꾸불꾸불한 나무뿌리가 온몸을 휘감고 있는 것 같았다. 손권이 상처 하나하나를 손가락으로 짚으며 물을 때마다 주태는 어디서 입은 상처인지 대답했다. 손권이 상처 하나에 술 한 잔씩을 따라주며 마시게 했다. 마침내 주태는 잔뜩 취해버렸다. 손권은 주태에게 푸른 비단으로 된 해 가리개를 주며 드나들 때마다 그걸 쓰고 다니라 하여 그를 더욱 빛나게 해주었다.

손권은 유수에서 조조와 한 달 넘게 마주했지만 이기지 못했다.

장소와 고옹이 나서서 권했다.

"조조군의 힘이 워낙 세서 힘으로는 해볼 수 없습니다. 싸움이 길어지면 군사만 많이 잃게 됩니다. 차라리 다툼을 그치고 풀어서 백성을 편안하게 하지요."

손권은 그 말을 좇았다. 이에 보즐이 조조의 영채로 가 싸움을 그만하고 사이좋게 지내고 싶다고 하며 해마다 공물을 바치겠다고 했다. 조조 역시 강남을 빨리 무찌르기 어렵다고 생각해서 그 말을 받아들였다.

"손권이 군사를 거두어 돌아가면 나도 군사를 거느리고 돌아가겠다."

보즐이 돌아와 조조가 한 말을 그대로 옮겼다. 손권은 장흠과 주태만 남아 유수 어귀를 지키게 한 뒤 대군을 모두 배에 싣고 말릉으로 돌아갔다.

조조는 조인과 장료에게 합비를 지키게 하고 군사를 모두 거두어 허도로 돌아갔다.

조조가 돌아오자 문무 벼슬아치들이 모여 조조를 위왕으로 받들 일을 의논했다. 그러나 상서 최염이 그러면 안 된다고 힘을 주어 반대했다. 이에 뭇 벼슬아치들이 말했다.

"그대는 순문약이 어떻게 되는가를 보지 못했소?"

최염이 화를 벌컥 냈다.

"때가 있도다, 때가 있도다! 마땅히 좋지 않은 일이 있을 터이다! 이대로 내버려두어야 한다!"

그때 최염과 사이가 좋지 않은 이가 있어 조조에게 이 일을 일러바쳤다. 조조는 크게 화를 내며 최염을 옥에 가두고 캐어묻도록 했다. 최염은 호랑이 눈을 부릅뜨고 새끼 용 수염을 꼿꼿이 세운 뒤 조조는 임금을 속이는 간사스런 역적이라며 큰소리로 욕을 퍼부어댔다. 옥을 맡고 있는 벼슬아치인 정위가 이 말을 그대로 조조한테 보고했다. 조조는 최염에게 매질을 하게 했다. 최염은 옥 안에서 죽고 말았다.

나중에 어떤 이가 최염을 기리는 시를 지었다.

청하 사람 최염은
굳고 강함 타고났네
새끼 용 수염에 호랑이 눈
쇠와 돌 같은 심장이어라
간사스런 무리들 놀라 피하고
곧고 꿋꿋함 드러내는 목소리 높아라
한나라 임금 향한 충성스러움 깊어
두고두고 그 이름 드날리리

건안 21년 여름 5월, 뭇 신하들은 황제한테 글을 지어 올렸다. 위공 조조의 공덕이 하늘 끝까지 이르고 땅끝까지 퍼져 옛날 이윤이나 주공도 이에 미치지 못할 테니 위왕으로 올려달라는 내용이었다. 황제는 곧바로 종요더러 조서를 꾸미라 하여 조조를 위왕으로 삼도록 했다. 조조는 거짓 마음이 담긴 글을 세 번이나 올리며 받지 않을 듯이 굴었다. 그때마다 황제는 조서를 다시 내려 내쳤다. 마침내 조조는 마지못한 척하며 위왕 자리에 올랐다.

그때부터 조조는 12줄짜리 백옥 구슬이 드리운 관을 쓰고, 말 6마리가 끄는 황금 수레를 타고, 옷이며 꾸밈도 황제만이 할 수 있는 그대로 했다. 드나들 때도 황제가 움직일 때처럼 사람들이 오고 가는 걸 막았다. 이어 업군에다가 위왕궁을 짓고 세자를 세울 일도 의논했다.

조조는 본마누라인 정부인한테서는 자식이 없었다. 첩유씨는 아들 조앙을 낳았으나, 그는 장수를 칠 때 완성에서 죽었다. 변씨는 아들 넷을 낳았다. 맏이는 조비, 둘째는 조창, 셋째는 조식, 넷째는 조웅이다. 조조는 정부인을 내치고 변씨를 위왕비로 삼았다.

자가 자건인 셋째 아들 조식은 무척 똑똑해서 붓만 들면 글을 잘 지어냈다. 조조는 조식에게 자기 뒤를 잇게 하고 싶었다. 맏아들 조비는 자신이 세자가 되지 않을까봐 걱정스러웠다. 그래서 중대부 가후를 찾아가 어떻게 하면 좋을지를 물었다. 가후가 이렇게 저렇게 하라고 일러주었다. 조조가 싸움터에 나갈 때는 아들들이 모두 배웅을 했다. 그때마다 조식은 글을 지어 아버지의 공덕을 기렸다. 그러나 조비는 아버지를 배웅할라치면 그저 눈물만 하염없이 흘리며 절만 할 뿐이었다. 그래서 곁에서 보는 이조차 모두 마음이 아플 정도였다. 이에 조조는 조식이 똑똑하기는 하나 정성스러운 마음은 조비만큼 되지 않는다고 여기게 되었다. 게다가 조비는 조조를 가까이서 모시는 이들에게 뇌물을 주어 그들이 자신의 덕에 대해 좋게 말해주도록 부탁했다.

조조는 뒤를 이을 아들을 결정하지 못하고 머뭇거리다가 가후한테 물었다.

"내 뒤를 이을 이를 누구로 세우는 게 좋겠소?"

가후가 대답하지 않고 가만히 있었다.

조조가 왜 그러느냐고 물었다. 그제야 가후가 대답했다.

"마침 떠오르는 생각이 있어서 가만히 있었습니다."

"무슨 생각이오?"

"원본초와 유경승의 집안에서 아비와 자식들이 벌인 일이 떠올랐습니다."

조조는 껄껄 웃으며 맏아들인 조비를 왕세자로 삼았다.

겨울 10월에 위왕궁이 다 지어졌다. 조조는 여러 지방에 사람을 보내 보기 드문 꽃나무와 과일나무 등을 구해다 궁 안의 동산에 심도록 했다. 그래서 한 사람이 동오로 가서 손권에게 위왕의 명령을 전하고 다시 온주로 가서 귤을 가져가려 했다. 이때 손권은 위왕을 떠받들어야 하는 처지였다. 그래서 곧바로 사람을 시켜 귤을 큰 걸로 골라 40섬 남짓을 꾸려 밤을 도와 업군으로 보내도록 했다. 짐꾼들이 길을 가다가 힘이 들어 산기슭에 앉아 잠깐 쉬었다. 그때 한쪽 눈은 멀고 한쪽 다리는 절며, 머리에는 흰 등나무 관을 쓰고 몸에는 청라의를 걸친 도인 하나가 다가와 인사를 건넸다.

"여러분들, 무거운 짐을 지고 가느라 고생이 많소. 내가 좀 나누어 져주고 싶은데 어떻소?"

모두들 좋아라 했다. 그 도사는 짐 하나를 5리씩 져다 주었다. 그런데 어찌 된 일인지 그가 졌다 내려놓은 짐은 모두 가벼워졌다. 짐꾼들은 모두 놀라고 의심스런 마음이 들었다. 그 도사는 떠나면서 귤 옮기는 일을 맡은 벼슬아치에게 말했다.

"나는 위왕과 같은 고향 사람으로, 이름은 좌자이고 자는 원방이며 도호는 오각 선생이라 하오. 그대가 업군에 이르거든 좌자가 안부 묻더라고 전해주시오."

말을 마치자 그는 소매를 떨치고 가버렸다.

귤을 가지고 간 벼슬아치는 업군에 다다르자 바로 조조에게 가서 귤을 바쳤다. 조조가 귤을 하나 들어 직접 껍질을 벗겼다. 그런데 속살이 하나도 없고 빈 껍질뿐이었다. 조조는 깜짝 놀라 귤 가져온 사람에게 물었다. 그 사람은 좌자를 만났던 일을 이야기했다. 조조는 그 말을 믿으려 하지 않았다. 그때 문을 지키는 벼슬아치가 들어와 보고했다.

"좌자라고 하는 도사 한 분이 찾아와서 대왕을 뵙겠다고 합니다."

조조가 들어오라 했다.

귤을 가져온 사람이 말했다.

"오다가 길에서 만났던 사람이 맞습니다."

조조가 좌자를 꾸짖었다.

"너는 무슨 요술을 써서 과일의 속살을 다 빼버렸느냐?"

좌자가 웃었다.

"어찌 그런 일이 있었겠습니까!"

그가 귤 하나를 집어 껍질을 깠다. 속살이 가득하고 그 맛도 아주 달았다. 그러나 조조가 깐 귤은 역시 빈 껍질뿐이었다. 조조는 더욱 놀라 자리를 내주며 왜 이러느냐고 물었다. 좌자는 술과 고기부터 달라고 했다. 조조가 갖다주라 했다. 좌자는 술 다섯 말을 다 마시고도 취하지 않고, 양 한 마리를 다 먹고도 배부른 티를 내지 않았다.

조조가 물었다.

"무슨 요술을 쓰기에 이러는가?"

좌자가 대답했다.

"나는 서천 가릉 아미산 속에서 삼십 년 동안 도를 닦았소. 어느 날 돌벽 속에서 내 이름을 부르는 소리가 들려 돌아보았지요. 그런데 아무것도 없더군요. 여러 날을 두고 계속 같은 일이 일어났소. 그러더니 하루는 갑자기 천둥소리가 나고 벼락이 치더니 돌벽이 깨지면서 그 안에서 천서 세권이 나왔소. 《둔갑천서》라는 책이었는데, 상권의 이름은 〈천둔〉이고 중권은 〈지둔〉이며 하권은 〈인둔〉이었소. 〈천둔〉에는 구름과 바람을 타고 하늘을 날아오를 수 있는 방법이 들어 있고, 〈지둔〉에는 산과 바위를 뚫고 지나갈 수 있는 방법이 들어 있으며, 〈인둔〉에는 구름처럼 아무 데고 떠돌아다닐 수 있고, 모습을 감추거나 몸을 바꿀 수 있으며, 긴 칼을 날리거나 짧은 칼을 던져 사람의 목을 빼앗을 수 있는 방법이 들어 있었지요. 대왕은 신하로서는 오를 만한 자리 끝까지 다 올라가셨으니 이제 물러나셔서 나를 따라 아미산 속으로 가서 도나 닦는 게 어떻겠소? 그러면 천서 세 권을 모두 기꺼이 물려드리겠소."

조조가 말했다.

"나 역시 마음을 단단히 먹고 물러날 생각을 오랫동안 했지만, 아직 조정을 이끌고 갈 만한 사람을 만나지 못해 이러고 있다네."

좌자가 웃고 나더니 갑자기 꾸짖었다.

"익주의 유현덕은 바로 황실의 친척으로 우뚝 선 사람이다. 왜 그 사람한테 자리를 물려주지 않는가? 그렇게 하지 않으면 내가 긴 칼을 날려 네 목을 잘라버리겠다."

조조가 크게 화를 내며 소리 질렀다.

"이놈이 바로 유비가 보낸 염탐꾼이구나!"

조조는 아랫사람들한테 좌자를 끌어내도록 했다. 좌자는 그치지 않고 크게 웃어댔다. 조조는 옥졸 여남은 명더러 좌자를 끌어내려 매질을 하게 했다. 옥졸들은 힘껏 매질을 했다. 그러나 좌자는 아무렇지도 않은 모습으로 코까지 골며 잠을 잤다. 조조는 더욱 화가 치밀어 그의 목에 칼을 씌우고 못질을 단단히 한 뒤 발에는 쇠사슬을 채워 옥에 가두고 단단히 지키도록 했다. 그러나 어느 순간 좌자는 쓰고 있던 칼도 벗어버리고 쇠사슬도 풀어버린 채 어디 다친 곳 하나 없이 바닥에 누워 있었다. 그렇게 이레를 가두어두면서 음식을 아무것도 주지 않았다. 그런데도 좌자는 땅바닥에 반듯이 앉아 있고 얼굴빛이 발그레하게 좋았다.

옥졸이 이러한 사실을 조조한테 보고하자 조조는 좌자를 옥에서 끌어낸 뒤 어떻게 그럴 수 있는지 물었다.

좌자가 대답했다.

"나는 수십 년을 먹지 않고 살아도 아무렇지도 않은 사람이고, 하루에 양 천 마리를 먹을 수도 있는 사람이오."

이에 조조는 그를 어찌할 수가 없었다.

그날 왕궁에서는 큰 잔치가 벌어져 뭇 벼슬아치들이 모였다. 한창 술잔을 주고받고 할 때였다. 좌자가 나막신을 신고 잔치 자리에 나타났다. 벼슬아치들은 모두 깜짝 놀랐다.

좌자가 조조를 보고 말했다.

"대왕이 오늘 산과 바다의 온갖 음식들을 갖추어놓으시고 여러 신하들과 큰 잔치를 여시므로 세상의 별난 음식을 많이 준비하셨겠지만, 그래도 빠진 게 있으면 말씀하십시오. 내가 가져다 드리겠소."

조조가 말했다.

"나는 용의 간으로 끓인 국이 먹고 싶다. 네가 가져올 수 있겠느냐?"

"어려울 게 뭐 있겠소!"

좌자는 먹과 붓으로 벽에다 용 한 마리를 그렸다. 그런 뒤 소맷자락으로 쓱 한 번 문지르자 용의 배가 쫙 갈라졌다. 좌자는 용의 뱃속에서 피가 뚝뚝 떨어지는 간을 끄집어냈다.

조조가 믿지 않고 꾸짖었다.

"네가 미리 소매 속에 감추어두었다 꺼냈겠지!"

좌자가 조조 말은 들은 척도 않고 말했다.

"지금은 날이 추운 때라 풀과 나무들이 말라 죽고 없습니다. 대왕께서 보고 싶으신 꽃이 있으시면 무엇이든 말씀하시오."

"모란꽃이 보고 싶다."

"쉬운 일입니다."

좌자는 큰 화분 하나를 가져오라 하여 잔치 자리 앞에 놓고 물을 머금었다 뿌렸다. 그러자 모란 한 줄기가 쑥쑥 올라 좌자가 먹과 붓으로 용 한 마리를 그리다.

오더니 꽃 두 송이가 피었다. 뭇 벼슬아치들은 깜짝 놀라며 좌자에게 함께 앉아 음식을 먹자고 권했다. 조금 뒤 요리사가 생선회를 내왔다. 그러자 좌자가 중얼거렸다.

"회는 송강의 농어가 제맛이지."

조조가 언짢은 투로 말했다.

"천 리 밖에 있는데 어떻게 먹는단 말이냐?"

좌자가 대꾸했다.

"그게 뭐가 어렵다고 그러시오!"

낚싯대를 가져오라 하더니 뜰아래 연못으로 내려가 낚시질을 했다. 얼마 지나지 않아 커다란 농어 수십 마리를 낚아올렸다.

조조가 말했다.

"이 연못 속에 원래 있던 고기구만."

좌자가 말했다.

"대왕께선 왜 거짓말을 하시오? 천하의 모든 농어는 아가미가 둘이지만, 송강의 농어는 아가미가 넷이오. 그걸로 알아보시면 되오."

벼슬아치들이 들여다보았다. 과연 농어의 아가미가 4개씩 있었다.

좌자가 말했다.

"송강 농어를 요리할 땐 자줏빛 생강을 넣어야 제맛이 나지요."

조조가 말했다.

"그것도 가져올 수 있단 말이냐?"

"쉬운 일입니다."

좌자는 금화분 하나를 가져오라 하더니 옷을 덮어놓았다. 조금 뒤 옷을 걷어내자 생강이 화분 가득했다. 조조에게 그걸 가져가자 조조가 손을 내밀어 받았다. 그런데 갑자기 화분 안에 책이 한 권 있었다. 제목을 보니 '맹덕신서'라 쓰여 있었다. 조조는 책을 집어 들고 자세히 살펴보았다. 글자한 자 틀린 데가 없었다. 조조는 의심스런 마음이 잔뜩 들었다. 좌자가 탁자 위의 옥잔을 들어 술을 가득 부은 뒤 조조에게 권했다.

"대왕께서 이 술을 드시면 천 년을 사실 수 있을 거요."

조조는 내키지 않았다.

"네가 먼저 마셔보아라."

좌자는 관에 꽂힌 옥비녀를 꺼내더니 잔 속에 넣고 한 번 그었다. 그러자 술이 반반씩 나뉘었다. 좌자는 한쪽은 자기가 마시고 나머지 한쪽은 조조에게 바쳤다. 그러나 조조는 호통을 치며 받지 않았다. 그러자 좌자는 술잔을 공중에 내던졌다. 갑자기 술잔이 흰 비둘기로 바뀌더니 건물 둘레를 돌며 날았다. 사람들은 고개를 쳐들고 그걸 쳐다보았다. 그 사이 좌자는 어디론가 사라져버렸다. 곁에 모시는 이들이 급히 보고했다.

"좌자가 궁 문을 빠져나갔습니다."

조조가 발끈했다.

"이런 요사스러운 놈은 반드시 죽여 없애야 한다! 그러지 않으면 틀림없이 뒤탈이 있는 법이다."

그래서 허저에게 단단히 무장한 군사 3백 명을 이끌고 쫓아가 잡아오라 했다. 허저가 말에 올라 군사들을 이끌고 성문에 이르니 좌자가 저 앞에 나막신을 끌며 천천히 가고 있었다. 허저는 나는 듯이 말을 달려 쫓았다. 그러나 아무리 쫓아가도 따라잡을 수가 없었다. 어느 산속에 이르자 양을 치는 아이가 양 떼를 몰고 왔다. 좌자는 양 떼 속으로 들어갔다. 허저는 활을 들어 쏘았다. 좌자는 다시 보이지 않았다. 허저는 양들을 죄다 죽여버린 뒤 돌아갔다. 양치기 아이는 죽은 양 떼들 곁에 주저앉아 울었다. 갑자기 땅바닥에 떨어진 양의 머리에서 사람 말소리가 났다.

"애야, 양 머리를 들어다가 양 목에 붙여라."

양치기 아이는 깜짝 놀라 두리번거렸다. 뜬금없이 뒤에서 어떤 사람의 말소리가 들렸다.

"놀라 달아나지 마라. 네 양을 다 살려서 돌려주겠다."

아이가 돌아보니 좌자가 땅바닥에 죽어 쓰러져 있던 양

들을 모두 살려낸 뒤 몰고 왔다. 아이가 급히 무어라 물어보려 하는데 좌자는 소매를 떨치며 재빨리 가버렸다. 나는 듯이 빨리 걷는데, 금세 어디로 갔는지 보이지 않았다.

양치기 아이가 집에 돌아가 주인에게 알리니, 주인은 숨길 수가 없어 조조에게 보고했다. 조조는 좌자의 얼굴 생김을 그려 널리 알리게 한 뒤 그를 잡아들이도록 했다.

사흘이 채 안 되어 성 안팎에서 눈 하나 멀고 다리 하나 절며, 흰 등나무 관에 청라의를 걸치고 나막신을 끄는 도사를 잡아들이는데, 똑같이 생긴 사람이 3, 4백 명에 이르렀다. 저잣거리는 시끌시끌했다. 조조는 장수들에게 명령하여 이들 모두에게 돼지와 양의 피를 뿌리게 한 뒤 성 남쪽의 훈련장으로 끌고 가도록 했다. 이어 조조는 직접 무장한 군사 5백 명을 이끌고 가 그들을 에워싼 뒤 모조리 목을 베어버렸다. 머리 잘린 사람들마다 목에서 한 줄기 푸른 기운이 뿜어나오더니 하늘로 올라가 한데 엉겨 좌자 한 사람으로 바뀌었다. 좌자는 하늘을 나는 백학 한 마리를 불러 타고서 손뼉을 치며 크게 웃었다.

"흙쥐가 금호랑이를 따르면, 다시 말해 경자년 무인달이 되면 간사스런 영웅도 하루아침에 끝이다!"

조조는 장수들에게 활을 쏘게 했다. 그러자 난데없이 거친 바람이 크게 일며 돌을 구르게 하고 모래를 날렸다. 이어 목 잘린 시체들이 모두 일어나 자기 머리를 들고 훈련장의 연무청 위로 달려 올라가더니 조조를 때렸다. 문무 벼슬아치들은 누구 할 것 없이 모두 얼굴을 가리고 놀라 자빠져 서로를 살필 겨를도 없었다.

　간사스런 영웅의 힘은 나라를 들어먹어도
　도사의 기막힌 힘은 사람과는 다르구나

　과연 조조의 목숨은 어찌 될는지…….

제69회

하늘의 비밀을 아는 관로

관로는 주역으로 점을 쳐 하늘의 비밀을 알고
한나라 역적을 치려던 다섯 신하는 의롭게 죽다

조조는 사납게 부는 회오리바람 속에서 시체들이 일어나는
걸 보고 놀라 자빠졌다. 바람은 조금 뒤 가라앉았고, 시체들
은 어디로 갔는지 하나도 보이지 않았다. 곁사람들이 조조
를 부축해서 궁으로 돌아갔다. 조조는 너무 놀란 나머지 병
이 들어 자리에서 일어나지 못했다.

나중에 어떤 사람이 좌자를 기리는 시를 읊었다.

나는 듯이 걸어 구름 밟고 온 세상을 떠돌며
홀로 둔갑술을 쓰며 걸림 없이 노닌다네

신선의 도술 여유롭게 보여주며

조조를 일깨우려 했건만 생각 바꾸지 않네

조조는 병이 단단히 들어 약을 먹어도 낫지 않았다. 마침 태사승 허지가 허도에서 조조를 만나러 왔다. 조조가 허지에게 주역으로 점을 쳐보도록 하자 허지가 물었다.

"대왕께서는 귀신같이 점을 잘 보는 관로라는 사람 얘기를 들어보지 못하셨습니까?"

조조가 대답했다.

"그 이름을 들어보긴 했지만, 그 사람이 얼마나 점을 잘 치는지는 모르오. 어느 정도인지 자세히 일러보시오."

허지가 관로에 대한 얘기를 풀어놓았다.

관로의 자는 공명이고 평원 사람이다. 그는 아주 못생겼고 술을 좋아하며, 하는 짓이 마치 미친 사람 같았다. 그의 아버지는 낭야 즉구 현령을 지냈다. 관로는 어려서부터 별을 쳐다보는 걸 좋아해 잠잘 생각도 하지 않을 정도였다. 부모가 그러지 못하게 해도 고쳐지지 않았다. 그는 늘 이런 말을 했다.

"집안의 닭이든 들판의 고니든 스스로 때를 알아 사는데, 하물며 사람으로 세상에 태어났는데 어찌 때를 몰라서 되겠는가?"

관로는 이웃 아이들과 놀 때도 늘 땅바닥에 하늘을 그려 놓고 해며 달이며 별 따위를 늘어놓았다. 자라면서 차츰 주역의 이치를 깊이 깨닫고 바람이 부는 걸 살펴 점을 칠 수 있게도 되었다. 마침내 사람의 운수를 귀신처럼 잘 알아맞혔으며, 관상도 잘 보았다.

낭야 태수 선자춘이 관로에 관한 얘기를 듣고 그를 불렀다. 관로가 갔더니 말깨나 하는 선비 1백 명 남짓이 함께 있었다.

관로가 선자춘에게 말했다.

"저는 아직 어려서 배짱이 두둑하지 못합니다. 좋은 술 세 되만 주십시오. 마시고 나서 말씀드리겠습니다."

선자춘이 야릇하게 여기며 술 세 되를 내오게 했다. 관로가 술을 다 마신 뒤 선자춘에게 물었다.

"제가 말씀 나누어야 할 분들이 여기 앉아 계신 선비들입니까?"

선자춘이 대답했다.

"내가 직접 자네와 이야기를 나누겠네."

마침내 선자춘과 관로는 주역의 이치에 대해 이야기를 나누기 시작했다. 관로는 지치지 않고 이야기를 풀어나가는데 하는 말마다 뚜렷하고 그윽했다. 선자춘이 거듭 어려운 것을 물어도 관로의 대답은 흐르는 물 같았다. 아침부터 저녁까지 술도 마시지 않고 음식도 먹지 않고 이야기를 계속했다. 선자춘을 비롯하여 모인 손님들 모두 놀라지 않는 이가 없었다. 이리하여 사람들은 관로를 신동이라 부르기 시작했다.

그 뒤, 그 고을의 곽은이라는 사람이 자기 형제 셋이 모두 걷지 못하게 되어 관로에게 점을 쳐달라고 했다.

관로가 말했다.

"점괘를 살펴보니 당신 집안의 무덤 속에 여자 귀신이 들어 있소. 당신들의 큰어머니 아니면 작은어머니 같소. 몹시 가뭄이 든 어느 해에 쌀 몇 되를 빼앗으려고 우물 속에 빠뜨리고 큰 돌덩이를 내리쳐 머리를 깨부수었군요. 그 외로운 넋이 너무 아파 하늘에 하소연했소. 형제들은 그 벌을 받고 있어 풀 방법이 없소."

곽은의 형제들은 모두 울면서 죄를 털어놓았다.

또 안평 태수 왕기는 관로가 귀신같이 점을 잘 친다는 소문을 듣고 그를 집으로 불렀다. 마침 신도 현령의 아내가 늘 머리가 아프고 그의 아들 또한 가슴앓이가 심해 관로더러 점을 쳐달라고 했다.

관로가 점을 치고 나서 말했다.

"이 집 서쪽 모퉁이에 시체 둘이 묻혀 있소. 한 남자는 창을 가지고 있고 또 한 남자는 활과 화살을 가지고 있소. 머리는 벽 안쪽에 있고 다리는 벽 바깥쪽에 있소. 창을 가지고 있는 이가 머리를 찌르기 때문에 머리가 아프고, 활과 화살을 가진 이는 가슴과 배를 찌르기 때문에 가슴앓이가 심하다오."

곧바로 땅을 파보았다. 8자쯤 파고 들어갔을 때 과연 관 두 개가 나왔다. 한 관에는 창이 들어 있고 다른 관에는 활과 화살이 들어 있었는데, 나무로 이루어진 데는 이미 썩고 없었다. 관로는 해골을 거두어 성 밖 10리쯤 되는 곳에 묻어주게 했다. 그러고 나자 아내와 아들의 병이 싹 나았다.

또 이런 일도 있었다. 관도 현령 제갈원이 신흥 태수로 옮겨간다기에 관로가 배웅하러 갔을 때였다. 어떤 손님이 관로는 보이지 않는 것도 잘 알아맞힌다고 말했다. 제갈원은 믿어지지 않아 몰래 제비알과 벌집과 거미를 상자 셋에 따로따로 넣어놓고 관로더러 점을 쳐 맞혀보라 했다. 관로는 점괘에 나타난 대로 풀어서 상자 위에 몇 구절씩 적었다.

첫째 상자 위에는 이렇게 적었다.

기운을 머금고 있으니 마침내 바뀌어서
사람 사는 집 처마 밑에 기대리라
암수가 따로따로 갈라지고

깃과 날개가 자랄 테니

이는 제비알이로다

이어 둘째 상자 위에는 이렇게 적었다.

거꾸로 매달려 있는 집에

드나드는 문 많기도 하네

몸의 중요한 건 감추고 독은 길러

가을 되면 달라지게 하니

이는 벌집이로다

마지막으로 셋째 상자 위에는 이렇게 적었다.

잔뜩 구부린 기다란 다리

실을 뽑아 그물 짜네

그물 펼쳐놓고 먹이 얻는데

어두운 밤이 더욱 좋으니

이는 거미로다

이에 자리를 채우고 있던 사람들 모두 깜짝 놀랐다.

또 한번은 마을의 늙은 아낙 하나가 소를 잃고 찾아와 점을 쳐서 알아봐달라고 했다.

관로가 소 있는 곳을 일러주었다.

"북쪽 계곡에서 일곱 사람이 소를 훔쳐다 삶아 먹고 있으
니 얼른 달려가보시오. 가죽하고 고기가 아직 남아 있소."

늙은 아낙이 달려가보니 그 말대로 일곱 사람이 어떤 초
가집 뒤에서 소를 삶아 먹었는데 가죽과 고기가 아직 남아
있었다. 늙은 아낙은 바로 그 고을 태수인 유빈에게 알렸다.
유빈은 일곱 사람을 잡아들여 벌을 준 뒤 늙은 아낙에게 물
었다.

"어떻게 소도둑들을 찾았는고?"

늙은 아낙이 관로가 귀신처럼 점을 쳐 알려주었다고 대
답했다. 유빈은 믿어지지 않았다. 그래서 관로를 부중으로
부른 뒤 도장주머니와 꿩의 털을 상자 속에 집어넣고 알아
맞혀보라 했다.

관로가 점을 치고 나서 말했다.

"속이 모나고 겉은 둥근데 다섯 색깔 무늬가 있으며, 보배
로운 걸 품고 믿음을 간직하는 것으로 그 안에서 도장이 나
오니, 이는 바로 도장주머니입니다."

이어 또 나머지 하나를 밝혔다.

"바위마다 새가 있는데 비단 같은 몸에 붉은 옷을 입었으
며, 깃과 날개는 검고 노란데 새벽이 되면 우니, 이는 바로

꿩의 털입니다."

유빈은 깜짝 놀라며 관로를 귀한 손님으로 모셨다.

어느 날 관로는 들에 나가 천천히 거닐고 있었다. 젊은이 하나가 밭을 갈고 있었다. 관로는 밭둑에 서서 그 젊은이를 한참 동안 바라본 뒤 물었다.

"여보게 젊은이, 이름은 어떻게 되고 나이는 몇인가?"

젊은이가 대답했다.

"제 이름은 조안이고, 나이는 열아홉입니다. 실례지만 누구신지 여쭤봐도 되는지요?"

"나는 관로라고 하네. 자네 눈썹 사이를 보니 죽음의 기운이 서려 있어 사흘 안에 꼭 죽을 거라 물어보았네. 생긴 건 잘생겼는데 목숨이 짧으니 안타깝구먼."

조안은 급히 집으로 가서 아버지한테 말했다. 조안의 아버지는 아들 말을 듣자마자 관로한테 뛰어가 땅바닥에 엎드려 절을 하며 울었다.

"부디 제 자식을 살려주십시오!"

관로가 딱한 표정을 지었다.

"목숨은 하늘이 정해놨는데 난들 어찌하겠소?"

그 아버지가 울며 매달렸다.

"이 늙은이가 자식이라곤 이 아들뿐입니다. 제발 살려주시기 바랍니다!"

조안 역시 울며 살게 해달라고 빌었다. 관로는 아버지와 아들의 애끓는 정을 모른 체할 수 없어 조안에게 방법을 일러주었다.

"자네는 내일 맑은 술 한 병과 말린 사슴고기 한 덩이를 가지고 남산으로 들어가게. 거기 가면 큰 나무 아래에 있는 너럭바위 위에서 두 사람이 바둑을 두고 있을 거네. 남쪽을 보고 앉아 있는 사람은 흰옷을 입고 있을 텐데 얼굴이 아주 무시무시하게 생겼고, 북쪽을 보고 앉아 있는 사람은 붉은 옷을 입고 있을 텐데 얼굴이 아주 아름답게 생겼네. 자네는 두 사람이 바둑 두는 일에 깊이 빠져 있는 틈을 타서 무릎을 꿇고 술과 사슴고기를 드리게. 그리고 두 사람이 그걸 다 먹고 나면 울며 절을 한 뒤 목숨을 늘려달라고 하면 틀림없이 그렇게 해줄 거네. 그러나 내가 가르쳐주었다는 말은 절대 하지 말게나."

조안의 아버지는 관로를 자기 집에 머물도록 했다. 다음 날 조안은 술과 말린 사슴고기 한 덩이에 잔과 쟁반을 가지고 남산으로 들어갔다. 5, 6리쯤 가자 과연 두 사람이 큰 소나무 아래에 있는 너럭바위에 앉아 바둑을 두고 있었다. 가까이 다가가도 두 사람은 돌아보지 않았다. 조안은 무릎을 꿇고 앉아 술과 고기를 바쳤다. 두 사람은 바둑 두는 일에만 정신이 팔려 아무런 생각 없이 술과 고기를 주는 대로 다 받아먹었다. 마침내 조안은 울면서 바닥에 엎드려 절을 한 뒤 목숨을 늘려달라고 빌었다. 두 사람은 깜짝 놀랐다.

붉은 옷 입은 사람이 말했다.

"음, 이건 틀림없이 관자가 말해주었을 거요. 우리 두 사람이 이미 이 사람이 주는 걸 받아먹어버렸으니 불쌍히 여기지 않을 수 없게 되어버렸소!"

흰옷 입은 사람이 곁에 있는 장부를 훑어보고 나서 조안에게 말했다.

"너는 올해 나이 열아홉으로 마땅히 죽을 때가 되었다. 그러나 우리가 지금 십(十) 자 앞에 구(九) 자 하나를 써넣어주마. 그러면 아흔아홉(九十九) 살까지 살 수 있으리라. 돌아가 관로를 만나면 다시는 하늘의 비밀을 뱉지 말라고 해라. 그렇지 않으면 반드시 하늘의 벌을 받게 된다고 하렴."

붉은 옷 입은 사람이 붓을 꺼내 글자를 써넣어주고 나자 바로 향기로운 바람 한 줄기가 스쳐 지나가더니 두 사람은 금세 두 마리 백학으로 바뀐 뒤 하늘 높이 날아올랐다.

조안이 돌아와 관로에게 그들 얘기를 했더니 관로가 말했다.

"붉은 옷을 입은 이는 남두성이고, 흰옷 입은 이는 북두성이네."

조안이 다시 물었다.

관로가 조안에게 목숨을 늘리는 방법을 알려주다.

"제가 알기로 북두성은 별이 아홉 개라는데 어째서 한 분 뿐이었습니까?"

관로가 대답했다.

"흩어지면 아홉이고, 모이면 하나가 되네. 북두성은 죽음을 맡고 있고, 남두성은 삶을 맡고 있네. 이제 목숨을 늘렸는데 더 걱정할 게 뭐 있겠는가?"

아버지와 아들은 절을 하며 고마워했다.

이 일이 있고 나서부터 관로는 하늘의 비밀을 말하게 될까봐 두려워 다시는 가벼이 남의 점을 치지 않았다 한다.

허지는 관로에 대한 얘기를 하고 나서 조조에게 말했다.

"그 사람은 지금 평원에 있습니다. 대왕께서는 지금 좋고 나쁜 걸 알고 싶으시면서 왜 그 사람을 부르지 않으십니까?"

조조는 무척 좋아라 하며 평원으로 사람을 보내 관로를 불러오게 했다. 관로가 와서 인사를 마치자 조조가 점을 쳐보도록 했다.

관로가 말했다.

"좌자가 보여준 건 죄다 눈속임입니다. 그런데 뭘 걱정하십니까?"

조조는 그 말에 마음이 놓여 차츰 병도 나았다. 조조는 관로에게 천하의 일을 점쳐보게 했다.

관로가 대답했다.

"삼과 팔이 가로세로로 얽히고 누런 멧돼지가 호랑이를 만나면 정군 남쪽에서 다리 하나가 부러지겠습니다."

조조는 관로가 한 말의 뜻이 헤아려지지 않아 알쏭달쏭했다. 그러나 일단 그러려니 하고 이번엔 자기 집안의 앞날에 대해 점을 쳐보라고 했다.

관로가 대답했다.

"사자궁 안에 신위를 모셨으니 왕의 길이 새로워지고 자손이 더할 수 없이 귀하게 되겠습니다."

조조가 더 자세히 알고 싶어 했다.

그러나 관로는 자세한 말을 피했다.

"아득한 하늘의 운수는 미리 알 수가 없습니다. 지나고 나면 저절로 알게 될 겁니다."

조조는 관로를 태사로 삼으려 했으나 관로가 마다했다.

"타고난 목숨이 짧고 얼굴 생김도 좋지 못해서 그러한 자리엔 어울리지 않아 아쉽지만 받을 수 없습니다."

조조가 그 까닭을 묻자 관로가 자세히 대답했다.

"저는 이마가 일그러져 있고, 눈동자가 맑지 못하며, 콧마루가 볼품없고, 다리는 가장 중요한 자리의 힘줄이 약하며, 등과 배에는 오래 살 기운이 서려 있지 않습니다. 그래서 태산에서 귀신은 다스릴 만하나 살아 있는 사람은 다스릴 수 없습니다."

조조가 물었다.

"그럼 내 관상은 어떠한가?"

관로가 손을 내저었다.

"신하로서 더 올라갈 수 없을 데까지 올라가셨는데 관상은 보셔서 무엇 하십니까?"

조조가 거듭 물었다. 그러나 관로는 빙그레 웃기만 할 뿐 대답하지 않았다. 조조가 관로에게 문무 벼슬아치들의 관상을 한번 살펴보도록 하자 관로는 딱 한마디만 했다.

"모두 세상을 다스릴 만한 신하들입니다."

조조는 계속 좋고 나쁨을 물었으나 관로는 끝내 입을 다물고 말았다.

나중에 어떤 이가 관로를 기리는 시를 읊었다.

평원의 관공명, 귀신같이 점을 치는데

남두성·북두성 살펴 살고 죽는 일까지 헤아렸네

팔괘의 신비로운 뜻 푸는 솜씨, 귀신도 놀랄 만하고

육효의 깊은 뜻 짚어내어 하늘 소식까지 알고 있네

스스로 관상 보아 오래 살지 못하리라 미리 알고

마음 바탕 더할 나위 없이 그윽함 깨달았네

안타까운지고, 그때 그 뛰어난 술법들

나중 사람이 물려받아 이어주지 못했나니

조조는 동오와 서촉에 대해서도 점을 쳐보라 했다.

관로가 괘를 짚어보고 나서 말했다.

"동오에서는 대장 하나가 죽었고, 서촉의 군사는 나라 안으로 넘어왔습니다."

조조는 믿으려 하지 않았다.

그때 갑자기 합비에서 보고가 들어왔다.

"육구를 지키던 동오 장수 노숙이 죽었다 합니다."

조조는 깜짝 놀랐다. 한중으로 사람을 보내 소식을 알아보게 했다. 며칠 지나지 않아 보고가 날아들었다. 유비가 장비와 마초에게 군사를 이끌고 하변으로 가 머물게 하면서 관을 빼앗으려 한다는 보고였다. 조조는 화를 벌컥 내며 직접 대군을 이끌고 한중으로 들어가려고 하면서 관로에게 점을 쳐보게 했다.

관로가 말했다.

"대왕께서는 함부로 움직이지 마십시오. 내년 봄에 허도에 틀림없이 불이 납니다."

조조는 관로의 말이 여러 차례 들어맞는 걸 보았기에 가벼이 움직이지 못했다. 조조는 그대로 업군에 머물면서 조홍에게 군사 5만 명을 이끌고 가서 하후연과 장합 두 장수를 도와 동천을 지키게 했다. 또 하후돈에게는 군사 3만 명을 내주며 허도로 가서 순찰을 돌며 지키도록 했다. 이어 장사 왕필은 어림군을 맡도록 했다.

그러자 주부 사마의가 말렸다.

"왕필은 술을 좋아하는데다 지나치게 물러터진 사람이라 그 자리를 맡아서 해낼 수 있을지 걱정입니다."

조조가 고개를 저었다.

"왕필은 내가 가시밭길을 헤치며 온갖 고생을 다할 때 나를 따라다닌 사람이오. 충성스럽고 부지런한데다 마음이 쇠나 바위 같으니 가장 마땅한 사람이오."

조조는 마침내 왕필에게 어림군을 거느리고 허도 동화문 밖에 머물도록 했다.

한편 낙양 사람으로 자가 계행인 경기라는 사람은 전에 승상부연으로 있다가 나중에 시중소부가 되었는데, 사직 위황과 무척 가까이 지냈다. 그는 조조가 왕의 자리에 오르고, 드나들 때 황제의 수레를 타면서 거기에 맞춘 차림을 하고 다니자 속으로 몹시 못마땅한 마음을 품고 있었다. 때는 건안 23년 봄 정월이었다. 경기는 위황과 몰래 의논했다.

"조조 역적놈이 날이 갈수록 간사스럽고 악해지는 걸 보니 틀림없이 머지않아 황제 자리까지 빼앗고 말겠소. 우리는 한나라 신하인데 어찌 나쁜 짓을 같이 하여 그런 놈을 도울 수 있겠소?"

위황이 말했다.

"내게 마음을 터놓을 만한 사람이 하나 있소. 김의라는 사람인데 한나라 재상 김일제의 후손이오. 늘 조조를 칠 생각을 품고 있는데, 왕필과 친하기도 하오. 그 사람과 함께 일을 꾀한다면 큰일을 이룰 수 있을 듯하오."

경기가 말했다.

"왕필과 두터운 사이라면 어찌 우리와 같이 일을 꾀할 수 있겠소?"

위황이 말했다.

"일단 가서 말을 걸어보면 속내를 알 수 있겠죠."

두 사람은 김의의 집으로 함께 갔다. 김의가 그들을 뒤채로 맞아들였다. 자리에 앉고 나자 위황이 먼저 입을 열었다.

"덕위가 왕장사와 두텁게 지내기에 우리 두 사람이 특별히 부탁할 게 있어 왔소."

김의가 말했다.

"부탁하실 게 무엇이오?"

위황이 말했다.

"듣자니 머지않아 위왕이 황제 자리를 물려받는다 하오. 그러면 공과 왕장사도 틀림없이 높은 자리로 옮겨가겠지요. 그때 우리를 버리지 않고 잘 이끌어주면 고맙겠소!"

김의가 곧바로 소매를 떨치며 일어났다. 마침 아랫사람이 차를 들고 들어오자 그 찻잔을 들어 바닥에 쏟아버렸다.

위황이 짐짓 놀라는 척하며 시치미를 뗐다.

"덕위와 나는 오랜 친구인데 왜 이리 쌀쌀맞게 대하시오?"

김의가 씩씩거렸다.

"내가 너랑 두텁게 지낸 건 한나라 재상의 후손이기 때문이었다. 지금 너는 나라의 은혜를 갚을 생각은 하지 않고 되레 역적을 도우려 하는구나. 그러니 내가 무엇 때문에 너 같은 이를 벗으로 삼는단 말이냐!"

경기도 시치미를 떼고 한마디 했다.

"하늘이 정한 운수가 이러하니 어쩔 수 없소!"

김의가 화를 있는 대로 냈다. 마침내 경기와 위황은 김의가 충성스럽고 의로운 마음을 가지고 있다고 생각했다. 그래서 사실대로 털어놓았다.

"사실 우리는 역적을 치려고 마음먹고 있소. 그래서 공의 도움을 받기 위해 찾아왔소. 좀 전에 한 말은 일부러 떠보기 위해 한 말이오."

김의가 낯빛을 누그러뜨리며 말했다.

"우리 집안 조상은 여러 대에 걸쳐 한나라 신하였소. 내 어찌 역적을 따를 수 있겠소! 한나라를 붙들어세우기 위해 공들이 생각하는 방법은 무엇이오?"

위황이 말했다.

"나라의 은혜를 갚을 생각은 굴뚝같으나 아직 역적을 칠 방법은 마련하지 못했소."

김의가 말했다.

"먼저 안팎에서 도와 왕필을 죽이고 군사를 다스릴 수 있는 힘을 빼앗아 황제를 보호해야 하오. 그런 뒤 유황숙과 손을 잡아 밖에서 돕게 하면 조조 역적놈을 없앨 수 있소."

두 사람은 김의의 말에 손뼉을 치며 좋은 생각이라고 맞장구쳤다.

김의가 다시 말했다.

"내게 마음속까지 믿을 만한 사람 둘이 있소. 조조 역적놈이 아버지를 죽인 원수요. 지금 성 밖에 사는데 우리를 도와줄 거요."

경기가 그들이 누군지 묻자 김의가 대답했다.

"태의 길평의 아들들이오. 맏아들은 길막으로 자가 문연이고, 둘째 아들은 길목으로 자가 사연이오. 옛날에 동승의 비밀 조서 사건 때 아버지인 길평은 조조에게 죽었지만 두 아들은 멀리 달아나서 죽지 않았소. 지금 몰래 허도에 돌아와 있는데, 역적을 치고자 하니 도우라 하면 나서지 않을 리 없소."

경기와 위황은 무척 좋아라 했다. 김의는 바로 사람을 보내 길씨 형제를 몰래 불렀다. 얼마 지나지 않아 두 사람이 왔다. 김의가 지금까지 의논한 일을 옮겼다. 두 사람은 분한 마음에 눈물을 흘리며 원한이 하늘에 사무쳐 반드시 나라의 역적을 죽이겠다고 다짐했다.

김의가 말했다.

"정월 대보름날 밤이면 성 안에 등불을 환하게 밝히고 명절을 즐기오. 경소부와 위사직 두 분은 집안에서 부리는 사람들을 이끌고 왕필의 군영 앞으로 가시오. 군영 안에서 불길이 치솟아오르면 두 길로 나누어 쳐들어가 왕필을 죽이시오. 그런 다음에 나를 따라 안으로 들어가 황제를 오봉루로 오르시게 한 뒤 벼슬아치들을 모아놓고 역적 칠 일을 의논하시게 합시다. 길문연 형제는 성 밖에서 쳐들어와 불을 질러 신호로 삼은 뒤 백성들에게 나라의 역적을 쳐죽이자고 외치면서 백성들과 함께 성 안으로 도우러 오는 군사를 막으시오. 이어 황제께서 조서를 내리셔서 군사들이 항복하고 가라앉으면 군사를 몰고 업군으로 가 조조를 사로잡읍시다. 그런 뒤 바로 조서를 유황숙에게 보내 그분을 부르는 거요. 오늘 이렇게 약속을 했으니 그날이 오면 밤이 이슥해질 무렵에 일을 일으킵시다. 동승처럼 스스로 화를 부르는 일이 없도록 조심해야 하오."

다섯 사람은 하늘에 다짐하며 피를 나누어 마셨다. 저마다 집으로 돌아간 뒤 군사와 말과 무기를 살펴보며 때를 기다렸다.

경기와 위황의 집에는 부리는 사람이 저마다 3, 4백 명씩 되었다. 그 수에 맞게 무기를 미리 준비했다. 길막 형제도 사냥을 간다는 핑계로 3백 명을 모은 뒤 할일을 정해주고 때를 기다렸다.

김의는 미리 왕필을 찾아갔다.

"이제 세상이 편안하고 위왕의 기운이 천하에 떨치고 있소. 이번 정월 대보름날에는 등불을 환하게 밝혀 안정되고 편안한 모습을 한번 드러내는 게 좋겠소."

왕필은 그 말을 받아들여 성 안 백성들에게 등을 집 밖에 내걸고 천을 매달아 대보름 명절을 축하하게 했다.

마침내 정월 대보름날 밤이 되었다. 하늘은 맑게 개어 별이 빛나고 달이 밝았다. 도성 안의 번화한 거리에는 다투듯이 등이 내걸렸다. 밤새 나다녀도 누구 하나 막는 이가 없었다.

왕필은 어림군의 장수들과 군영 안에서 잔치 자리를 마련하여 술을 마시고 있었다. 밤이 이슥해졌을 때 느닷없이 군영 안에서 외침 소리가 일더니 군영 뒤쪽에서 불이 났다는 보고가 들어왔다. 왕필은 급히 막사 밖으로 뛰쳐나가 살펴보았다. 불길이 어지러이 번지고 외침 소리가 하늘을 찌를 듯 시끌벅적했다. 왕필은 군영 안에 무슨 일이 일어난 게 틀림없다고 여기고 급히 말에 뛰어올랐다. 남문으로 나가려 하는데 경기가 기다리고 있다가 활을 쏘아 왕필의 어깨를 맞혔다. 왕필은 말에서 떨어질 뻔했다. 급히 몸을 돌려 서문을 바라고 달아났다. 뒤에서 군사들이 쫓아왔다. 왕필은 쩔쩔매다 말을 버리고 걸어서 김의의 집으로 가 문을 두드렸다.

이때 김의는 사람을 시켜 군영에 불을 지르는 한편, 직접 집안에서 부리는 사람들을 이끌고 뒤따라가 싸움을 돕고 있었기에 집안엔 여자들만 있었다. 김의의 아내는 왕필이 문을 두드리는 소리를 듣고 김의가 돌아온 줄 알고 안에서 물었다.

"왕필을 죽였나요?"

왕필은 깜짝 놀랐다. 비로소 김의가 함께 일을 꾸민 걸 알고 바로 조휴의 집으로 갔다. 왕필은 조휴에게 김의와 경기 등이 배반했다고 알렸다. 조휴는 부리나케 갑옷을 걸치고 말에 올라 군사 1천 명 남짓을 이끌고 성 안으로 들어가 적을 막았다. 성 안 여기저기서 불길이 일었다. 오봉루도 불에 타서 황제는 급히 안쪽 궁으로 몸을 피했다. 조조의 가까운 부하들은 죽을힘을 다하며 궁 문을 지켰다. 성 안에서는 계속 외침 소리가 났다.

"조조 역적놈을 죽이고 한나라를 붙들어세우자!"

한편 하후돈은 조조의 명령을 받들어 허도를 순찰하느라 군사 3만 명을 이끌고 성에서 5리 떨어진 곳에 머물고 있었다. 그날 밤 성 안에서 불길이 치솟는 걸 보자 대군을 이끌고 달려와 허도를 에워쌌다. 이어 군사 한 무리를 성 안으로 들여보내 조휴를 돕도록 했다. 날이 샐 때까지 어지러이 죽고 죽이는 일이 계속 이어졌다. 경기와 위황을 도와주는 이는 아무도 없었다. 게다가 김의와 길막 형제가 죽었다고 했다. 경기와 위황은 어렵사리 길을 뚫고 성 문을 빠져나갔다. 그러나 문을 나가자마자 하후돈의 대군에게 둘러싸여 사로잡히고 말았다. 거느리고 있던 1백 명 남짓 되는 이들 모두 그 자리에서 죽고 말았다.

하후돈은 성 안으로 들어와 불을 끄는 한편, 다섯 사람의 집안을 뒤져 늙은이·어린이 가리지 않고 모두 잡아들인 다음 조조한테 보고했다. 조조는 경기와 위황 두 사람과 다섯 집안의 사람들을 모두 저잣거리로 끌어내 목을 베라는 명령을 전했다. 이어 조정의 높고 낮은 벼슬아치 모두를 업군으로 잡아오도록 한 뒤 명령을 기다리도록 했다. 하후돈은 경기와 위황 두 사람을 저잣거리로 끌어내게 했다.

경기가 목소리를 높여 꾸짖었다.

"조아만 이놈! 내 살아서는 너를 죽이지 못했다만, 죽어서 귀신이 되어서라도 너 역적놈을 치고 말겠노라!"

망나니가 말을 못 하게 칼로 입을 후볐다. 피가 땅바닥을 적실 정도로 흘러내렸으나 경기는 죽을 때까지 욕설을 그치지 않았다.

위황은 머리를 땅바닥에 짓찧으며 소리쳤다.

"아이고, 한스럽구나! 한스러워!"

그러면서 이를 부드득 갈며 죽어갔다.

나중에 어떤 사람이 시를 지어 기렸다.

충성스러운 경기와 어진 위황이여

저마다 맨손으로 하늘을 떠받들려 했네

한나라가 무너질 줄 뉘 알았으랴

가슴 가득 한을 안고 저세상으로 갔다네

하후돈은 다섯 사람 집안의 모든 사람을 다 죽인 뒤 벼슬아치들을 업군으로 끌고 갔다. 조조가 훈련장 왼쪽에는 붉은 깃발을, 오른쪽에는 흰 깃발을 세워놓게 한 뒤 명령을 내렸다.

"경기와 위황의 무리가 배반하여 허도에 불을 지를 때, 너희들 가운데에선 불을 끄기 위해 밖으로 나온 이도 있을 테고, 문을 닫아걸고 집 안에서 꼼짝하지 않은 이도 있었겠지. 불을 끄기 위해 나온 이는 붉은 깃발 아래에 서고, 불을 끄러 나오지 않은 이는 흰 깃발 아래에 서라."

벼슬아치들은 불을 끄러 나갔다고 해야 죄가 없을 성싶어 붉은 깃발 아래로 우르르 몰려갔다. 흰 깃발 아래로 가서선 사람은 셋 가운데 하나 정도였다. 조조는 붉은 깃발 아래에 선 사람을 죄다 붙들어 묶으라 했다. 뭇 벼슬아치들이 자기들은 죄가 없다고 떠들었다. 그러자 조조가 싸늘하게 웃었다.

"너희들은 그때 불을 끄러 나간 게 아니다. 속으로 옳다, 좋구나 하며 역적들을 도우러 나간 거야."

조조는 그들 모두를 장하 강가로 끌고 가 목을 베게 하였다. 그렇게 죽은 이가 3백 명이 넘었다. 흰 깃발 아래에 선 이들에겐 모두 상을 내린 뒤 다시 허도로 돌려보냈다.

왕필은 화살에 맞은 상처가 덧나 죽었다. 조조는 그의 장례를 잘 치러주게 한 뒤 조휴에게 어림군을 맡겼다. 이어 종요를 상국으로 삼고 화흠을 어사대부로 삼았다. 나아가 조조는 후작 6등 18급과 관중후작 17급을 두게 한 뒤 모두 황금 도장에 자줏빛 끈을 매달게 했다. 관내외후는 16급으로 하고 은 도장에 거북 모양의 검정색 끈으로 정했으며, 5대부 15급은 구리 도장에 고리 모양의 검정색 끈으로 했다.

이렇게 작위를 나누고 벼슬자리를 가른 뒤 조정 벼슬아치들의 자리를 새로 정하거나 바꿨다.

조조는 불이 나리라 미리 알아맞힌 관로에게 상을 두둑이 내렸으나 관로는 받지 않았다.

한편 조홍은 군사를 거느리고 한중에 이르렀다. 곧바로 장합과 하후연에게 험한 길목을 지키게 한 뒤 자신은 직접 적을 막기 위해 군사를 끌고 나갔다. 이때 장비는 뇌동과 함께 파서를 지키고 있었으며, 마초군은 하변에 이르렀다. 마초는 오란에게 앞장서서 군사를 이끌고 나가 미리 살피도록 했다. 바로 그때 조홍의 군사와 딱 마주쳤다. 오란이 물러가려 하자 아장 임기가 말렸다.

"적군을 처음 마주쳤을 때 날카로운 기운을 미리 꺾어놓지 않고 그냥 물러가면 맹기를 볼 낯이 없을 텐데요?"

임기는 바로 창을 뻗쳐들고 말을 몰고 나가 조홍에게 달려갔다. 조홍이 칼을 들고 말을 달려나왔다. 조홍은 싸운 지 3합 만에 임기를 말 아래로 고꾸라뜨리고 이긴 기운을 몰아 들이쳤다. 오란은 크게 지고 마초에게 돌아갔다.

마초가 꾸짖었다.

"무엇 때문에 내 명령을 어기고 적을 가벼이 여겨 이렇게 지고 온단 말이냐?"

오란이 대답했다.

"임기가 제 말을 듣지 않아 이렇게 지고 말았습니다."

"길목을 단단히 틀어막고 있으면서 나가 싸우지 말라."

이러는 한편 마초는 성도에 보고를 올린 뒤 명령이 떨어질 때까지 움직이지 않았다. 조홍은 마초가 계속 싸우러 나오지 않자 무슨 속임수가 있나 싶어 군사를 이끌고 남정으로 돌아갔다.

장합이 조홍을 찾아와 물었다.

"장군은 적의 장수까지 베었으면서도 왜 군사를 물리셨습니까?"

조홍이 대답했다.

"마초가 나오지 않는 걸 보니 다른 속임수가 있겠다 싶소. 게다가 업군에 있을 때 귀신같이 점을 잘 치는 관로가 여기서 대장 하나가 죽을 거라고 했다는 말을 들었소. 그 말이 어쩐지 께름칙해서 가벼이 나가 싸울 수가 없었소."

장합이 어이없어하며 큰소리로 웃었다.

"장군은 반평생을 싸움터에서 지내셨으면서 그까짓 점쟁이 말에 홀려 흔들리셨군요! 내 비록 재주는 없으나 본부 군사를 거느리고 가서 파서를 빼앗겠습니다. 파서만 얻으면 촉군을 치기가 한결 쉬워집니다."

조홍이 말했다.

"파서를 지키는 장비는 보통 장수가 아니므로 결코 가벼이 보고 싸워서는 안 되오."

장합이 대답했다.

"다들 장비를 두려워하지만 나는 어린아이 정도로밖에 여기지 않습니다! 이번에 가면 반드시 사로잡겠습니다!"

조홍이 다그치듯 물었다.

"그러다 잘못되면 어찌하겠소?"

"군법에 따르겠습니다."

조홍은 다짐하는 문서를 받고서야 장합이 군사를 이끌고 나아가게 했다.

예로부터 잘난 척하는 군사는 지기 쉬웠지

언제고 적을 가벼이 여기면 공을 세우기 쉽지 않더라

과연 이기고 짐은 어떻게 갈라질는지…….

제갈량이
노장 황충을 부추기다

사나운 장수 장비는 슬기로 와구 길목을 빼앗고
늙은 장수 황충은 꾀를 써서 천탕산을 빼앗다

장합은 군사 3만 명을 이끌고 가서 영채 셋에 나누어 머물게 했다. 영채는 모두 험한 산을 끼고 있었는데 각각 탕거채·몽두채·탕석채라 하였다. 장합은 세 영채에서 군사 절반씩을 내어 파서를 치기 위해 떠났다. 나머지 절반은 영채에 남아 지키도록 했다. 염탐꾼은 장합이 군사를 이끌고 온다는 사실을 재빨리 파서에 알렸다. 장비가 급히 뇌동을 불러 의논했다.

뇌동이 말했다.

"낭중은 땅 생김과 산 생김이 험해 군사를 숨겨둘 만합니다. 장군께서는 군사를 거느리고 나가서 싸우십시오. 그때 저는 특별한 군사를 끌고 가 돕겠습니다. 그러면 장합을 사로잡을 수 있습니다."

장비는 날랜 군사 5천 명을 뇌동에게 내어주며 떠나도록 했다. 이어 장비 자신은 군사 1만 명을 이끌고 낭중에서 30리 떨어진 곳으로 가 장합의 군사를 맞았다.

양쪽이 진을 펼치자 장비가 말을 몰고 나가 싸움을 걸었다. 장합이 창을 꼬나들고 말을 달려나왔다. 20합 남짓 싸웠을 때 장합군 뒤에서 갑자기 와 하는 외침 소리가 크게 일었다. 바라보니 산 뒤쪽에서 촉군의 깃발이 나부꼈다. 이에 군사들이 소리를 내지를 수밖에 없었다. 장합은 그대로 더 싸울 수가 없어 말 머리를 돌려 달아났다. 장비가 그 뒤를 마구 무찌르며 쫓았다. 앞쪽에서는 뇌동이 군사를 몰고 덮쳐들었다. 앞뒤에서 몰아치는 바람에 장합군은 크게 지고 말았다. 장비와 뇌동은 밤새 뒤를 쫓아 탕거산까지 갔다. 장합은 군사를 전처럼 나누어 세 영채를 지키게 했다. 여차하면 굴릴 수 있게 통나무며 돌덩이만 잔뜩 쌓아놓은 채 군게 지키면서 싸우러 나가지 않았다.

장비는 탕거에서 10리 떨어진 곳에다 영채를 세웠다. 다음 날 장비는 군사를 이끌고 가 싸움을 걸었다. 그러나 장합은 산 위에서 피리를 불고 북을 치고 술을 마시고 있을 뿐

산을 내려오려 하지 않았다. 장비는 군사들에게 욕설을 퍼붓도록 했다. 그래도 장합은 내려오지 않았다. 장비는 어찌해보지 못하고 영채로 돌아올 수밖에 없었다.

그다음 날은 뇌동이 산 아래로 가서 싸움을 걸어보았다. 그러나 장합은 또 내려오지 않았다. 뇌동은 군사를 몰고 산 위로 올라갔다. 그러자 산 위에서 통나무며 돌덩이가 마구 굴러떨어졌다. 뇌동은 급히 물러났다. 탕석과 몽두 두 영채에서 군사들이 쏟아져나와 무찌르는 바람에 뇌동은 해보지 못하고 물러날 수밖에 없었다. 다음 날 장비가 다시 가서 싸움을 걸었다. 장합은 또 꼼짝도 하지 않았다. 장비는 군사들을 시켜 입에 담기 어려운 온갖 욕설을 다 퍼붓게 했다. 그러자 장합도 욕설로 대꾸했다.

장비는 아무리 머리를 쥐어짜도 좋은 생각이 떠오르지 않았다. 그렇게 50일이 후딱 지났다. 마침내 장비는 산 아래에 영채를 세우고 날마다 술을 마셨다. 술이 잔뜩 취하면 산 쪽을 보고 앉아 욕설을 퍼부어댔다.

이때 유비가 군사들을 다독거리고 걸게 먹이기 위해 사람을 보내왔다. 그런데 그 사람이 보니 장비가 하루 내내 술만 마시고 있었다. 그는 돌아가 유비에게 그대로 보고했다. 유비는 소스라치게 놀라며 부리나케 제갈량에게 물었다.

제갈량이 웃으며 말했다.

"그랬을 겁니다! 그런데 군영 안에는 좋은 술이 없을 텐데 그게 걱정이군요. 성도에는 좋은 술이 많으니 쉰 독을 수레 셋에다 나누어 실어보내셔서 장장군이 실컷 마실 수 있게 하십시오."

유비가 어이없어했다.

"내 아우는 원래 술만 마셨다 하면 실수투성이인데, 공명은 어쩌자고 도리어 술을 보내주자고 그러시오?"

제갈량이 또 웃었다.

"주공께서는 익덕과 그토록 오래 형제로 지내셨으면서도 아직도 그 사람됨을 모르십니까? 익덕이 타고난 성깔은 괄괄하지만, 저번에 서천을 빼앗을 때 엄안을 의로움으로 살려주는 걸 보니 무턱대고 씩씩하기만 하지 않더군요. 지금 장합과 오십 일 넘게 서로 맞버티고 있으면서 술에 취해 산 앞에 앉아 욕설을 퍼부어대며 아무도 없듯이 거리낌없이 구는 까닭은 술에 빠져서 그런 게 아닙니다. 어떻게든 장합을 무찌르기 위해 꾀를 쓰고 있습니다."

"비록 그렇다 하더라도 자칫 큰일을 그르칠 수도 있으니 위연을 보내 돕도록 하면 어떻소?"

제갈량은 위연에게 술을 싣고 가게 하면서 수레마다 '군에서 공적으로 쓸 좋은 술'이라는 글이 크게 쓰여진 노란 깃발을 꽂도록 했다.

위연은 명령을 받들어 술 실은 수레를 끌고 갔다. 영채에 이르러 장비를 보고 인사를 나눈 뒤 말했다.

"주공께서 내린 술을 가져왔습니다."

장비가 절을 한 뒤 받았다. 이어 위연과 뇌동에게 말했다.

"군사 한 무리씩을 거느리고 왼쪽과 오른쪽 날개가 되어 있다가 군중에서 붉은 기가 올라가거든 군사를 끌고 나오시오."

장비는 술독을 장막 아래에 내다놓고 군사들더러 깃발을 펼쳐놓고 북소리를 울리게 한 뒤 술을 마셨다. 염탐꾼이 이러한 사실을 산 위로 알리자 장합은 직접 산꼭대기에 올라 살펴보았다. 장비가 장막 아래에 앉아 술을 마시며 군사 둘이 서로 부여잡고 씨름하는 모습을 구경하고 있었다.

장합은 어처구니가 없었다.

"장비가 나를 지나치게 깔보고 있구나!"

이어 명령을 내렸다.

"오늘 밤 산을 내려가 장비의 영채를 덮치겠다. 몽두와 탕석 두 영채에서도 모두 나와 왼쪽과 오른쪽을 맡아 돕도록 하라."

그날 밤 장합은 어슴푸레한 달빛을 타고 산 옆으로 군사를 끌고 내려갔다. 영채 앞에 이르러 멀리 바라보니 장비가 등불을 환히 밝혀놓고 막사 안에서 술을 마시고 있었다. 장합은 앞장을 서며 큰소리를 내질렀다. 산 위에서는 북소리를 크게 울리며 힘을 북돋았다. 장합은 바로 안으로 쳐들어갔다. 장비는 계속 꼼짝하지 않고 그대로 앉아 있었다. 장합은 장비 앞으로 말을 내달려 한 창에 찔러 쓰러뜨렸다. 그런데 그건 장비가 아니고 풀로 만든 허수아비였다.

장합은 급히 말 머리를 돌렸다. 바로 그때 막사 뒤에서 쾅 소리가 연거푸 났다. 장수 하나가 앞으로 뛰쳐나와 길을 막았다. 고리눈을 부릅뜨고 벼락같은 소리를 내질렀다. 바로 장비였다. 장비가 장팔사모를 꼬나들고 말을 몰아 곧바로 장합에게 달려들었다. 두 장수는 불빛 속에서 서로 어우러져 4, 50합을 싸웠다. 장합은 양쪽 영채에서 도우러 오기를 기다렸다. 위연과 뇌동이 이미 그쪽을 무찔러서 그쪽 군사들은 도움을 주러 오기는커녕 영채마저 빼앗기고 달아나기에도 바빴다. 장합은 그런 줄 몰랐다. 장합은 도우러 오는 군사가 없어 안절부절못했다. 그러는 사이 산 위에서 불길이 치솟았다. 장비의 뒤쪽 군사들이 자기 영채를 빼앗은 성싶었다. 장합은 영채 셋을 한꺼번에 다 잃고 와구관으로 달아났다.

장비는 싸움에 크게 이기고 성도에 이를 알렸다. 유비는 무척 좋아라 하며, 장비가 술을 마신 게 다 장합을 산 아래로 내려오게 하려는 꾀인 줄 그제야 알았다.

한편 장합은 와구관으로 물러가 지키며 군사를 살펴보았다. 3만 명에서 이미 2만 명이나 잃어서 조홍에게 사람을 보내 도와달라고 했다.

조홍은 화를 벌컥 내며 꾸짖었다.

"내 말을 듣지 않고 군사를 끌고 나가 중요한 길목을 잃고 나서 이제는 도와달라고 한단 말이냐!"

조홍은 군사를 보내지 않고 사람을 시켜 장합더러 빨리 나가 싸우라고만 다그쳤다. 장합은 어찌해야 좋을지를 몰라 허둥대다가 겨우 한 방법을 궁리해냈다. 장합은 군사를 둘로 나누어 관 어귀의 산에 숨어 있게 한 뒤 일렀다.

"내가 거짓으로 진 척하며 달아나면 장비가 반드시 뒤쫓아온다. 그러면 너희들은 바로 뛰쳐나와 돌아갈 길을 끊어버려라."

그날 장합은 군사를 이끌고 나가다 뇌동과 마주쳤다. 몇 합 싸우지 않아 장합이 진 척하며 달아나자 뇌동이 그 뒤를 쫓았다. 그러자 양쪽에 숨어 있던 군사들이 뛰쳐나와 돌아갈 길을 끊어버렸다. 장합은 다시 돌아와 뇌동을 찔러 말 아래로 고꾸라뜨렸다. 싸움에 지고 돌아간 군사가 장비한테 보고했다. 장비는 직접 나와 장합에게 싸움을 걸었다. 장합은 또 거짓으로 진 척하며 달아났다. 장비가 그 뒤를 쫓지 않자 장합이 다시 돌아와 싸웠다. 그러나 몇 합 싸우지 않고 다시 진 척하며 달아났다.

장비는 그게 속임수임을 알고 군사를 거두어 영채로 돌아온 뒤 위연과 함께 의논했다.

"장합이 군사를 숨겨두었다 치는 방법을 써서 뇌동을 죽이더니 이제는 나까지 속이려 드오. 아무래도 그 속임수를 거꾸로 이용해야겠소."

위연이 물었다.

"어떻게 하시렵니까?"

"내일 내가 먼저 군사 한 무리를 이끌고 앞서 갈 테니, 그대는 날쌔고 씩씩한 군사들을 이끌고 뒤따르다가 숨어 있던 군사들이 쏟아져나오면 군사를 나누어 치도록 하시오. 또 수레 여남은 대에다 마른 나뭇단과 풀을 싣고 가서 좁다란 길에 불을 지르시오. 그러면 내가 그 사이에 장합을 사로잡아 뇌동의 원수를 갚겠소."

위연은 그렇게 하기로 했다.

다음 날 장비는 군사를 이끌고 앞으로 나아갔다. 장합이 다시 군사를 이끌고 나와 장비를 맞아 싸웠다. 싸운 지 10합이 되자 장합이 또 진 척하며 달아났다. 장비는 말 탄 군사와 일반 군사를 이끌고 뒤를 쫓았다. 장합은 싸우다가 달아나기를 되풀이했다. 장비는 산골짜기를 지날 때까지 뒤쫓았다. 장합은 뒤쪽 군사를 앞으로 돌려 다시 싸움 자세를 갖추어 장비와 맞서 싸우기 시작했다. 장합은 양쪽에 숨겨 놓은 군사들이 뛰쳐나와 장비를 둘러싸주기만을 기다렸다. 그러나 미처 생각하지 못한 일이 일어났다. 위연이 군사를 몰고 와서 숨어 있던 군사들을 골짜기로 몰아넣어버렸다. 그런 뒤 수레로 산길을 막고 불을 지르는 바람에 금세 산골짜기의 풀과 나무들이 타들어갔다. 골짜기에 가득 찬 연기 때문에 군사들은 꼼짝할 수가 없었다. 장비는 군사를 이끌고 닥치는 대로 무찔렀다. 장합은 크게 져서 죽기 살기로 길을 뚫고 와구관으로 달려 올라간 뒤 싸움에 진 군사들을 모아 굳게 지키며 나오지 않았다.

장비는 위연과 함께 날마다 관을 쳤지만 무너뜨리지 못했다. 장비는 일이 마음대로 되지 않자 군사를 이끌고 20리 밖으로 물러났다. 그런 뒤 위연과 함께 말 탄 군사 수십 명을 데리고 양쪽 가장자리를 뒤지며 샛길을 찾았다. 난데없이 남녀 여럿이 등짐을 지고 가파른 산길을 칡넝쿨에 매달려 올라가고 있는 게 보였다.

장비는 말 위에서 채찍으로 그들을 가리키며 위연에게 말했다.

"와구관을 빼앗느냐 못 빼앗느냐는 저 백성들한테 달려 있소."

이어 군사를 불러 일렀다.

"저 백성들을 절대로 놀라게 하지 말고 잘 구슬려서 데려오너라."

군사가 곧장 가서 데려오자 장비는 부드러운 말로 그들을 안심시킨 뒤 어디서 오는 길인지 물었다.

그들 가운데 한 사람이 나서서 대답했다.

"저희들은 모두 한중에 사는 백성들로, 지금 고향으로 돌아가는 길입니다. 마침 많은 군사들이 들이닥친 싸움이 벌어져 낭중의 관도가 막혔다는 얘기를 듣고 지금 창계를 지나 재동산과 회근천을 거쳐 한중으로 들어가 집으로 돌아가려고 합니다."

장비가 물었다.

"이 길로 해서 와구관으로 가려면 얼마나 먼가?"

"재동산 샛길을 따라가면 바로 와구관 뒤쪽이 나옵니다."

장비는 크게 기뻐하며 백성들을 영채로 데리고 가서 술과 음식을 주게 한 뒤 위연에게 일렀다.

"군사를 이끌고 가서 와구관을 치시오. 나는 가벼운 차림의 말 탄 군사를 이끌고 재동산 샛길로 가서 관 뒤쪽을 치겠소."

장비는 백성들더러 길을 안내하게 한 뒤 가볍게 무장한 말 탄 군사 5백 명을 이끌고 샛길을 따라 나아갔다.

한편 장합은 도와주러 오는 군사가 없어 마음이 편치 않았다. 그런 판에 위연이 관 아래로 쳐들어왔다는 보고가 들어왔다. 장합이 곧장 갑옷을 차려입고 말에 올라 산에서 내려가려는데 또 보고가 급히 들어왔다.

"관 뒤쪽 네댓 군데에서 불길이 치솟는데, 어디서 온 군사들인지 모르겠습니다."

장합은 직접 군사를 이끌고 나가 맞았다. 깃발이 펄럭이는 사이로 장비의 모습이 나타났다. 장합은 까무러치게 놀라 샛길로 부리나케 달아났다. 그러나 길이 워낙 가팔라서 말이 잘 가지 못하는데 뒤쪽에서는 장비가 바짝 몰아붙였다. 장합은 말을 버리고 산 위로 올라가 겨우 길을 찾아 달아났다. 따라온 군사를 보니 여남은 명뿐이었다. 장합은 걸어서 남정으로 가 조홍을 만났다. 조홍은 장합이 겨우 군사 여남은 명만 데리고 나타나자 화가 머리끝까지 치밀어올랐다.

"내가 가지 말라고 그렇게 말렸건만 너는 다짐하는 문서까지 써놓고 갔다. 오늘 대군을 잃은 꼴에 스스로 죽지도 않고 왔으니 어쩌겠다는 거냐!"

조홍은 장합을 끌어내 목을 베라고 소리쳤다. 이때 행군사마 곽회가 나서서 말렸다.

"전군을 얻기는 쉽지만 장수 하나를 구하기는 어렵다고 했습니다. 장합이 비록 죄를 짓기는 했지만 위왕께서 무척 아끼는 사람이니 죽여서는 안 됩니다. 다시 군사 오천 명을 내어주시면서 가맹관을 빼앗도록 하십시오. 그렇게 해서 여러 군대의 적을 움직이지 못하도록 눌러놓으면 한중은 저절로 편안해집니다. 만약에 성공하지 못하면 그때 가서 두 가지 죄를 한꺼번에 물으십시오.”

조홍은 그 말을 좇아 다시 군사 5천 명을 내어주며 장합더러 가맹관을 빼앗도록 했다. 장합은 명령을 받고 곧바로 떠났다.

그때 가맹관을 지키고 있는 장수는 맹달과 곽준이었다. 이들은 장합이 쳐들어온다고 하자 의견이 둘로 갈렸다. 곽준은 굳게 지키자고 했다. 그러나 맹달은 나가서 싸우겠다며 군사를 이끌고 관을 내려가 장합과 싸우더니 크게 지고 돌아왔다. 곽준은 급히 문서를 꾸며 성도로 보냈다. 유비가 보고를 받자마자 제갈량을 불러 의논했다. 이에 제갈량은 뭇 장수들을 대청마루에 모아놓고 말했다.

“지금 가맹관이 위험하오. 아무래도 낭중에 있는 익덕을 불러와야 장합을 물리칠 수 있겠소.”

법정이 말했다.

“지금 익덕은 와구에 군사를 모아놓고 낭중을 지키고 있습니다. 거기도 역시 중요한 곳입니다. 그러니 불러들이면 안 됩니다. 여기 있는 장수들 가운데에 한 사람을 뽑아 보내 장합을 물리치게 하지요."

제갈량이 빙그레 웃었다.

"장합은 위의 이름난 장수라 가벼이 여길 수가 없소. 그러니 익덕말고는 그 사람을 해볼 만한 사람이 없소."

갑자기 한 사람이 소리를 지르며 나섰다.

"공명은 어째서 여기 있는 사람들을 업신여기시오! 내 비록 재주는 없지만 장합의 머리를 베어다가 바치겠소."

모두들 그를 쳐다보았다. 늙은 장수 황충이었다.

제갈량이 말했다.

"한승이 비록 씩씩하기는 하지만 너무 나이가 많아 장합을 해보지 못할까 두렵소."

황충은 그 말에 흰 수염을 곤두세우며 말했다.

"내 비록 늙었으나 두 팔은 아직 서너 사람이 달려들어야 당길 수 있는 활을 쏠 수 있고, 온몸에는 천 근을 들 수 있는 힘이 있소. 어찌 장합 같은 하잘것없는 녀석을 해보지 못한다고 그러시오!"

제갈량이 고개를 저었다.

"장군은 지금 일흔이 가까우신데 어찌 늙지 않으셨다고 할 수 있겠소?"

황충이 자리에서 벌떡 일어나 마루 아래로 뛰어내려갔다. 이어 시렁에서 큰 칼을 하나 집어들더니 나는 듯이 춤을

황충이 강한 활을 부러뜨리다.

추고, 벽에 걸려 있는 강한 활을 잇달아 당겨 두 개나 부러뜨렸다.

제갈량이 고개를 끄덕이며 물었다.

"장군이 기어코 가시겠다면 부장으로는 누구를 데려가시겠소?"

황충이 머뭇거리지 않고 곧바로 대답했다.

"노장 엄안과 같이 가면 좋겠소. 만약에 조금이라도 잘못이 일어나면 이 흰머리를 먼저 바치겠소."

유비는 크게 기뻐하며 바로 엄안더러 황충과 함께 가서 장합과 싸우라고 했다.

그러자 조운이 나서서 말렸다.

"지금 장합이 직접 가맹관으로 쳐들어오고 있습니다. 공명께서는 이걸 아이들 장난처럼 여기시면 안 됩니다. 만약에 가맹관을 잃으면 익주가 위험합니다. 늙은 장수 두 분이 어떻게 큰 적을 해볼 수 있겠습니까?"

제갈량이 말했다.

"그대는 이 두 분이 늙어서 일을 이루어내지 못할 줄 아는 모양인데, 나는 이 두 분이 틀림없이 한중을 손안에 넣으리라 믿소."

조운을 비롯해 모두들 어이없는 웃음을 지으며 물러갔다.

황충과 엄안이 가맹관에 이르자 맹달과 곽준도 속으로

제갈량이 결정을 잘못했다고 여겼다.

'이렇게 중요한 곳에다 어쩌자고 저런 늙은이 둘을 보냈는고!'

황충이 엄안에게 말했다.

"그대도 다른 사람들의 표정을 보았지요? 모두들 우리 두 사람이 늙었다고 비웃고 있소. 이참에 반드시 공을 세워 그 사람들 마음을 바로잡아놓아야 하오."

엄안이 고개를 끄덕였다.

"저는 장군의 명령대로 따르겠소."

두 사람은 의논이 끝나자 황충이 군사를 이끌고 관을 내려가 장합과 진을 벌였다. 장합이 말을 타고 나와 황충을 보더니 비웃었다.

"나이깨나 처먹은 놈이 부끄러운 줄도 모르고 싸우러 나왔단 말이냐!"

황충이 발끈했다.

"어린놈이 나를 보고 늙었다 했겠다! 내 손안의 보배로운 칼은 아직 늙지 않았다!"

황충이 말을 달려나가 장합과 싸웠다. 두 말이 서로 어우러져 20합 가까이 싸웠을 때 갑자기 뒤에서 외침 소리가 일었다. 엄안이 샛길로 해서 장합군의 뒤를 쳤다. 양쪽에서 들이치는 바람에 장합은 크게 져서 밤새도록 달아나 8, 90리

나 뒤로 물러났다. 황충과 엄안은 군사를 거두어 영채로 들어가 군사를 눌러앉혀둔 뒤 꼼짝하지 않았다.

조홍은 장합이 또 졌다는 보고를 듣자 다시 죄를 물으려 했다. 이에 곽회가 다시 말렸다.

"지금 장합을 막다른 골목으로 몰면 반드시 서촉에 항복해버립니다. 장수를 보내 돕게 하면서 아울러 감시를 하여 딴마음을 먹지 못하도록 해야 합니다."

조홍은 그 말을 좇았다. 바로 하후돈의 조카 하후상과 항복한 장수 가운데 한현의 아우인 한호에게 군사 5천 명을 이끌고 가서 싸움을 돕도록 했다. 두 장수는 곧장 떠났다. 장합의 영채에 이르자 두 사람은 군사 형편을 물었다.

장합이 대답했다.

"늙은 장수 황충이 워낙 뛰어나게 씩씩한데다 엄안이 돕고 있어서 가벼이 여길 수 없소."

한호가 말했다.

"내가 장사에 있었기 때문에 그 늙은 도적이 어떤 놈인지를 잘 아오. 그놈은 위연과 함께 성을 바치고 내 형님을 죽였소. 기왕 만났으니 반드시 원수를 갚겠소!"

한호는 하후상과 함께 새로 거느리고 온 군사를 이끌고 영채에서 나가 앞으로 갔다.

황충은 날마다 군사를 시켜 가까운 곳을 살폈기에 길이

어떻게 나 있는지를 잘 알고 있었다.

엄안이 말했다.

"여기서 가자면 천탕산이라는 산이 하나 있습니다. 그 산속에 조조군의 먹을거리와 말먹이를 쌓아둔 곳이 있지요. 만약에 거기를 얻어 적의 먹을거리와 말먹이를 끊으면 한중을 얻을 수 있습니다."

황충이 고개를 끄덕였다.

"장군의 말이 바로 내 생각 그대로요."

황충은 엄안에게 이러저러하라 일렀다. 엄안은 황충이 이른 계획을 받아들여 군사 한 무리를 이끌고 떠났다.

황충은 하후상과 한호가 왔다는 보고를 받자 군사를 이끌고 영채를 나섰다. 한호가 진 앞으로 나와 황충을 보고 큰소리를 내질렀다.

"이 의리 없는 늙은 도적놈아!"

이어 창을 뻗쳐들고 말을 몰아 황충에게 달려들었다. 하후상도 같이 뛰쳐나와 덤벼들었다. 황충은 두 장수를 맞아 따로따로 10합쯤씩 힘을 다해 싸웠으나 져서 달아났다. 두 장수는 20리 남짓 쫓아와 황충의 영채를 빼앗았다. 황충은 영채 하나를 다시 세웠다.

다음 날 하후상과 한호가 다시 쳐들어오자 황충이 다시 진을 나가 싸웠다. 그러나 이번에도 몇 합 싸우지 못하고 져서 달아났다. 두 장수는 또 20리 남짓 뒤쫓아가서 황충의 영채를 빼앗은 다음 장합을 불러 뒤쪽 영채를 지키도록 했다.

장합이 앞쪽 영채로 와서 말렸다.

"황충이 잇달아 이틀씩이나 지고 물러가는 데에는 반드시 그럴 만한 까닭이 있소."

하후상이 장합을 꾸짖었다.

"그대가 이렇게 배짱이 없고 겁이 많은 걸 보니 싸울 때마다 진 까닭을 알겠소! 이제 여러 말 더 늘어놓지 말고 우리 두 사람이 공을 세우는 거나 구경하시오!"

장합은 낯을 붉히며 물러날 수밖에 없었다.

다음 날 두 장수가 또 싸움을 걸자 황충은 다시 져서 20리 뒤로 물러갔다. 두 장수는 그대로 군사를 몰고 쫓아갔다. 다음 날 두 장수가 군사를 이끌고 나가자 황충은 슬쩍 쳐다만 보고 달아나기 시작했다. 이처럼 잇달아 싸움에 지자 황충은 관 위로 물러가버렸다. 뒤쫓아온 두 장수는 관 바로 앞에 영채를 세웠다. 황충은 굳게 지키기만 할 뿐 나가지 않았다. 이에 맹달은 몰래 편지를 써서 유비에게 부리나케 보냈다.

황충이 잇달아 싸움에 지고 지금 관 위로 물러와 있습니다.

유비가 제갈량에게 급히 물었으나 제갈량은 아무렇지도

않게 대답했다.

"이건 적들을 잘난 체하는 마음에 빠지게 하려는 노장의 계획입니다."

그러나 조운을 비롯해 누구도 그 말을 믿지 않았다. 유비는 유봉을 관으로 보내 황충을 돕도록 했다.

유봉이 도착하자 황충이 물었다.

"소장군이 무엇 때문에 싸움을 돕겠다는 거요?"

유봉이 대답했다.

"장군께서 여러 차례 싸움에 졌다는 소식을 들으신 아버님이 저를 보내셨습니다."

황충이 너털웃음을 지었다.

"이는 적들을 잘난 체해서 뻐기는 마음에 빠뜨리려고 이 늙은이가 일부러 그랬소. 오늘 밤 싸움 한 판에 영채를 다 되찾고 적의 먹을거리와 말먹이에다 말까지 죄다 빼앗을 테니 두고 보시오. 이렇게 한 건 우리 영채를 빌려주어 적들의 물자를 쌓아놓게 하려는 뜻이오. 오늘 밤에 곽준은 관을 지키고, 맹장군은 나와 함께 먹을거리와 말먹이를 나르면서 말을 빼앗아오고, 소장군은 그저 내가 적을 깨는 걸 구경이나 하시오!"

밤이 이슥해지자 황충은 군사 5천 명을 이끌고 관문을 열고 내려갔다. 하후상과 한호는 관 위에서 여러 날 싸우러 나오지 않자 마음이 풀어져 아무런 준비를 하고 있지 않았다. 황충이 영채를 바로 덮치자 군사들은 미처 갑옷을 챙겨 입을 새도 없었고, 말에다가 안장을 얹을 틈도 없었다. 두 장수는 저마다 목숨을 건지려고 달아났다. 군사들과 말은 서로 밟고 밟히면서 셀 수 없이 죽어 자빠졌다. 날이 밝을 때까지 무찔러 영채 셋을 빼앗으니, 영채마다 적이 두고 간 무기며 안장이며 말이 넘쳐났다. 황충은 맹달에게 이를 모두 관 안으로 나르도록 했다. 이어 황충은 군사를 재촉해 적의 뒤를 쫓았다.

이에 유봉이 말렸다.

"군사들이 지쳤을 테니 잠깐 쉬는 게 좋겠습니다."

황충이 고개를 저었다.

"호랑이 굴에 들어가지 않고 어떻게 호랑이 새끼를 얻을 수 있겠소?"

황충은 말에 채찍질을 하며 다시 앞서 나갔다. 군사들 모두 온 힘을 다해 앞으로 나아갔다.

장합의 군사들은 자기편의 군사들이 싸움에 지고 몰려오는 바람에 되레 제자리를 지키고 있을 수가 없어 자꾸만 뒤로 물러났다. 그래서 많은 영채와 울타리들을 내버려둔 채 곧장 한수 가까이 이르렀다.

장합이 하후상과 한호를 찾아가 말했다.

"여기 천탕산은 먹을거리와 말먹이가 있는 곳이오. 또 여기하고 붙어 있는 미창산에도 먹을거리가 있소. 그러니 여기는 한중 군사들의 목숨이 달린 곳이오. 만약 여기를 잃으면 한중을 잃는 거나 마찬가지요. 마땅히 지켜낼 방법을 찾아야 하오."

하후상이 말했다.

"미창산은 우리 집안 아저씨인 하후연 장군이 지키고 계시오. 바로 정군산하고 붙어 있으니 걱정하지 않아도 되오. 천탕산은 우리 하후덕 형님이 지키고 있소. 우리 모두 그리 가서 그 산을 같이 지키지요."

마침내 장합은 두 장수와 함께 밤을 도와 천탕산으로 가 하후덕을 만나 그동안의 일을 털어놓았다.

하후덕이 말했다.

"여기 내가 데리고 있는 군사는 십만 명이오. 그대는 군사를 끌고 가서 잃어버린 영채를 다시 찾도록 하시오."

장합이 손을 내저었다.

"지금은 일단 굳게 지켜야 합니다. 함부로 움직이는 건 좋지 않습니다."

그때 갑자기 산 앞에서 징 소리와 북소리가 크게 울리는가 싶더니 황충이 쳐들어왔다는 보고가 들어왔다.

하후덕이 크게 웃었다.

"늙은 도적이 군사 쓰는 법도 모르면서 자기 씩씩함만 믿고 설치는구나!"

장합이 말했다.

"황충은 꾀가 있는 사람이오. 결코 씩씩하기만 하지 않습니다."

하후덕이 말했다.

"서천 군사들은 날마다 내달려 멀리 오느라 지쳤을 거요. 그런데도 싸움터 깊숙이 들어왔으니, 이게 생각 없는 짓이 아니고 뭐요!"

장합이 거듭 힘주어 말했다.

"그렇다 하더라도 적을 가벼이 여겨서는 안 되오. 일단 군게 지키며 있읍시다."

한호가 끼어들었다.

"날쌔고 씩씩한 군사 삼천 명만 내주십시오. 이기지 못할 까닭이 없소."

하후덕이 군사를 나누어주자 한호는 산을 내려갔다.

황충이 군사를 가다듬은 뒤 맞아 싸울 준비를 하는데 유봉이 말렸다.

"이미 해가 서쪽으로 기울었습니다. 군사들 모두 먼 길을 오느라 지쳤을 테니 잠깐 쉬는 게 좋겠습니다."

황충이 웃었다.

"그렇지 않소. 이는 하늘이 공을 세우라고 내려준 기회요. 지금 빼앗지 않으면 하늘의 뜻을 거스르는 일이오."

황충은 말을 마치자마자 북 치고 소리 지르며 떠들썩하고 씩씩하게 앞으로 나아갔다. 한호가 군사를 거느리고 싸우러 나왔다. 황충이 칼을 휘두르며 바로 한호한테 덤벼들더니 단 1합 만에 한호를 베어 말 아래로 고꾸라뜨렸다. 서촉 군사들이 외침 소리를 크게 내지르며 산 위로 몰려갔다. 장합과 하후상이 급히 군사를 이끌고 나가 맞았다.

그때 난데없이 산 뒤쪽에서 외침 소리가 크게 일며 불길이 하늘로 치솟더니 산 위아래가 온통 붉은 기운에 휩싸였다. 엄안은 황충이 시킨 대로 먼저 군사를 이끌고 산속 으슥한 곳에 숨어 있다가 황충의 군사가 다다르자 쌓아놓았던 마른 풀더미에 불을 질렀다. 한번 불이 붙자 시뻘건 불길은 걷잡을 수 없이 퍼지며 온 산골을 집어삼켰다. 하후덕이 불을 끄기 위해 군사를 이끌고 가다가 노장 엄안과 딱 마주쳤다. 엄안이 손을 한 번 번쩍 쳐드는가 싶었는데, 어느새 그의 칼을 맞은 하후덕이 말 아래로 나뒹굴었다.

엄안은 하후덕을 벤 뒤 산 뒤쪽에서 치고 나왔다. 장합과 하후상은 앞뒤에서 들이치자 앞뒤를 함께 돌볼 겨를이 없어 천탕산을 버리고 하후연이 있는 정군산으로 달아났다.

황충과 엄안은 천탕산을 빼앗은 뒤 성도에 나는 듯이 보고했다. 이 소식에 유비는 뭇 장수들과 함께 기뻐했다.

이때 법정이 나서서 말했다.

"지난번에 조조는 장로의 항복을 받고 한중을 차지하고 는 그 기운을 몰아 파촉을 치지 않았습니다. 하후연과 장합 두 장수만 남아 지키게 하고 자기는 대군을 거느리고 북으로 돌아갔는데, 이건 조조로서는 잘못했습니다. 지금 장합은 싸움에 막 지고 천탕산에서 달아났습니다. 주공께서는 이러한 기회를 놓치지 마시고 대군을 이끌고 직접 무찌르시면 한중을 가라앉힐 수 있습니다. 그러고 난 뒤에는 군사들을 훈련시키고 먹을거리를 쌓아둔 뒤 때를 잘 살피십시오. 나아가면 역적을 칠 수 있고 물러난다 해도 스스로를 지킬 수 있으니, 이거야말로 하늘이 주신 기회로 놓치시면 안 됩니다."

유비와 제갈량 모두 그 말을 깊이 새겨듣고 바로 명령을 내렸다. 조운과 장비를 앞장세우고, 유비는 제갈량과 함께 직접 10만 대군을 이끌고 날을 받아 한중을 치기로 했다. 이어 여기저기 격문을 띄워 한층 더 단단히 지키도록 했다.

때는 건안 23년 가을 7월 좋은 날이었다. 유비는 대군을 이끌고 가맹관으로 가서 영채를 세운 뒤, 황충과 엄안을 불러 상을 두터이 내리며 말했다.

"남들은 모두 장군을 늙었다고 얕보았는데, 오로지 공명만이 장군이 뛰어나신 걸 알아보았소. 이번에 참으로 대단한 공을 세우셨소. 한중 정군산은 남정을 지켜주는 중요한 곳인데다 먹을거리와 말먹이를 쌓아두는 곳이오, 정군산만 얻으면 양평으로 나가는 길에는 아무런 걱정거리가 없소. 장군이 한번 정군산을 빼앗아보지 않으시겠소?"

황충이 기꺼이 받아들이고 곧장 군사를 이끌고 나아가려 하는데 제갈량이 급히 말렸다.

"노장군이 비록 뛰어나게 씩씩하시긴 하지만, 하후연은 장합보다 훨씬 뛰어난 사람이오. 하후연은 군사 다루는 책을 두루 꿰고 있고, 싸울 때 순간적인 판단력이 뛰어납니다. 그래서 조조가 그 사람을 믿고 서량을 막도록 했습니다. 지난번에는 장안에 군사를 모아놓고 마맹기를 막게 했고, 지금은 또 한중에서 군사를 거느리고 있게 했지요. 조조가 다른 사람을 다 제쳐놓고 오로지 하후연에게 그러한 일을 맡기는 까닭은 그만큼 하후연이 장수로서 뛰어나기 때문입니다. 지금 장군이 비록 장합을 무찌르기는 하셨지만 하후연까지 해보실 수 있을지 그건 알 수 없습니다. 내 생각으로는 형주로 사람을 하나 보내고 그 대신 관장군을 불러와야 적을 해볼 수 있겠습니다."

황충이 당찬 표정을 지으며 말했다.

"옛날에 염파라는 조나라 장수는 나이 여든에도 밥 한 말에 고기 열 근을 먹어 제후들이 그 씩씩함을 두려워하여 섣불리 조나라를 치지 못했다 합니다. 이 황충은 아직 일흔도 되지 않았는데 뭐가 문제입니까? 공명께서 나를 보고 늙었다 하시는데, 이번엔 아예 부장도 쓰지 않고 그저 본부 군사 삼천 명만 데리고 가 곧장 하후연의 목을 베어다 바치겠소."

제갈량이 거듭 말렸으나 황충은 끝까지 가겠다고 우겼다.

제갈량이 다시 말했다.

"장군이 기어코 가시겠다면 군사를 감독할 사람 하나를 같이 가게 하는 게 좋겠소. 어떠시오?"

장수를 부리려면 먼저 마음을 들쑤셔야 하리
젊은이는 아무래도 늙은이보다 미덥지 못하지

과연 제갈량은 누구를 같이 보낼는지…….

제71회

하후연을 벤 황충과
황충을 구한 조운

황충은 맞은편 산에 눌러앉아 적이 지치기를 기다리고
조운은 한수에 자리 잡고 적은 수로 많은 군사를 이기다

제갈량이 황충에게 말했다.

"장군이 꼭 가시겠다면 법정더러 도와주도록 하겠소. 법
정과 모든 일을 의논해서 하시오. 나도 군사를 이끌고 뒤따
라가 돕겠소."

황충은 그렇게 하기로 하고 법정과 함께 본부군을 이끌
고 떠났다.

제갈량이 유비에게 말했다.

"저 노장군은 부추기지 않으면 비록 가더라도 성공하기
가 어렵습니다. 이제 떠났으니 군사를 보내 도와주어야 합

니다.”

제갈량은 곧바로 조운을 불러들여 말했다.

“군사 한 무리를 거느리고 샛길로 가서 황장군을 돕도록 하시오. 이기고 있으면 나가 싸울 필요 없지만, 혹시라도 일이 잘못되거든 바로 돕도록 하시오.”

이어 유봉과 맹달을 불러들였다.

“군사 삼천 명을 거느리고 산속 험한 곳에 가서 깃발을 많이 꽂아놓으시오. 우리 군사가 많은 것처럼 보이게 해 적들이 놀라고 의심이 들게 해야 하오.”

세 사람은 저마다 명령을 받고 떠났다. 제갈량은 하변으로 사람을 보내 마초에게 이러저러하라고 일렀다. 또 엄안을 파서 낭중으로 보내 중요한 길목을 지키게 하고, 장비와 위연을 불러 한중을 함께 치도록 했다.

한편 장합은 하후상과 함께 하후연한테 가서 얘기했다.

“이미 천탕산을 잃고 하후덕과 한호가 싸우다 죽었습니다. 들으니 유비가 직접 군사를 거느리고 한중을 빼앗으러 온다 합니다. 빨리 위왕께 보고하여 날래고 씩씩한 군사와 장수를 보내달라고 하십시오.”

하후연은 바로 조홍한테 사람을 보내 이를 알렸다. 조홍은 밤을 도와 허도로 가서 조조에게 보고했다. 조조는 깜짝 놀랐다. 급히 문무 벼슬아치들을 모아놓고 군사를 일으켜 한중을 구할 일을 의논했다.

장사 유엽이 먼저 나서서 말했다.

"만약에 한중을 잃으면 중원이 흔들립니다. 대왕께서는 힘드시더라도 직접 가서서 쳐부수어야 합니다."

조조가 뉘우치는 말을 했다.

"그때 그대 말을 듣지 않아 이렇게 되고 말았구려!"

조조는 급히 명령을 내려 군사 40만을 일으키고 직접 무찌르러 나갈 준비를 했다. 때는 건안 23년 가을 7월이었다.

조조군은 세 길로 나누어 나아갔다. 맨 앞쪽은 하후돈이 맡고, 조조는 가운데에서 중군을 직접 거느렸으며, 뒤쪽은 조휴가 맡았다. 전군은 잇달아 앞으로 나아갔다.

조조는 금안장을 얹은 흰말을 타고 옥띠에 비단옷 차림이었다. 무사들은 붉은빛에 금물 들인 커다란 비단 해 가리개를 펼쳐 들고 따랐다. 양쪽으로는 왕의 차림을 뜻하는 황금 몽둥이와 은도끼, 말을 탈 때 발을 디디는 등자 모양의 세모꼴 갈고리가 달린 몽둥이와 여러 가지 창들이 늘어섰다. 또 해와 달과 용과 봉황이 그려진 깃발이 휘날리고, 수레를 끌고 보호하는 군사만도 2만 5천 명에 이르렀다. 이들은 다시 5천 명씩 다섯 갈래로 나뉘어 푸른색·노란색·빨간색·흰색·검은색 등 다섯 가지 색으로 나타냈다. 깃발이며 갑옷은 물론 말까지도 그 색깔 따라 가르니, 그 모습이 눈이 부실 정도로 빛났고 우람하며 으리으리했다.

군사들이 동관을 지나갈 때쯤이었다. 조조가 말 위에서 보니 한쪽에 숲이 우거진 곳이 있었다. 그래서 곁에서 모시는 이에게 물었다.

"저기가 어디냐?"

"남전이라는 곳입니다. 저 숲속에 채옹의 집이 있습니다. 채옹의 딸 채염이 남편 동사와 함께 거기 살고 있습니다."

원래 조조는 채옹과 가까운 사이였다. 채옹의 딸 채염은 위중도의 아내였는데, 나중에 북방으로 끌려가 거기서 아들 둘을 낳았다. 아울러 '호가 18박'이라는 노래를 지었는데, 그게 중원에까지 알려졌다. 그 노래를 들은 조조가 채염을 불쌍히 여겨 북방으로 사람을 보내 천금을 주어 풀어달라고 했다. 그곳 좌현왕은 조조의 힘이 두려워 채염을 한나라로 돌려보내주었다. 이에 조조는 채염을 동사의 아내로 짝지어주며 함께 살게 했다.

채옹의 집 앞에 이르자 조조는 채옹의 일이 떠올라 군사를 먼저 보내고, 자신은 곁에서 모시는 이들 1백 명 남짓만 데리고 집 문 앞에서 말을 내렸다. 이때 동사는 벼슬살이 하느라 밖에 나가 있었고 채염만 집에 있었다. 채염은 조조가 왔다는 말을 듣자마자 부리나케 뛰쳐나와 맞았다.

조조가 집으로 들어오자 채염은 인사를 마친 뒤 옆으로 섰다. 조조가 벽을 흘긋 보니 비석 글씨를 뜬 글 한 폭이 걸려 있었다. 조조는 자리에서 일어나 자세히 살펴본 뒤 채염에게 어떤 비석의 글인지 물었다.

채염이 대답했다.

"이건 바로 조아의 비석에 쓰여 있는 글입니다. 옛날 화제때 상우라는 곳에 조우라는 무당이 살았는데 춤을 추어 신을 섬겼다 합니다. 어느 해 오월 닷샛날 조우가 술에 취해배 위에서 춤을 추다 강물에 빠져 죽었다 합니다. 그 사람의 열네 살 먹은 딸은 이레 낮 이레 밤을 울며 강가에서 서성이다 마침내 강물 속으로 뛰어들었답니다. 그 뒤 닷새째 되는날 딸 역시 죽은 채로 아버지의 주검을 업고 물 위로 떠올라서 마을 사람들이 강가에 장사 지내주었다 합니다. 상우 현령 도상은 이 일을 조정에 알려 효녀 표창을 받게 하였답니다. 이어 한단순더러 이 일을 글로 써서 비석에 새기게 했다는군요. 이때 한단순은 겨우 열세 살이었는데, 한번 붓을 들어 글을 쓰고 나니 어디 한 군데 고칠 데가 없더랍니다. 그글을 새긴 비석을 무덤가에 세우자 사람들이 다 신기하게 여겼답니다. 제 아버님이 그 소문을 듣고 한번 찾아가셨는데, 마침 날이 저물어 어두웠지만 손으로 비석 글씨를 더듬어가며 읽으셨답니다. 그런 뒤 붓을 들어 비석 뒤에다 커다란 글씨 여덟 자를 써놓으셨는데, 나중에 사람들이 그 여덟 글자까지 새겨놓았다 합니다."

조조가 여덟 자를 들여다보았다.

황견유부 외손제구(黃絹幼婦 外孫齏臼)

조조가 채염에게 물었다.

"너는 이 뜻을 아느냐?"

채염이 대답했다.

"아버님이 남기신 글이긴 하지만, 사실은 저도 그 뜻을 모릅니다."

조조가 모사들을 바라보았다.

"그대들은 이 뜻을 알겠는가?"

모두들 대답을 못 하는데 한 사람이 나섰다.

"저는 그 뜻을 알아차렸습니다."

조조가 그를 보았다. 주부 양수였다.

조조가 말했다.

"그대는 아직 말하지 마시오. 나도 좀 생각해보겠소."

조조는 채염과 헤어져 무리를 이끌고 그곳에서 나왔다. 말을 타고 3리쯤 갔을 때 조조는 문득 깨달았다. 조조가 양수를 보고 웃었다.

"어디 한번 말해보게."

양수가 말했다.

"그건 빗대어 쓴 말입니다. 황견(黃絹)은 누런 빛깔을 띤 실이니, 실 사(糸)에 빛깔 색(色)을 붙이면 끊을 절(絕)이 됩니다. 또 유부(幼婦)는 어린(少) 여자(女)이니, 두 글자를 합치면 묘할 묘(妙)가 됩니다. 외손(外孫)은 딸이 낳은 아들이니 계집 여(女)에 아들 자(子)를 붙이면 좋을 호(好)가 됩니다. 또 제구(齏臼)는 양념절구로 맵거나 쓴맛이 나는 다섯 가지를 받아 담는 그릇이니, 받을 수(受)에 매울 신(辛)을 붙이면 말씀 사(辭)를 쓰기 쉽게 줄인 글자가 됩니다. 이걸 모두 합치면 절묘호사(絕妙好辭), 즉 참으로 좋은 글이라는 뜻이 됩니다."

조조가 깜짝 놀랐다.

"내가 생각한 거와 똑같군!"

사람들은 모두 양수의 핑핑 도는 머리를 부러워했다.

채 하루도 안 되어 조조군은 남정에 이르렀다. 조홍이 나와 맞으며 장합이 싸움에 진 일을 자세히 보고했다.

그러나 조조는 가볍게 받아넘겼다.

"그건 장합의 죄가 아니다. 이기고 지는 건 싸움터에서 언제나 있는 일이다."

조홍이 다시 말했다.

"지금 유비가 황충을 시켜 정군산을 들이치고 있습니다. 그런데 하후연은 대왕께서 군사를 끌고 오신 걸 알고 굳게 지키기만 할 뿐 나가 싸울 생각을 하지 않습니다."

조조가 말했다.

"만약 나가 싸우지 않으면 그건 이쪽이 적을 두려워한다고 알리는 꼴이다."

조조는 바로 자신의 믿음을 나타낸 표시물을 든 사람을 정군산으로 보내 하후연에게 나가 싸우라는 명령을 전하도록 했다.

유엽이 말했다.

"하후연은 성격이 너무 꼿꼿해서 적의 꾀에 속아넘어갈까봐 걱정입니다."

그 말에 조조는 직접 편지를 한 통 써서 주었다.

조조가 보내는 물건을 가진 사람이 이윽고 하후연의 영채에 이르자 하후연이 나와 맞았다. 조조의 편지를 전하자 하후연이 바로 펼쳐보았다.

무릇 장수는 마땅히 강함과 부드러움을 아울러 갖추어야 하느니라. 자신의 씩씩함만 지나치게 믿어서는 안 된다. 만약에 씩씩함만 믿고 설치면 이는 오로지 한 사람 정도나 무서워한다. 내 이제 대군을 끌고 남정에 와 있으면서 그대의 자 묘재(妙才)

가 나타내는 뜻 그대로 묘한 재주를 보고 싶으니 묘재 두 글자를 부끄럽게 하지 말라.

하후연은 편지를 읽고 나서 크게 기뻐하며, 조조가 보낸 사람을 돌려보낸 뒤 장합과 함께 의논했다.

"지금 위왕께서 유비를 치기 위해 대군을 직접 끌고 남정에 와 계시오. 우리 두 사람은 오랫동안 여기를 지키고만 있었소. 이러고만 있어가지고 어찌 공을 세울 수 있겠소? 내일은 내가 싸움에 나서서 반드시 황충을 사로잡고 말겠소."

장합이 말했다.

"황충은 꾀와 씩씩함을 아울러 갖춘데다 법정까지 옆에서 돕고 있어 결코 가벼이 여겨서는 안 됩니다. 여기는 산길이 무척 험하므로 굳게 지키고 있는 게 가장 좋습니다."

하후연이 고개를 저었다.

"이러고 있다가 만약에 다른 사람이 공을 세워버리면 나와 그대는 위왕을 무슨 낯으로 뵌단 말이오? 그대는 산을 지키고 있으시오. 나는 나가 싸우겠소."

이어 하후연은 장수들을 둘러보았다.

"누가 나서서 적을 꾀어보겠는가?"

하후상이 나섰다.

"제가 가겠습니다."

하후연이 말했다.

"네가 가서 살펴보되, 혹시 황충과 싸우게 되면 오로지 지는 척해야지 이기려고 해선 안 된다. 내가 좋은 방법을 생각해놓았으니 그 뒤는 알아서 하겠다."

하후상은 명령을 받고 군사 3천 명을 이끌고 정군산 본부 영채를 떠나 앞으로 나아갔다.

한편 황충은 법정과 함께 정군산 어귀에 머물며 계속 싸움을 걸었다. 그러나 하후연은 굳게 지키기만 할 뿐 나오지 않았다. 마음 같아선 곧바로 들이치고 싶었으나 산길이 험한데다 적의 사정을 알 수 없어 황충도 그 자리만 지키고 있었다. 그런데 산 위에서 조조군이 내려와 싸움을 건다는 보고가 갑자기 들어왔다. 황충이 곧장 군사를 끌고 나가려 하자 아장 진식이 나섰다.

"장군께서는 가만히 계십시오. 제가 나가 싸우겠습니다."

황충이 크게 기뻐하며 진식에게 군사 1천 명을 내주며 산 어귀로 가서 진을 치도록 했다.

하후상이 군사를 이끌고 다다르자 진식이 그를 맞아 싸웠다. 그러나 몇 합 싸우지 않아서 하후상이 거짓으로 진 척하며 달아나기 시작했다. 진식이 그 뒤를 쫓아가는데 얼마 가지 않아 양쪽 산 위에서 통나무며 돌덩이가 마구 쏟아져

내려 앞으로 나아갈 수가 없었다. 막 돌아서려는데 뒤에서 하후연이 군사를 이끌고 갑자기 나타나 진식을 꼼짝 못 하게 한 뒤 사로잡아 영채로 끌고 갔다. 부하 군사들도 많이 항복했다. 싸움에 지고 겨우 살아 돌아온 군사들이 황충에게 진식이 사로잡힌 걸 보고했다. 황충은 법정과 함께 의논했다.

법정이 말했다.

"하후연은 사람됨이 가볍고 안달뱅이인데다, 씩씩하기는 하나 꾀가 없습니다. 군사들을 부추겨 힘을 내게 한 뒤 영채를 거두어 앞으로 가되, 나아갈 때마다 다시 영채를 세워 하후연이 싸우러 나오도록 꾀어낸 뒤 사로잡아버립시다. 이건 바로 손님이 주인 되는 꾀를 쓰자는 겁니다."

황충은 그 방법을 받아들여 영채 안의 물건들을 모두 군사들에게 상으로 나누어주었다. 그러자 군사들이 좋아서 내지르는 소리가 골짜기에 가득하고, 모두들 죽기로 싸우겠다고 나섰다. 황충은 그날 바로 영채를 거두어 앞으로 나아가며, 이르는 데마다 영채를 세워 며칠 머무른 뒤 다시 나아갔다. 하후연이 이 소식을 듣고 나가 싸우려 하자 장합이 말렸다.

"이건 바로 손님이 주인 되는 꾀를 쓰고 있는 거라 나가 싸우면 안 됩니다. 싸우면 좋지 않은 일이 생깁니다."

그러나 하후연은 그 말을 듣지 않고 하후상에게 군사 수천 명을 내주며 나가 싸우게 했다. 하후상은 곧장 황충의 영채 앞으로 갔다. 황충이 말에 올라 칼을 들고 뛰쳐나와 맞았다. 하후상과 어울린 지 단 1합 만에 황충은 하후상을 사로잡아 영채로 돌아왔다. 남은 군사들은 모두 싸움에 지고 돌아가 하후연에게 보고했다. 하후연은 부리나케 황충의 영채로 사람을 보내 진식과 하후상을 바꾸자고 했다. 이에 황충은 내일 진 앞에서 만나 바꾸자고 약속을 정했다.

다음 날 양쪽 군사들 모두 산골짝 안 널따란 곳에다 진을 펼쳤다. 황충과 하후연은 각각 말을 타고 자기 쪽 진 문기 아래로 나와 섰다. 황충은 하후상을 데리고 있었고, 하후연은 진식을 데리고 나왔다. 사로잡힌 두 장수 모두 웃옷도 없고 갑옷도 입지 않은 채 얇고 허름한 옷으로 몸만 겨우 가리고 있었다. 북소리가 한 번 울리자 진식과 하후상이 저마다 자기 쪽 진을 바라고 달음박질쳤다. 하후상이 진 문 앞에 거의 이르렀을 때였다. 황충이 쏜 화살이 날아와 그의 등에 박혔다. 하후상은 화살이 꽂힌 채 돌아갔다.

하후연은 화가 머리끝까지 치솟아 말을 급히 몰고 나가 황충에게 달려들었다. 황충의 뜻대로 하후연이 발끈하며 싸우러 나왔다. 두 장수가 어울려 싸운 지 20합 남짓 이르렀을 때 갑자기 조조군 쪽에서 군사를 거두는 징 소리가 울렸다. 하후연이 말 머리를 돌려 돌아가자 황충이 기운을 몰아 그 뒤를 쫓아 한바탕 짓밟아버렸다.

하후연은 진으로 돌아가자 싸움판 돌아가는 걸 살피며 판단하는 압진관에게 물었다.

"왜 징을 울렸느냐?"

압진관이 대답했다.

"산 움푹한 곳에 촉군의 깃발이 나부끼는 게 보였습니다. 혹시라도 군사가 숨어 있을까 두려워 급히 장군을 불러들였습니다."

하후연은 그 말을 믿고 굳게 지키며 꼼짝도 하지 않았다.

황충은 정군산 아래까지 밀고 들어간 뒤 법정과 다음 일을 의논했다.

법정이 한 곳을 손가락으로 가리키며 말했다.

"정군산 서쪽에 높다랗게 솟은 산 하나가 있습니다. 사방이 모두 험하기는 하나 거기 올라가면 정군산을 한눈에 다 살필 수 있습니다. 장군이 저 산만 빼앗으시면 정군산은 손안에 든 거나 마찬가지입니다."

황충이 그쪽을 쳐다보았다. 산꼭대기는 반반한데 군사들은 별로 없었다.

밤이 이슥해질 때쯤 황충은 군사를 이끌고 징을 치고 북을 치며 산꼭대기로 쳐들어갔다. 거기는 하후연의 부하 장수인 두습이 지키고 있었는데 군사가 몇백 명밖에 되지 않았다. 황충의 대부대가 밀고 올라오자 그들은 산을 버리고 달아났다. 황충이 그 산마루를 빼앗고 나서 살펴보니 바로 정군산이 빤히 바라다보였다.

법정이 말했다.

"장군은 산 중턱을 지키십시오. 나는 산마루에 있다가 하후연의 군사가 오면 흰 깃발을 들어 신호를 보내겠습니다. 그러면 장군은 군사들을 움직이지 못하도록 꽉 붙들어 앉혀놓고 기다리십시오. 적들이 기다리다 지쳐서 준비를 하지 않고 있으면 붉은 깃발을 들겠습니다. 그러면 장군은 곧장 산에서 내려가서서 적을 무찌르십시오. 우리가 편히 쉬었다가 지친 적을 치면 반드시 이길 수 있습니다."

황충은 무척 좋아라 하며 그대로 하겠다고 했다.

한편 군사들을 끌고 도망친 두습은 하후연을 보자 맞은편 산을 황충에게 빼앗겼다고 말했다.

하후연이 발끈 성을 내며 말했다.

"황충이 맞은편 산을 차지했다면 더는 참을 수 없다. 내가 나가 싸워야겠다."

장합이 말렸다.

"이건 바로 법정이 낸 꾀입니다. 장군은 나가 싸우면 안 됩니다. 그저 굳게 지키며 가만히 있어야 합니다."

하후연이 발을 동동 굴렀다.

"맞은편 산을 차지했으니 가만히 앉아 우리 속을 다 내려 다볼 수 있는데, 내 어찌 나가 싸우지 않을 수 있겠는가?"

장합이 애써 말렸으나 하후연은 듣지 않았다. 하후연은 군사를 나누어 맞은편 산을 에워싼 뒤 욕을 거칠게 퍼부으며 싸움을 걸었다. 법정이 산 위에서 흰 깃발을 들었다. 황충은 하후연이 온갖 욕설을 퍼붓다, 꾸짖다 해도 꼼짝하지 않고 가만히 눌러앉아 있으면서 나가 싸우지 않았다.

점심때가 지났다. 법정이 조조군을 보니 느슨하게 풀어져 날카로운 기운이 꺾이고, 거의 모두 말에서 내려 널브러진 채 쉬고 있었다. 이에 법정은 붉은 깃발을 들었다. 그러자 북 치고 나팔 불며 아우성치는 소리가 울려퍼졌다. 황충이 앞장서 말을 타고 산 아래로 내달렸다. 마치 하늘이 무너지고 땅이 꺼지는 듯한 모습이었다. 하후연이 미처 손쓸 틈도 없이 황충은 해 가리개 밑으로 달려들어가 마치 벼락 치듯 큰소리를 내질렀다. 하후연이 싸울 준비도 하기 전에 황충의 보배스런 칼이 번쩍 하더니 하후연의 머리에 떨어졌다. 하후연은 머리에서부터 어깨까지 짝 갈라져버렸다.

나중에 어떤 이가 황충을 기리는 시를 지었다.

다 늙어서 큰 적을 만났으나

흰 머리 흩날리며 귀신같은 힘 보여주었네

엄청난 기운으로 강한 활 당기며

바람을 가르는 서늘한 칼날 휘둘렀네

호랑이 울부짖음 같은 우렁찬 목소리에

날쌘 말을 타고 마치 용이 나는 듯하네

적의 머리 베어 바쳐 뛰어난 공을 세우고

땅 넓게 펼쳐 나라의 발판 마련했다네

황충이 하후연을 베자 조조군은 와르르 무너져 저마다 살 길을 찾아 달아나기에 바빴다. 황충은 이긴 기운을 몰아 정군산을 빼앗으러 갔다. 그러자 장합이 군사를 이끌고 나와 맞았다. 황충이 진식과 함께 양쪽에서 몰아쳐 한바탕 어지럽게 싸웠다. 마침내 장합이 싸움에 지고 달아났다. 이때 갑자기 산 옆에서 말 탄 군사 한 무리가 사나운 범처럼 쏟아져 나와 길을 막았다. 대장 하나가 나서더니 소리를 크게 내질렀다.

"상산 조자룡이 여기 있다!"

장합은 소스라치게 놀라 싸움에 진 군사들과 함께 가까스로 길을 뚫고 정군산 쪽으로 달아났다. 달아나다 보니 앞쪽에서 군사 한 무리가 나타나 맞았다. 두습이었다.

두습이 다급한 목소리로 말했다.

"정군산은 이미 유봉과 맹달한테 빼앗기고 말았습니다."

장합은 어이없었다. 두습과 함께 싸움에 진 군사들을 이끌고 한수로 가서 영채를 세우는 한편 조조에게 사람을 급히 보내 보고했다.

조조는 하후연이 죽었다는 소식을 듣자 목을 놓아 울었다. 울다 보니 문득 관로가 한 말이 떠올랐다. '3과 8이 가로세로로 얽히고'라는 말은 3 곱하기 8은 24로, 바로 건안 24년을 뜻했고, '누런 멧돼지가 호랑이를 만나면'이라는 말은 기해(己亥)년 정월을 뜻했다. 노란색은 오행으로 따져 기(己)이고 멧돼지는 돼지(亥)이니 바로 돼지해인 기해년이고, 호랑이달은 인월(寅月)이라 그렇게 풀어졌다. 또 '정군 남쪽에서 다리 하나가 부러지겠습니다'라는 말은 형제처럼 가까운 하후연을 두고 한 말이었다.

조조는 사람을 시켜 관로를 찾아보게 했다. 그러나 그가 어디로 갔는지 아는 사람이 아무도 없었다.

조조는 황충에게 원한이 사무쳤다. 직접 대군을 이끌고 정군산으로 가 하후연의 원수를 갚기로 했다. 서황을 앞장세우고 한수에 이르자 장합과 두습이 나와 조조를 맞았다.

두 장수가 말했다.

"지금 정군산을 잃었으니, 미창산에 있는 먹을거리와 말 먹이를 북산의 영채로 옮긴 뒤 나아가시는 게 좋겠습니다."

조조가 그렇게 하라고 했다.

한편 황충은 하후연의 머리를 가지고 가맹관으로 가 유
비에게 바쳤다. 유비는 무척 좋아라 하며 황충을 정서대장
군으로 삼은 뒤 잔치를 열어 축하했다. 이때 아장 장저가 들
어와 갑작스런 보고를 올렸다.

"조조가 직접 이십만 대군을 이끌고 하후연의 원수를 갚
겠다고 왔습니다. 지금 장합이 미창산에 있는 먹을거리와
말먹이를 한수 북산 아래로 옮기고 있습니다."

제갈량이 말했다.

"지금 조조가 대군을 이끌고 왔지만, 군사들 먹을거리와
말먹이가 부족할 게 두려워 군사를 머물러놓고 나아가지
못하고 있습니다. 만약에 누구 한 사람이 그쪽 깊숙이 쳐들
어가 먹을거리와 말먹이를 불태우고 물자를 빼앗아버리면
조조군의 날카로운 기운을 꺾어버릴 수 있습니다."

황충이 바로 나섰다.

"이 늙은이가 그리 해보겠소."

제갈량이 손을 내저었다.

"조조는 하후연하고는 다릅니다. 결코 가벼이 여겨서는
안 되오."

유비가 고개를 끄덕였다.

"하후연은 비록 전체 군사를 맡고 있긴 했지만 그저 씩씩하기만 할 뿐이어서 장합만도 못한 사람이었소. 만약에 장합의 목을 벤다면 하후연의 목보다 열 배나 더 낫지요."

황충이 떨치고 일어나며 말했다.

"제가 가서 목을 베어 오겠습니다."

제갈량이 말했다.

"그럼 조자룡과 함께 군사 한 무리를 이끌고 가도록 하시오. 모든 일을 서로 의논해서 하면 되오. 누가 공을 세우는지 보겠소."

황충은 그러기로 하고 떠났다. 제갈량은 장저를 부장으로 삼아 같이 가도록 했다.

조운이 황충에게 말했다.

"지금 조조는 이십만 대군을 이끌고 와서 영채를 열 개나 세워 머물고 있습니다. 장군은 주공 앞에서 조금도 머뭇거리지 않고 먹을거리를 빼앗으러 가겠다고 했지만 이건 결코 쉬운 일이 아니오. 장군은 어떤 방법을 쓸 계획이십니까?"

황충이 말했다.

"내가 먼저 갈 테니 어떻게 하는지 구경이나 하시오."

조운이 손을 내저었다.

"내가 먼저 가겠소."

"나는 으뜸가는 장수이고 그대는 그다음 장수인데 어찌

나보다 먼저 가겠다고 하오?"

"우리 모두 주공을 위해 힘을 쓰고 있는데 그런 걸 왜 따지시오? 우리 둘이 제비뽑기를 해서 먼저 가는 사람을 정하도록 합시다."

황충이 그러자고 해서 제비뽑기를 했는데, 황충이 먼저 가게 되었다.

조운이 말했다.

"이미 장군이 먼저 가게 되었으니 마땅히 도와드리겠소. 장군이 약속한 시간까지 돌아오시면 나는 군사를 움직이지 않고 가만히 있겠습니다. 만약 장군이 약속 시간이 되어도 돌아오지 못하면 바로 군사를 이끌고 도우러 가겠습니다."

황충이 고개를 끄덕였다.

"공의 말대로 하면 되겠소."

마침내 두 사람은 점심때를 약속 시간으로 정했다. 조운은 자기 영채로 돌아가 부장 장익을 불러 일렀다.

"황한승이 내일 적의 먹을거리와 말먹이를 빼앗으러 가네. 만약 점심때까지 돌아오지 못하면 내가 도우러 가야 하네. 우리 영채 앞은 한수가 있어 위험한 자리네. 만약에 내가 가게 되면 자네는 영채를 조심스럽게 잘 지켜야 하네. 결코 가벼이 움직이면 안 되네."

장익이 그러겠다고 했다.

황충도 자신의 영채로 돌아가자 부장 장저를 불러 일렀다.

"내가 하후연을 베었으니 지금 장합은 놀라서 가슴이 서늘할 거네. 내일 명령을 받들어 먹을거리와 말먹이를 털러 가는데, 영채에는 군사 오백 명만 남겨서 지키도록 하겠네. 자네는 나를 따라가 돕게나. 오늘 밤 배불리 밥을 지어 먹고, 한밤중이 좀 지나면 바로 영채를 떠나 북산 아래로 쳐들어갈 생각이네. 먼저 장합을 사로잡은 뒤 먹을거리와 말먹이를 털겠네."

장저는 명령을 받고 물러갔다.

밤이 되자 황충은 앞장서서 군사를 이끌고 장저는 뒤따랐다. 조용히 한수를 건너 곧장 북산 아래에 이르렀다. 동쪽이 밝아오자 식량 더미가 산처럼 쌓여 있는 게 보였다. 얼마 되지 않은 군사가 지키고 있다가 촉군이 쳐들어오자 모두 버리고 달아났다. 황충은 말 탄 군사들을 모두 말에서 내리게 해 마른 풀이며 나뭇가지를 식량 더미 위에 쌓도록 했다. 막 불을 지르려 할 때 장합이 군사를 이끌고 달려왔다. 장합과 황충은 한데 어우러져 어지럽게 싸웠다. 소식을 들은 조조는 급히 서황에게 싸움을 돕도록 했다. 서황이 군사를 이끌고 들이쳐 황충을 에워쌌다. 장저는 군사 3백 명을 이끌고 그 속을 빠져나와 영채로 돌아가려 했다. 그때 갑자기 군사 한 무리가 길을 가로막았다. 군사를 거느린 대장을 보니 문빙이었다. 뒤에서도 조조군이 나타나 장저를 둘러싸고 말았다.

　이때 조운은 영채 안에 있었다. 점심때가 지나도록 황충이 돌아오지 않자 서둘러 무장을 하고 말에 올랐다. 이어 군사 3천 명을 이끌고 황충을 도우러 가면서 다시 한 번 장익에게 일렀다.

　"자네는 영채를 굳게 지키고 있게. 양쪽 벽에다 활과 쇠뇌를 많이 설치하여 준비를 단단히 하게."

　장익이 계속 고개를 조아리며 대답했다.

　조운은 창을 뻗쳐들고 말을 몰아 무찌르며 내달렸다. 장수 하나가 달려와 길을 막았다. 문빙의 부하 장수인 모용렬이었다. 모용렬이 칼을 휘두르며 말을 박차고 나와 조운에게 달려들었다. 조운은 손을 한 번 들어 한 창에 그를 찔러 죽여버렸다. 조조군은 지고 달아나기 시작했다. 조운은 곧바로 겹겹이 둘러싸인 곳 안으로 치고 들어갔다. 그때 또다시 군사 한 무리가 나서며 길을 막았다. 앞장선 이는 위의 장수 초병이었다.

　조운이 그를 보고 소리를 내질렀다.

　"촉군은 어디 있느냐?"

　초병이 대답했다.

"벌써 다 죽여버렸다!"

조운이 화를 벌컥 내며 말을 몰고 내달리더니 초병 역시 한 창에 찔러 죽여버렸다. 이어 나머지 군사를 다 무찔러 흩어버린 뒤 곧장 북산 아래로 달려갔다. 장합과 서황 두 사람이 황충을 둘러싸고 있었다. 군사들 모두 오랫동안 그러고 있었는지 지쳐 보였다. 조운은 큰소리를 내지르며 창을 뻗쳐 든 채 말을 달려 안으로 덮쳐들었다. 조운은 이리 치고 저리 치며 마치 사람이 없는 데서 춤을 추듯 했다. 조운이 놀리는 창은 어찌나 잽싸고 거침이 없는지 마치 배꽃이 온몸 위아래로 떨어지는 듯하기도 했고, 흰 눈발이 흩날리는 듯하기도 했다.

장합과 서황은 너무 놀라 가슴이 벌렁거리는 까닭에 겁이 나 맞서 싸울 생각을 못 냈다. 조운은 황충을 구해 싸우면서 달아났다. 이르는 곳마다 아무도 그 앞을 막지 못했다. 조조가 높다란 데서 보고 있다가 놀라며 뭇 장수들에게 물었다.

"저 장수가 누구인가?"

그가 조운임을 알아본 이가 대답했다.

"상산 조자룡입니다."

조조가 놀라움을 감추지 못했다.

"옛날 당양 장판의 영웅을 다시 보는구나!"

조조는 급히 명령을 내렸다.

"조자룡이 나타나면 가벼이 대하지 말도록 하라."

조운이 마침내 황충을 구해 겹겹으로 둘러싼 적군을 뚫고 나오는데 군사 하나가 손가락으로 가리키며 말했다.

"저기 동남쪽에 적군한테 둘러싸여 있는 이를 보니 부장 장저가 틀림없습니다."

조운은 본부 영채로 돌아가려다 말고 동남쪽을 보고 무찔러 나갔다. 그가 이르는 곳마다 적들은 '상산 조운'이라는 네 글자가 쓰여 있는 깃발만 보여도 모두 조운이 당양 장판에서 보여준 씩씩한 일을 서로 들먹이며 미리 도망쳐버렸다. 이에 조운은 장저도 구할 수 있었다.

조조는 조운이 동에 번쩍, 서에 번쩍 하며 마구 휘저으면서 앞으로 내달려도 아무도 막아내지 못하자 어이없었다. 게다가 황충을 구하고 장저까지 구해 달아나자 화가 머리 끝까지 치솟아 직접 떨치고 일어나 양쪽에 장수들을 거느리고 조운을 뒤쫓았다.

조운은 이미 본부 영채 가까이 돌아가 있었다. 부장 장익이 조운을 맞으러 나왔다가 보니 멀리 뒤쪽에서 먼지가 부옇게 일며 조조군이 뒤쫓아오고 있었다. 이에 장익은 조운에게 얼른 말했다.

"적이 뒤쫓아오고 있습니다. 영채 문을 닫고 적이 내려다

보이는 높다란 곳으로 올라가 막는 게 좋겠습니다."

조운이 소리쳤다.

"영채 문을 닫지 말라! 자네는 지난날 나 혼자 당양 장판에서 창 하나, 말 한 마리로 조조의 팔십삼만 군사를 지푸라기처럼 대한 일을 모르는가? 지금은 군사도 있고 장수도 있는데 뭐가 두렵겠는가!"

조운은 궁노수들에게 영채 바깥 구덩이 속에 숨어 있게 했다. 이어 영채 안에서는 깃발이며 창을 모두 바닥에 내려놓고 징과 북도 울리지 못하게 했다. 그런 뒤 조운은 혼자 말 한 마리에 창 하나를 든 채 영채 문밖에 나가 섰다.

장합과 서황이 군사를 이끌고 촉군 영채 앞에 이르렀을 때는 벌써 날이 기울기 시작했다. 영채 안을 보니 깃발들은 내려져 있고 북소리도 나지 않았다. 조운만이 혼자 말을 타고 창을 든 채 영채 밖에 서 있었다. 영채 문은 활짝 열려 있었지만 두 장수는 두려워 나아갈 수가 없었다. 의심스런 마음에 머뭇거리고 있는데 조조가 이르러서 빨리 나아가라고 군사들을 재촉했다. 군사들은 명령을 받자 아우성을 치며 영채 앞으로 들이쳤다. 그러나 조운은 꼼짝도 않고 서 있었다. 조조군은 도리어 겁을 먹고 몸을 돌려 달아나려 했다.

바로 그때였다. 조운이 창을 들어 한 번 휘두르자 구덩이 안에서 활과 쇠뇌가 한꺼번에 쏟아져나왔다. 날은 이미 어

조운이 혼자 영채 문밖에 나가 서다.

두워져 촉군이 많은지 적은지도 알 수 없었다. 조조가 맨 먼저 말 머리를 돌려 달아나기 시작하자 촉군들이 북 치고 나팔을 불고 아우성을 치며 뒤쫓았다. 조조군은 자기네들끼리 서로 밟고 밟히며 한수 가로 밀려났다. 그 바람에 물에 빠져 죽은 이도 헤아릴 수가 없었다. 조운·황충·장저는 저마다 군사 한 무리씩을 이끌고 급히 뒤를 몰아쳤다.

조조가 한창 달아나고 있는데 갑자기 유봉과 맹달이 군사 한 무리씩을 이끌고 미창산 길로 무찔러 오더니 식량과 말먹이에 불을 질렀다. 조조는 북산에 쌓인 식량과 말먹이를 내버린 채 부리나케 남정으로 돌아갔다. 서황과 장합도 더는 견딜 수가 없어 영채를 버리고 달아났다. 조운은 조조의 영채를 빼앗고, 황충은 조조의 식량과 말먹이를 빼앗았다. 한수에서 얻은 무기도 엄청 많았다. 큰 승리를 거둔 그들은 곧바로 유비에게 사람을 보내 보고했다.

유비는 제갈량과 함께 한수로 와서 조운의 부하 군사들에게 물었다.

"자룡이 어떻게 싸우더냐?"

군사들은 조운이 황충을 구하고 한수에서 싸우던 일을 자세히 말했다. 유비는 무척 좋아라 하며 산 앞뒤의 험하기 짝이 없는 길들을 둘러본 뒤 흐뭇한 표정으로 제갈량에게 말했다.

"자룡은 겁이라곤 없이 온 몸뚱이 안이 다 씩씩한 기운으로 꽉 찬 모양이구려!"

나중에 어떤 사람이 조운을 칭찬하는 시를 남겼다.

옛날에 장판에서 싸우던 대로

의젓하고 거리낌 없는 모습 아직 그대로네

적군 속을 마구 휘젓고 다닌 영웅이여

겹겹 에워싼 적군 속을 뚫는 씩씩함에

귀신도 두려워 울부짖으며

하늘도 놀라고 땅도 어이없다 하네

상산 조자룡이여

그대 한 몸은 두둑한 배짱만으로 채워져 있네

유비는 조운을 호위장군으로 삼고, 밤늦도록 잔치를 크게 베풀어 장수와 군사들을 위로했다.

그때 갑자기 조조가 다시 대군을 애곡 샛길로 보내 한수를 빼앗으려 한다는 보고가 들어왔다.

유비가 허허 웃었다.

"조조가 다시 와도 어쩔 수 없어. 한수는 반드시 우리가 차지하게 돼."

유비는 직접 군사를 이끌고 한수 서쪽으로 나아가 맞섰

다. 조조는 서황에게 앞장서서 싸우도록 했다. 이때 장막 앞에서 한 사람이 나서며 말했다.

"제가 이쪽 지리는 잘 압니다. 서장군을 도와 함께 가서 촉군을 무찌르겠습니다."

조조가 그를 바라보았다. 파서 탕거 사람으로 자가 자균인 왕평이었다. 지금 아문장군으로 있었다. 조조가 크게 기뻐하며 왕평더러 서황 뒤를 따르며 돕게 했다. 조조는 정군산 북쪽에 군사를 모아두었다. 서황과 왕평은 군사를 이끌고 한수로 갔다. 서황이 앞부대에게 강을 건너가 진을 치도록 하자 왕평이 말렸다.

"군사들에게 강을 건너게 했다가 혹시라도 급히 물러날 일이 생기면 어쩌려고 그러시오?"

서황이 말했다.

"옛날에 한신은 뒤쪽에 물을 두고 진을 쳤소. 죽을 땅에 있어야 살 수 있소."

왕평이 말했다.

"그렇지 않습니다. 옛날에 한신은 적이 꾀가 없는 줄을 알았기에 그런 방법을 썼습니다. 지금 장군은 조운과 황충의 뜻을 모르지 않습니까?"

"그대는 일반 군사를 데리고 적을 막으면서 내가 말 탄 군사를 거느리고 가서 적을 깨는 걸 구경이나 하시오."

서황은 배다리를 놓게 한 뒤 서둘러 강을 건너 촉군과 싸우러 갔다.

위나라 사람, 뭣도 모른 채 한신을 들먹이네
촉나라 재상이 자방인 줄 알지 못하는구나

과연 이기고 짐이 어떻게 갈라질는지…….

양수를 죽게 한 닭갈비

제갈량은 슬기를 써서 한중을 빼앗고
조조는 야곡으로 군사를 물리다

서황은 왕평이 애써 말리는데도 듣지 않고 군사를 이끌고 한수를 건너가 영채를 세웠다.

황충과 조운이 유비에게 말했다.

"저희들이 본부 군사를 이끌고 나가 조조군을 맞아 싸우겠습니다."

유비가 그러라고 하자 두 사람은 저마다 군사를 이끌고 떠났다.

황충이 조운에게 말했다.

"지금 서황은 제 씩씩함만 믿고 왔소. 바로 나가 싸우지 말고, 해가 지기를 기다렸다가 적군들이 지치면 그때 우리 둘이 군사를 두 길로 나누어 쳐들어갑시다."

조운도 같은 생각이었다. 두 사람은 군사 한 무리씩을 이끌고 영채를 지켰다. 서황이 아침 먹을 때쯤부터 군사를 몰고 와서 저녁나절이 다 지날 때까지 싸움을 걸었으나 촉군은 꼼짝도 하지 않았다. 서황은 궁노수들을 모두 앞으로 나오게 한 뒤 촉군의 영채를 향해 활을 쏘게 했다.

황충이 조운을 보고 말했다.

"서황이 궁노수들한테 활을 쏘도록 한 걸 보니 틀림없이 물러갈 생각이오. 이 틈을 놓치지 말고 쳐야 하오."

말이 미처 끝나기도 전에 조조군의 뒤쪽이 물러가려고 움직인다는 보고가 들어왔다. 이에 촉군은 북소리를 크게 울렸다. 황충은 군사를 거느리고 왼쪽으로 나아가고, 조운은 오른쪽으로 나아갔다. 양쪽에서 몰아치자 서황은 크게 지고 말았는데, 한수에 빠져 죽은 군사도 헤아릴 수 없이 많았다. 서황은 죽을힘을 다해 싸워서 겨우 목숨을 건져 영채로 돌아갔다.

서황은 왕평을 보자 꾸짖었다.

"우리 군사가 위험에 빠진 걸 보고도 어째서 구하러 오지 않았소?"

왕평이 대답했다.

"내가 그쪽을 구하러 갔다면 이 영채도 남아 있지 않았을 겁니다. 내가 공더러 가지 말라고 말렸는데도 공은 듣지 않고 가서 이렇게 지고 오다니!"

서황이 화를 발끈 내며 왕평을 죽이려 들었다. 그날 밤 왕평은 본부 군사들에게 영채 안에 불을 지르게 했다. 조조군은 큰 어지러움에 빠졌다. 서황은 영채를 버리고 달아났다. 왕평은 한수를 건너 조운에게 가서 항복했다. 조운이 그를 유비에게 데려갔다. 왕평은 한수의 지리에 대해 샅샅이 말했다.

유비가 무척 좋아라 하며 말했다.

"내가 왕자균을 얻었으니 이제 한중은 얻은 거나 마찬가지요."

유비는 왕평을 편장군으로 삼고 길을 안내하도록 했다.

한편 서황은 달아나 조조한테 가서 말했다.

"왕평이 배반하여 유비한테 가서 항복했습니다!"

조조는 크게 성을 내며 직접 대군을 이끌고 한수의 영채를 빼앗으러 왔다. 조운은 적은 군사로 맞서기가 어려울 것 같아 일단 한수 서쪽으로 물러났다. 양군은 강을 사이에 두고 서로 마주 보게 되었다.

유비는 제갈량과 함께 땅 생김을 살펴보았다. 제갈량은 한수 위쪽에 1천 명 남짓 숨어 있을 만한 흙산이 있는 걸 보고 영채로 돌아오자마자 조운을 불렀다.

"북과 나팔을 든 군사 오백 명을 이끌고 흙산 아래로 가서 숨어 있으시오. 해질녘이든 한밤중이든 영채에서 콩 소리가 나면 소리가 들릴 때마다 한바탕 북 치고 나팔을 불어 시끄럽게 하시오. 그러나 절대로 나가서 싸우면 안 되오."

조운은 제갈량이 이르는 걸 새겨듣고 떠났다. 제갈량은 바로 높은 산 위로 올라가 적의 움직임을 살폈다.

다음 날 조조군이 와서 싸움을 걸었으나 촉군 영채에서는 한 사람도 나가지 않고 활과 쇠뇌도 전혀 쏘지 않았다. 조조군은 할 수 없이 스스로 물러가고 말았다.

그날 밤이 깊어지자 제갈량은 조조의 영채를 살폈다. 등불이 꺼지고 사방이 조용해지면서 군사들이 잠에 빠지자 콩 소리를 크게 냈다. 콩 소리가 들리자 조운은 군사들에게 북을 치고 나팔을 불게 했다. 조조군은 적이 영채를 덮치러 오는 줄 알고 소스라치게 놀라 급히 영채를 뛰쳐나가 살펴보았다. 그러나 적군은 하나도 보이지 않았다. 그래서 영채로 들어와 자려고 하는데 다시 콩 소리가 들리고 북소리, 나팔 소리에 이어 아우성치는 소리가 땅을 울리며 산골짜기에 메아리쳤다. 조조군은 밤새 불안에 떨었다. 이런 밤이 사흘 동안 내리 계속되자 조조는 겁이 나서 그대로 있을 수가 없어 30리 뒤로 물러나 사방이 확 트인 곳에 영채를 다시 세웠다.

제갈량이 빙긋 웃었다.

"조조가 군사는 제법 다루는 성싶어도 이런 속임수까지는 알지 못하지."

제갈량은 유비에게 직접 한수를 건너가 물을 등지고 영채를 세우게 하였다. 유비가 왜 그래야 하는지 묻자 제갈량이 이러저러해서 그렇다고 설명했다.

조조는 유비가 물을 등지고 영채를 세우자 의심스런 마음이 들었다. 바로 싸우자는 편지를 보냈다. 제갈량은 내일 싸움을 판가름내자는 답장을 보냈다.

다음 날 양쪽 군사는 중간쯤인 오계산 앞에서 만나 진을 펼쳤다. 조조가 말을 타고 문기 아래에 서자 용과 봉황이 그려진 깃발이 양쪽으로 펼쳐졌다. 북소리가 세 차례 나자 유비더러 나와서 대꾸하라고 외쳤다. 유비가 유봉·맹달 등 서천의 장수들을 이끌고 나가자 조조가 말채찍을 들고서 큰소리로 꾸짖었다.

"유비 너는 은혜를 저버린 배은망덕한 놈이고 조정을 배반한 역적이다!"

유비가 대꾸를 하였다.

"나는 바로 대 한나라 황실의 친척으로 조서를 받들어 역적을 치러 나왔다. 너는 위로는 황후를 죽이고 제멋대로 왕이 되어 천자의 차림까지 훔쳐 쓰고 있다. 너야말로 조정을 배반한 역적이 아니고 무엇이냐?"

조조가 발끈하며 서황더러 뛰쳐나가 싸우라고 일렀다. 이에 유봉이 나가 맞았다. 두 사람이 어울려 싸우자 유비는 먼저 진으로 들어갔다. 유봉은 서황을 해보지 못하고 말 머리를 돌려 달아났다.

조조가 명령을 내렸다.

"유비를 사로잡는 사람을 서천의 주인으로 삼겠노라."

조조의 대군이 한꺼번에 소리를 지르며 진을 덮쳐들었다. 촉군은 영채를 버리고 한수 쪽으로 달아났다. 그들이 버린 말과 무기가 길바닥에 널렸다. 조조군은 그걸 주워 챙기느라 정신이 없었다. 이걸 본 조조가 급히 징을 쳐 군사를 거두었다.

장수들이 물었다.

"우리들이 이제 유비를 거의 잡게 되었는데 대왕께서는 어찌하여 군사를 거두십니까?"

조조가 말했다.

"내가 볼 때 촉군이 한수를 등지고 영채를 세운 게 의심스럽다. 게다가 말이며 무기 따위를 많이 버리는 일도 의심스럽다. 적이 버린 물건을 줍지 말고 급히 물러가야 한다."

이어 명령을 내렸다.

"적이 버린 물건을 하나라도 줍는 이는 그 자리에서 목을 베겠다. 빨리 후퇴하라."

조조군이 막 돌아설 때였다. 제갈량이 깃발을 올려 신호로 삼자 유비가 중군을 이끌고 나오고, 황충은 왼쪽에서, 조운은 오른쪽에서 쳐들어왔다. 조조군은 그대로 무너져 달아나기에 바빴다. 제갈량은 밤새 그 뒤를 쫓도록 했다. 조조는 군사들에게 남정으로 돌아가라는 명령을 내렸다. 바로 그때 다섯 길에서 불길이 치솟았다. 바로 위연과 장비였다. 두 사람은 엄안에게 자기들 대신 낭중을 지키게 하고 군사를 나누어 쳐들어가서 남정을 먼저 차지해버렸다. 조조는 소스라치게 놀라 양평관을 바라고 달아났다. 유비는 대군을 몰고 남정 포주까지 쫓아갔다.

백성들을 다독거린 뒤 유비가 제갈량에게 물었다.

"조조가 이번에는 왜 이렇게 빨리 졌소?"

제갈량이 대답했다.

"조조는 본디 의심이 많은 사람입니다. 군사를 부리는 일은 잘하나 의심 때문에 지는 일이 많습니다. 이번에 우리는 적의 눈을 속이려고 거짓으로 꾸민 군사로 이겼습니다."

유비가 또 물었다.

"지금 조조는 양평관으로 물러가 지키고 있으나 이미 답답한 꼴이 되고 말았소. 선생은 이제 어떻게 물리칠 생각이시오?"

제갈량이 말했다.

"이미 다 생각해놓았습니다."

제갈량은 바로 장비와 위연에게 군사를 두 길로 나누어 이끌고 가서 조조의 식량 운반길을 끊도록 했다. 이어 황충과 조운도 두 길로 군사를 나누어 이끌고 가서 산에 불을 지르도록 했다. 이에 네 장수는 저마다 길 안내자와 군사를 이끌고 떠났다.

조조는 양평관에 물러가 있으면서 군사를 풀어 살펴보게 했다.

그들이 돌아와 보고했다.

"지금 촉군들이 멀고 가까운 샛길들을 모두 막아버렸습니다. 또 나무 있는 곳은 모두 불을 질러버렸습니다. 그런데 군사들은 도대체 어디 있는지 모르겠습니다."

조조가 무슨 까닭인지를 몰라 머리를 쥐어뜯고 있는데, 장비와 위연이 군사를 나누어 식량을 빼앗는다는 보고가 들어왔다.

조조가 장수들을 둘러보았다.

"누가 가서 장비와 싸우겠느냐?"

허저가 나섰다.

"제가 가겠습니다!"

조조는 허저에게 씩씩하고 날랜 군사 1천 명을 내주며 양평관으로 오는 식량과 말먹이를 보호하도록 했다.

식량 운반하는 일을 맡은 벼슬아치가 허저를 보자 무척 반겼다.

"만약에 장군이 이리 오시지 않았으면 먹을거리를 양평관까지 못 가져갈 뻔했습니다."

그는 수레 위에서 술과 고기를 내려 허저에게 바쳤다. 허저는 계속 마시다 보니 자신도 모르게 크게 취해버렸다. 허저는 술기운이 오르자 식량 실은 수레를 그대로 몰고 가자고 재촉했다.

식량 운반 벼슬아치가 말렸다.

"이미 날이 저문데다, 앞으로 가야 할 포주 땅은 산이 험해서 쉽게 지나갈 수가 없습니다."

허저가 고집을 피웠다.

"나는 만 사람도 해볼 수 있을 정도로 씩씩한 사람인데 뭘 두려워하겠소! 오늘 밤은 마침 달빛도 밝아 먹을거리 수레를 몰고 가기도 딱 알맞소."

허저는 말에 올라 앞장서서 칼을 비껴든 채 군사를 이끌고 나아갔다. 밤이 이슥해졌을 때는 이미 포주로 가는 길로 접어들었다. 절반쯤 갔을 때 갑자기 산골짜기에서 북소리,

나팔 소리가 하늘과 땅을 울리더니 군사 한 무리가 뛰쳐나와 길을 막았다. 앞장선 대장은 장비였다. 장비가 장팔사모를 뻗쳐 든 채 말을 몰아 허저한테 곧장 달려들었다. 허저는 칼을 휘두르며 맞서 싸웠다. 그러나 워낙 술에 취해 있어서 장비를 해보지 못하고 싸운 지 몇 합 되지 않아 어깨에 장비의 창을 맞고 뒤집어지며 말 아래로 떨어졌다. 군사들이 급히 그를 구해 달아났다. 장비는 식량이며 말먹이며 수레를 모두 빼앗아 돌아갔다.

못 장수들이 허저를 보호하며 조조한테 갔다. 조조는 의사를 불러 허저의 상처를 다스리게 한 뒤 직접 군사를 몰고 촉군과 싸우러 나갔다. 이에 유비가 군사를 이끌고 나와 맞섰다. 양쪽이 다 진을 치고 나자 유비가 유봉에게 말을 타고 나가 싸우도록 했다.

조조가 욕을 퍼부었다.

"짚신이나 삼아 팔던 보잘것없던 놈은 항상 가짜 아들을 내세워 싸우게 하지! 내가 만약에 노랑 수염 내 아들 창을 불러오면 네 가짜 아들은 저민 고깃덩어리가 되고 만다!"

유봉은 크게 화를 내며 창을 뻗쳐들고 조조한테 바로 말을 달렸다. 조조가 서황에게 나가 싸우라 이르자 유봉은 거짓으로 진 척하며 달아났다. 조조는 군사를 이끌고 그 뒤를 쫓았다. 그때 촉군의 영채 안에서 쾅 소리가 사방으로 울려

퍼지고 이어 북소리, 나팔 소리도 울렸다. 조조는 숨어 있는 군사가 있을까봐 두려워 급히 군사를 물러나게 했다. 이 바람에 조조군은 자기네들끼리 밟고 밟히며 죽는 이가 많았다. 양평관으로 달려들어가 겨우 한숨 돌리는데 촉군이 성 아래까지 쳐들어왔다. 촉군은 동문에 불을 지르고 서문으로 몰려가 소리 질렀다. 또 남문에다가도 불을 지르고 북문에서는 북을 쳤다. 조조는 너무 겁이 나 그대로 있을 수 없어 관을 버리고 달아났다. 촉군이 그 뒤를 계속 쫓았다. 조조가 정신없이 달아나는데 장비가 군사 한 무리를 이끌고 달려와 앞길을 막고, 뒤에서는 조운이 군사 한 무리를 몰고 와 들이쳤다. 게다가 포주 쪽에서는 황충이 군사를 몰고 들이닥쳤다. 크게 진 조조는 여러 장수들의 보호를 받아 겨우 길을 뚫고 달아났다.

야곡 어귀에 이르렀을 때 앞에서 먼지가 자욱하게 일며 군사 한 무리가 몰려왔다.

조조가 중얼거렸다.

"저게 만약에 숨어 있던 군사라면 이제 나는 끝장이다!"

군사들이 가까이 이르렀다. 조조의 둘째 아들인 조창이 몰고 온 군사들이었다. 조창의 자는 자문으로, 어려서부터 말을 잘 타고 활을 잘 쏘았다. 게다가 팔 힘이 아주 좋아 맨손만으로 사나운 짐승을 때려잡을 정도였다.

그런 아들을 조조는 늘 타일렀다.

"너는 글은 읽지 않고 활 쏘고 말 타는 일만 좋아하는데, 그런 건 보통 사람들의 씩씩함일 뿐이다. 자랑거리는 아니지 않느냐?"

조창이 대꾸했다.

"사내대장부라면 마땅히 그 옛날 위청과 곽거병을 배워 사막에서 공을 세우고, 수십만 대군을 이끌고 천하를 내달려야 합니다. 많이 아는 선비나 되어서 뭐합니까?"

조조가 한번은 아들들을 모아놓고 앞으로 뭐가 되고 싶은지를 물은 적이 있다. 그때 조창은 딱 부러지게 말했다.

"저는 장수가 되겠습니다."

조조가 또 물었다.

"장수가 되면 어떻게 하겠느냐?"

"갑옷 차림에 날카로운 무기를 들고, 어려운 일이 닥치면 몸을 아끼지 않고 군사보다 앞서 나가고, 상은 반드시 이루었을 때 주고, 벌은 믿음을 저버리지 않고 주겠습니다."

그 말에 조조는 크게 웃었다.

건안 23년 대군의 오환이 반란을 일으켰을 때였다. 조조는 조창에게 군사 5만 명을 이끌고 가 무찌르도록 했다. 떠나기에 앞서 조조가 조창을 다잡았다.

"집에서는 아버지와 아들이지만, 일단 일을 맡으면 임금과 신하가 된다. 법은 사사로운 정을 돌보지 않는다. 깊이 새겨들어라."

조창은 대군 북쪽에 다다르자 항상 자기가 앞장서 적과 싸워 곧바로 상간까지 쳐들어가 북쪽을 모두 눌러앉힌 뒤 거기에 머물고 있었다. 마침 조조가 양평관에서 싸움에 졌다는 소식을 듣고 한달음에 도우러 왔다.

조조는 조창을 보자 무척 기뻤다.

"내 노랑 수염 아들이 왔으니 반드시 유비를 깨고 만다!"

조조는 군사를 되돌려 야곡 어귀에다 영채를 세웠다.

조창이 왔다는 소식은 금세 유비한테 보고되었다.

유비가 장수들을 둘러보았다.

"누가 조창과 싸우겠는가?"

유봉이 나섰다.

"제가 가겠습니다."

맹달도 가겠다고 나섰다.

유비가 고개를 끄덕였다.

"그럼 너희 둘이 함께 가거라. 누가 공을 세우는지 지켜보겠다."

두 사람은 군사 5천 명씩을 이끌고 나아갔다. 유봉이 앞장서고 맹달이 그 뒤를 따랐다. 조창이 말을 타고 유봉한테 달려들었다. 싸운 지 겨우 3합 만에 유봉이 크게 지고 돌아갔다. 맹달이 군사를 이끌고 앞으로 나아갔다. 막 싸우려 하는데 갑자기 조조군 쪽이 시끌벅적하면서 어지러움에 빠지고 말았다. 마초와 오란이 끌고 온 군사가 들이쳐 조조군이 놀라 갈팡질팡하였다. 맹달이 조조군을 가운데에 두고 군사를 몰아쳤다. 마초의 군사는 오랫동안 쉬면서 힘을 기른 까닭에 싸움터를 누비며 한껏 기운을 떨칠 수 있었다. 조조군은 그 기운에 눌려 해보지 못하고 져서 달아났다.

이때 조창은 오란과 딱 맞닥뜨렸다. 서로 어울려 싸운 지 몇 합 되지 않아 조창이 오란을 한 창에 찔러 말 아래로 고꾸라뜨렸다. 전군이 한참 동안 어지럽게 싸운 뒤 조조는 군사를 거두어 야곡 어귀로 가서 머물렀다.

조조는 여러 날을 그렇게 머물러 있었다. 군사를 몰고 앞으로 나가자니 마초가 틀어막고 있어서 갈 수 없고, 군사를 거두어 돌아가자니 서촉군이 비웃을까봐 그것도 내키지 않았다. 조조는 이러지도 못하고 저러지도 못하면서 망설이고 있을 뿐이었다. 그러한 때 요리를 맡고 있는 벼슬아치가 닭국을 쑤어서 올렸다. 조조는 국그릇 속에 들어 있는 닭갈비를 보자 뭔가 느껴지는 게 있어 한참 동안 생각에 잠겼다. 그때 하후돈이 들어와 그날 밤 암호를 뭘로 할 것인지를 물었다.

조조가 암호를 닭갈비라 하다.

조조가 나오는 대로 툭 내뱉었다.

"닭갈비! 닭갈비!"

하후돈은 뭇 벼슬아치들에게 '닭갈비'가 그날 밤에 부를 암호임을 알렸다.

행군주부 양수는 '닭갈비'라는 암호를 듣자 바로 자기 밑의 군사들에게 짐을 꾸려 돌아갈 준비를 하도록 했다. 누군가가 이 사실을 하후돈에게 알렸다. 하후돈은 깜짝 놀라 양수를 자기 막사로 불러 물었다.

"공은 어찌하여 짐을 꾸리시오?"

양수가 대답했다.

"오늘 밤 내린 암호를 보고 위왕께서 곧 군사를 거두어 물러가시리라 여겼소. 닭갈비란 먹자니 먹을 살이 없고, 버리자니 아깝고 그렇소. 지금 우리 군은 앞으로 나아가자니 이기지 못하겠고, 물러가자니 사람들 웃음거리가 될까봐 망설이고 있소. 그러나 여기 더 있어본들 좋을 게 없으니 빨리 돌아가는 편이 더 낫소. 내일 위왕께서는 틀림없이 군사를 거두어 돌아가자고 하실 겁니다. 그래서 바쁘게 서두르지 않으려고 미리 짐을 꾸렸지요."

하후돈이 고개를 끄덕였다.

"공은 참으로 위왕의 깊은 속내를 다 아시는구려!"

하후돈도 덩달아 짐을 쌌다. 그러자 영채 안의 장수들 모두 저마다 돌아갈 준비를 서둘러 하였다.

조조는 그날 밤 마음이 뒤숭숭해 잠을 이루지 못하다가 강철 도끼를 들고 몰래 영채를 둘러보았다. 하후돈의 영채를 살짝 들여다보았더니 군사들이 저마다 짐을 꾸리고 있었다. 조조는 깜짝 놀랐다. 급히 막사로 돌아와 하후돈을 불러 그 까닭을 물었다.

하후돈이 대답했다.

"주부 양덕조가 대왕께서 돌아가실 뜻이 있다는 걸 미리 알고 있었습니다."

조조가 양수를 불러 물었다. 양수는 닭갈비의 뜻을 풀어 대답했다.

조조는 화를 벌컥 냈다.

"네 어찌 쓸데없이 허튼 말을 만들어 군사들 마음을 어지럽히느냐?"

조조는 무사들에게 양수를 끌어내 목을 베라고 소리친 뒤 영채 문밖에 머리를 매달아놓도록 했다.

본디 양수는 자기 재주만 믿고 너무 가벼이 굴어 조조의 비위를 거스른 적이 여러 차례 있었다.

언젠가 조조가 꽃밭을 하나 만들게 한 적이 있었다. 꽃밭이 다 만들어지자 조조가 와서 보더니 좋다, 나쁘다 한마디

말없이 문에다 붓으로 살 활(活) 자를 써놓고 갔다. 모두들 그 뜻을 알지 못해 어리둥절해하는데 양수가 나서서 설명을 했다.

"문 문(門) 자 안에다 살 활(活) 자를 넣으면 넓을 활(闊) 자가 되오. 승상께서는 꽃밭 문이 너무 넓어서 마뜩찮으신 겁니다."

그래서 꽃밭의 담을 다시 쌓아 문을 고친 다음 조조가 다시 와서 보도록 했다. 조조가 좋아라 하며 물었다.

"누가 내 뜻을 알아차렸느냐?"

곁사람이 대답했다.

"양수입니다."

조조는 겉으로는 칭찬했으나 속으로는 얄밉게 생각하며 그를 꺼렸다.

또 하루는 북쪽 먼 데서 진하게 달인 우유인 소(酥) 한 통을 보내왔다. 조조는 직접 통 위에 일합소(一合酥)라는 세 글자를 위에서 아래로 이어 쓴 뒤 책상 위에 얹어놓았다. 양수가 들어왔다가 마침 이걸 보더니 숟가락을 가져다가 여럿이 떠서 나누어 먹어버렸다. 조조가 왜 그랬는지 묻자 양수가 대답했다.

"통 위에 뚜렷이 일인일구소(一人一口酥), 즉 한 사람이 한 입씩 소를 먹으라고 써 있어서 그랬습니다. 어찌 승상의 말씀을 어길 수 있겠습니까?"

아닌 게 아니라 일합(一合)을 낱낱이 풀어 위에서 아래로 쭉 읽으면 일인일구(一人一口), 즉 '한 사람이 한 입씩'이 되었다. 조조는 애써 웃고 말았지만 속으로는 괘씸히 여겼다.

조조는 남이 자기를 몰래 해칠지 몰라 늘 두려워했다. 그래서 곁에서 모시는 이들에게 되풀이하는 말이 있었다.

"나는 꿈속에서 사람을 잘 죽인다. 내가 잠들었을 때 너희들은 절대로 내 가까이 오지 마라."

조조가 막사 안에서 낮잠을 자던 어느 날이었다. 덮고 자던 이불이 바닥으로 미끄러져 내렸다. 곁사람 하나가 이불을 다시 끌어올려 덮어주었다. 그 순간 조조가 벌떡 일어나 칼을 뽑아 그 사람을 죽이고 다시 자리에 누워 잤다. 한참 뒤 자리에서 일어난 조조는 짐짓 놀라는 척하며 물었다.

"누가 내 곁사람을 죽였느냐?"

여러 사람이 사실대로 얘기했다. 조조는 슬피 울며 장사를 잘 지내주라고 일렀다. 이런 일이 있고 나서부터 사람들은 조조가 정말로 꿈을 꾸다 사람을 죽이는 걸로 생각했다. 그러나 오직 양수만은 조조의 속내를 알아차렸다. 그래서 그 사람을 장사 지내는 날, 관을 가리키며 빈정거렸다.

"승상께서 꿈을 꾸신 게 아니라 그대가 꿈을 꾸었던 거라네!"

조조는 그 말을 듣자 양수를 더욱 미워하게 되었다.

조조의 셋째 아들 조식은 양수의 재주를 무척 아꼈다. 그래서 늘 양수를 불러 밤이 새도록 이야기 나누기를 좋아했다. 조조가 조식을 세자로 삼으려고 여러 사람과 의논을 할 때였다. 맏아들 조비가 이를 알고 몰래 조가 현령 오질을 안으로 불러 의논했다. 오질은 조비를 만나러 올 때마다 남의 눈에 띄지 않게 커다란 대바구니 속에 들어간 뒤 비단 바구니라 속여 들락거렸다. 양수가 이 일을 알고 조조한테 급히 일러바쳤다. 조조는 사람을 시켜 조비 부중의 문을 살피도록 했다. 조비가 어쩔 줄 몰라 하며 오질에게 이를 알리자 오질이 빙그레 웃었다.

"걱정하지 마십시오. 내일은 바구니에 정말로 비단을 담은 뒤 한번 들여오십시오. 오히려 속여 넘길 수 있습니다."

조비는 그 말대로 커다란 대바구니에 비단을 넣어 안으로 들이도록 했다. 조조가 보낸 이들이 바구니를 뒤져보니 비단만 들어 있어 조조한테 돌아가 그대로 보고했다. 조조는 양수가 조비를 헐뜯는 걸로 여겨 더욱 미워하게 되었다.

또 한 번은 조조가 조비와 조식의 재주를 시험해보려고 두 사람한테 업성 문밖에 나갔다 오는 일을 시켰다. 그런 뒤 문을 지키는 벼슬아치한테 몰래 사람을 보내 절대로 문을 열어주지 말라고 일렀다.

조비가 먼저 왔다. 문을 지키는 벼슬아치가 내보낼 수 없다고 했다. 조비는 하는 수 없어 되돌아가고 말았다. 이걸 들은 조식은 양수에게 어찌해야 할지를 물었다.

양수가 방법을 일러주었다.

"왕의 명령을 받들고 나가는 겁니다. 막는 이가 있으면 베어버리십시오."

조식은 그 말을 옳게 여겼다. 성 문에 이르자 문을 지키는 벼슬아치가 못 나가게 했다. 조식은 그를 꾸짖었다.

"나는 왕의 명령을 받들어 나가려 한다. 누가 겁도 없이 막는단 말이냐!"

조식은 그를 바로 그 자리에서 베어버렸다. 그런 일이 있고 난 뒤 조조는 조식이 더 뛰어나다고 생각했다. 그런데 나중에 어떤 이가 조조한테 일러바쳤다.

"그건 양수가 그렇게 하라고 가르쳐주었기 때문입니다."

조조는 화가 몹시 났다. 이때부터 조조는 조식까지도 좋아하지 않게 되었다.

양수는 또 조식을 위해 조조가 물을 만한 질문에 대한 대답거리를 여남은 가지로 정리해주었다. 조조가 묻기만 하면 언제든지 미리 정리해둔 대로 바로 대답할 수 있도록 했다. 조조는 늘 군사 일과 나랏일을 물었다. 조식은 그때마다 흐르는 물처럼 막힘없이 대답했다. 조조는 술술 나오는 대답이 오히려 미덥지 않았다. 나중에 조비가 조식 가까이 있는 이를 몰래 꾀어내 양수가 정리해준 걸 훔쳐내 조조한테 가져갔다. 그걸 본 조조는 화를 있는 대로 다 냈다.

"하잘것없는 놈이 건방지게 나를 속이다니!"

조조는 그때부터 이미 양수를 죽이려고 마음먹고 있다가, 지금 군사들 마음을 어지럽혔다는 죄를 물어 마침내 죽이고 말았다. 이때 양수의 나이는 34살이었다.

나중에 어떤 이가 남긴 시가 있다.

똑똑한 양덕조여

대를 이어 좋은 집안에서 태어났지

붓을 들면 용이 달리듯 힘찼고

가슴속에 담긴 재주는 비단 수놓은 듯 빼어났네

말을 쏟으면 모두들 놀라고

거침없는 대답, 무리 가운데 가장 뛰어났네

재주 함부로 놀려 제 탓에 죽은 게지

군사 물리려고 그를 죽인 것 아니라네

조조는 양수를 죽이고 나자 짐짓 화를 더욱 내며 하후돈도 죽이려 들었다. 그러나 뭇 벼슬아치들이 나서서 말리며 빌었다. 조조는 하후돈을 꾸짖어 물러가게 한 뒤 내일 군사를 몰고 싸우러 나가라는 명령을 내렸다.

다음 날 조조는 군사를 이끌고 야곡 어귀에서 나왔다. 바로 앞에 군사 한 무리가 달려와 맞섰다. 앞장선 장수는 위연이었다. 조조가 위연에게 항복하라고 소리치자 위연이 마구 욕설을 퍼부어댔다. 조조는 방덕을 내보내 싸우게 했다. 두 장수가 어울려 싸우고 있는데 갑자기 조조의 영채 안에서 불길이 치솟았다. 마초가 가운데 쪽과 뒤쪽 영채를 들이친다는 보고가 들어왔다. 조조가 칼을 뽑아 손에 들고 소리쳤다.

"뒤로 물러나는 장수는 목을 베겠다!"

모든 장수들이 앞으로 무찔러 나갔다. 위연이 거짓으로 진 척하며 달아나자 조조는 군사를 돌려 마초와 싸우게 한 뒤 자신은 높다란 언덕으로 올라가 말을 세우고 양쪽 군사의 싸움을 지켜보았다.

이때 난데없이 앞쪽에서 군사 한 떼가 들이치는데, 앞장선 장수가 큰소리를 내질렀다.

"위연이 여기 있다!"

위연이 활에 화살을 먹이더니 조조를 쏘아 맞혔다. 조조는 몸을 뒤집으며 말에서 떨어졌다. 위연은 활을 내던지고 칼을 휘두르며 말을 세차게 몰아 조조를 죽이기 위해 산언덕을 올라갔다. 이때 장수 하나가 옆에서 번개처럼 달려나오며 소리쳤다.

"우리 임금을 건들지 마라!"

바로 방덕이었다. 방덕은 있는 힘을 다해 뛰쳐나와 위연을 싸워 물리치고 조조를 보호하며 앞으로 나아갔다. 이때 마초는 이미 물러가고 없었다. 조조는 상처를 입은 채 영채로 돌아갔다. 위연이 쏜 화살은 코와 윗입술 사이를 맞혀 앞니 두 개를 부러뜨리고 말았다. 급히 의원을 불러 치료를 받는데 문득 양수가 한 말이 떠올랐다. 조조는 양수의 주검을 거두어 장사를 잘 치러주게 한 뒤 군사를 거두어 물러간다고 했다. 이어 방덕더러 뒤를 끊게 하였다. 조조는 수레에 누워 양쪽으로 호분군의 보호를 받으며 갔다. 그때 갑자기 야곡산 위 양쪽에서 불길이 치솟으며 숨어 있던 군사가 쫓아온다는 보고가 들어왔다. 조조군은 어느 누구 가리지 않고 모두 놀라며 두려움에 떨었다.

지난날 동관에서 겪었던 모진 일 떠오르고
적벽에서 벌어졌던 위태로움 그대로네

과연 조조의 목숨은 어찌 될는지…….

박상률 완역 삼국지 6

ⓒ 박상률, 백남원, 2025

초판 1쇄 인쇄 | 2025년 10월 29일
초판 1쇄 발행 | 2025년 11월 6일

옮긴이 | 박상률
책임편집 | 배상현
콘텐츠 그룹 | 배상현, 김다미, 김아영, 박화인, 기소미
표지 디자인 | design R 이보람
본문 디자인 | 스튜디오 보글

펴낸이 | 전승환
펴낸곳 | 책 읽어주는 남자
신고번호 | 제2024-000099호
이메일 | bookpleaser@thebookman.co.kr

ISBN
979-11-93937-86-0 (세트)
979-11-93937-92-1(04820)